2019 年河北省社会科学基金项目：HB19GL075
由河北北方学院公共管理培育学科建设经费资助

《诗经》
及其婚恋习俗研究

罗翠梅　著

中国财经出版传媒集团
经济科学出版社
Economic Science Press

图书在版编目（CIP）数据

《诗经》及其婚恋习俗研究/罗翠梅著. —北京：
经济科学出版社，2021.11
ISBN 978 - 7 - 5218 - 3091 - 0

Ⅰ. ①诗… Ⅱ. ①罗… Ⅲ. ①古体诗 - 诗集 - 中国 -
春秋时代②《诗经》 - 研究 Ⅳ. ①I222. 2

中国版本图书馆 CIP 数据核字（2021）第 239020 号

责任编辑：刘 莎
责任校对：蒋子明
责任印制：王世伟

《诗经》及其婚恋习俗研究
Shijing Jiqi Hunlian Xisu Yanjiu
罗翠梅 著
经济科学出版社出版、发行 新华书店经销
社址：北京市海淀区阜成路甲 28 号 邮编：100142
总编部电话：010 - 88191217 发行部电话：010 - 88191522
网址：www. esp. com. cn
电子邮箱：esp@ esp. com. cn
天猫网店：经济科学出版社旗舰店
网址：http://jjkxcbs. tmall. com
北京季蜂印刷有限公司印装
880×1230 32 开 13 印张 280000 字
2021 年 11 月第 1 版 2021 年 11 月第 1 次印刷
ISBN 978 - 7 - 5218 - 3091 - 0 定价：59. 00 元

目　录

上编　《诗经》概述

上编 《诗经》概述

第一章 《诗经》研究史简述

　　《诗经》是我国最早的诗歌总集，是研究我国古代社会政治、经济、军事、文化等的重要著作。《诗经》自其问世起，人们对它的研究和评论就随即展开，形成了源远流长、蔚为大观的《诗经》研究史。历代关于《诗经》的研究著作汗牛充栋，涉及《诗经》文本各个方面的问题，但主流研究方向有两个方面：一是经学研究；二是文学研究。其他如文字、训诂、音韵、典章、名物、天文地理等方面的研究都被上述两方面研究所涵盖，并为其服务。

　　一定的观念形态的文化，是一定的经济、政治的集中反映；同时，"每一种社会形式和思想形式，都有它的特殊的矛盾和特殊的本质"①。恩格斯指出："在每一科学部门中都有一定的材料，这些材料是从以前的各代人的思维中独立形成的，并且在这些世代相继的人们的头脑中经过了自己的独立

----

　　① 《毛泽东选集》第一卷，第284页。

的发展道路。①"历经两千多年的《诗经》研究史，也形成了自己独特的发展路径。

任何科学研究，都必然继承前代的研究资料。两千年来，不同时代的人们从不同方面对《诗经》进行了研究，形成了经学的、文学的、历史的、考古的等诸多方面的研究论著。经学家看中的是其中的封建政治伦理思想，他们把它作为巩固封建制度的教科书；文学家看重的是它的创作思想、创作经验和艺术表现方法，用它推动文学创作的发展；史学家看重它的史料内容，用来考察古代社会生活及社会意识形态的演变；语言学家研究它的文字、训诂、音韵，丰富了语言学的发展史；考古学家考证它的名物、典章、制度；博物学家看重的是那些遥远年代的草木虫鱼在此留下的痕迹。《诗经》在各门科学史的研究发展过程中都占据一定的位置。其历经两千多年积累下的丰富的研究资料，是留给我们的一份重要的文化遗产。

两千多年来，《诗经》研究著述汗牛充栋，内容包罗万象，各家之说歧异纷杂，争论难决。面对这浩如烟海的研究资料，理清《诗经》研究史，是非常必要的。《诗经》研究在其历史发展过程中，呈现出不同的阶段性特点。

---

① 《马克思恩格斯选集》第四卷，第 501 页。

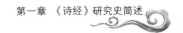

第一阶段，先秦时期。

先秦时期，是《诗经》研究的萌芽时期。《诗经》收集了从西周初年到春秋中叶 500 多年间的诗篇。春秋时期是三百篇最初流传、应用和编订的肇始时期。孔子创始的儒家诗教理论，以及后来战国时孟子提出的"知人论世"和"以意逆志"的阐释学的方法论、荀子创立的文道合一的儒家文学观，奠定了后世《诗经》研究的理论基础。《诗经》的早期应用主要集中于外交赋《诗》、说理引《诗》和仪礼歌《诗》三个方面。从《诗经》研究的相关史料中发现，先秦时期人们对《诗经》研究的重点是从解读作品文本含义、体味作品的情韵开始的，对情感审美的阐释不可避免。汪祚民于《〈诗经〉文学阐释史》一书中指出：《左传》记载楚国申叔跪所言"《桑中》之喜"，表明当时士人对《桑中》情歌的把握倾向不是"淫"或"刺淫"的道德评判，而是从诗之文本出发体味到的"喜"之情感体验。晋韩宣子对郑风男女情爱之诗所作的"皆昵燕好"的总评，显然是一种体悟诗中情趣的感性审美和愉悦性的正面接受，毫无后世所谓"淫""刺"等道德理性意识。季札观乐时对诗乐美的深情感叹，是对诗乐风格的审美感受；对诗乐中和之美的标举，也是一种感性审美的文学阐释。孔子是《诗经》研究史上的开山祖师。孔子对《诗经》阐释，一方面承袭了春秋引《诗》、用《诗》等应用性阐释的一面；另一方面他对《诗》的艺术特质和情感审美也有着深刻的理解和领悟。上海博物馆馆藏竹书《孔子诗论》为此补充了丰富的史料。"宋玉《登徒子好色赋》化用、再现《诗经》中情景、形象和诗句，是对《诗经》的审美选择和艺术确认。秦汉之际《荀子·大略篇》和刘安的《离骚传》，撇开诗乐之隆的《大雅》《周颂》，而独将《国风》《小雅》并列标举，且与《离骚》联系起来，显然是将《诗经》带入了情感艺术的评论视野，突出和张扬'好色'与'怨'等带有强烈个体感性色彩的本能情感和社会情感，是《诗经》文学阐释较为具体的典型个案。①"

第二阶段，汉学时期（汉至隋唐）。

汉初，《诗》成为"经"，《诗经》研究是在经学盛行的背景下进行的，即以经学的立场、经学的目的和经学的原理对《诗经》文本所作的审视、解读和评说。关于"经学"，最早见于《汉书传·兒宽传》，朱维铮先生对它作了一个定性的界定。他说："它特指中国中世纪的统治学说。具体地说，它特指西汉以后，作为中世纪诸王朝的理论基础和行为准则的学说。因而，倘称经学，必须满足三个条件：一、它曾经支配中国中世纪的思想文化领域；二、它以当时政府所承认

---

① 汪祚民：《〈诗经〉文学阐释史》，人民出版社 2005 年版，第 11 页。

并颁行标准解说的'五经'或其他经典，作为理论依据；三、它具有国定宗教的特征，即在实践领域中，只许信仰，不许怀疑。①"经学自汉武帝"罢黜百家，独尊儒术"并立五经博士之后，勃然兴起，成为汉代的主流意识形态。皮锡瑞《经学历史》对汉代的经学作了描述："汉人知孔子维世立教之义，故谓孔子为汉定道，为汉制作。当时儒者尊信六经之学可以治世，孔子之道可为弘亮洪业、赞扬迪哲之用。朝廷议礼、议政，无不引经；公卿大夫士吏，无不通一艺以上。②"此后经学虽有兴衰沉浮，但作为历代封建统治学说及其理论资源的法定地位并没有改变。《诗经》是经学的重要元典，被视为统治学说和主流意识形态的理论基础，这就注定了汉至近代《诗经》研究的主体是经学阐释。其特点就是大多忽略诗中的情感审美和艺术表现形式，不太注重《诗经》作品的文本意义及其整体把握，通过"取春秋，采杂说，咸非其本义"（《汉书·艺文志》）的说解，阐发其中各诗的美刺讽谏意义和"经夫妇，成孝敬，厚人伦，美教化，移风俗"（《诗大序》）的政教价值。汉初传授《诗经》的共有四个学派，简称齐诗、鲁诗、韩诗、毛诗。齐、鲁、韩三家是官方承认的学派，毛诗

① 朱维铮：《中国经学史十讲》，复旦大学出版社2002年版，第19页。
② 皮锡瑞：《经学历史》，中华书局1959年版，第26页。

稍晚出，属古文经学，是民间学派。鲁、齐、韩、毛四家传诗，反映汉学内部今文经学与古文经学的斗争。自东汉末年，儒学大师郑玄以毛诗为本，兼采三家的郑玄的《毛诗传笺》，实现了今文、古文合流，是《诗经》研究的第一个里程碑。

魏晋南北朝时期，随着玄学新思潮的兴起和个体意识的觉醒以及文学的自觉，经学赋予《诗经》的神圣逐渐式微。经学的解说难以令人信服，最多只作为一种既成的知识资源加以运用，《诗经》文本的文学属性相应地日益显现出来，"《诗经》的文学阐释空前活跃。一是对《诗经》作了文学定位；二是魏晋风流导致了谢安家族对《诗经》佳句的文学品赏，构成了《诗经》阐释史上一道亮丽的风景，推动了《诗经》文学阐释的发展；三是刘勰对《诗》的艺术表现形式以及《诗》与后世文体的传承关系作了一次全面系统的理论总结，张扬了《诗》的文学性；四是在钟嵘《诗品》的批评实践和萧纲的《诗》评与风诗专门诠释中，《国风》的文学范型地位大大凸现；五是文学之士的创作，在近师辞赋与乐府古诗的同时，无不取法于《诗经》，形成了对《诗经》一种多为情感审美的特殊形态的文学阐释。①"

---

① 汪祚民：《诗经文学阐释史——先秦到隋唐》，人民出版社 2002 年版，第 12 页。

隋唐时期,《诗经》研究表现出经学与文学交融的特点。唐初孔颖达的《毛诗正义》,完成了汉学各派的统一,成为《诗经》研究的第二个里程碑。在经学领域中,《诗经》的文学性受到很大程度的重视。《毛诗正义》作为唐代科举考试的《诗经》范本,对《诗经》作品中的字、词、句、章、文势等艺术表现方面的特征进行了系统总结,在具体作品的疏解中还注意对其中的情趣加以鉴赏;成伯玙的《毛诗指说》中的《文体》篇,讲述《诗经》作品的句法辞章。"在文学活动领域中,除了将《诗经》视为'雅丽理训诰'的至文和诗格诗法总结的对象以及文学创作所取资化用的审美范型外,同时也将它作为纠正齐梁以来浮艳文风,主张文学关注现实民生,服务于社会的一面旗帜,如陈子昂、杜甫、白居易等就是如此"①,从这两个方面说,隋唐的《诗经》研究与阐释表现出文学与经学的融通、"诗"与"儒"的高度统一。

第三阶段,宋明时期。

宋学时期(宋至明)。宋人为解决社会矛盾开始改造儒学,兴起注重自由研究、注重实证的思辨学风,对汉学《诗经》之学提出批评和争论。汉之经学研究之风在疑古风潮的吹拂下开始转变方向,至明衰微,《诗经》作品的文学性有机

① 汪祚民:《〈诗经〉文学阐释史》,人民出版社2005年版,第12~13页。

会得到更全面的展示。欧阳修《诗本义》对毛郑诗说不满，提出以人情说诗、根据《诗经》文本和章句之间的文意脉络求其本义，呈现出文章家论《诗》的风貌。接着郑樵、朱熹对《毛诗序》展开了抨击，将《诗经》由圣人政教经典还原为'感物道情'如'今之词曲'一般的普通诗歌①，朱熹以理学为思想基础，在宋人考据、训诂的研究成果上，结合《诗经》的文学特点，写成了《诗集传》，这是宋学《诗经》研究的集大成著作，是《诗经》研究的第三个里程碑。

元明时期，《诗经》研究是宋学的继续。《诗集传》在几百年中具有必须信从的权威地位。到了明代后期，在《诗经》音韵学和名物考证上，才取得一些成绩。明人诗话中也有对《诗经》的文学研究。"如王世贞《艺苑卮言》摘出《诗经》佳章佳句近 700 句，涉及作品 100 余篇；许学夷《诗源辩体》的诗论部分专用一卷的篇幅评说《诗经》，明代后期专门的《诗经》文学评点著作大量涌现，以致四库馆臣责骂道，明人《诗》说经解，'真可谓无所不有矣'（《四库全书总目提要》）"②。

第四阶段，新汉学时期（清代）。

清人为了摆脱宋明理学的桎梏，提倡复兴汉学。"康、乾

---

①② 汪祚民：《〈诗经〉文学阐释史》，人民出版社 2005 年版，第 13 页。

盛世，随着经学的复兴，考据学日炽，对《诗经》的文字、音韵、训诂、名物进行了浩繁的考证。四库馆臣站在正统经学的立场上，对《诗经》文学点评著作和收入《三百篇》的文学总集，大加贬斥，这种学术氛围虽不利于《诗经》文学阐释规模的进一步扩大，但并没有阻止其深化发展。康熙年间姚际恒的《诗经通论》和晚清方玉润的《诗经原始》是融探讨诗义、圈点品评、释文标韵于一体的集大成之作，是文学阐释性极强的《诗经》注本。嘉庆年间崔述的《读风偶识》是深受戴恩君《读风臆评》影响而作的深入探究风诗意蕴的专著。三书一直为研究《诗经》文学者所称道。①"整个清代，《诗经》的文学阐释和经学的复盛并驾齐驱的。随着中国社会迅速地向半封建半殖民地转化，封建社会的解体，清古文学、清今文学、宋学的残余，都在近代民主和科学思想的冲击下，一起衰亡下去。清人的诗话，如《姜斋诗话》《随园诗话》中对《诗经》艺术形式的分析，却有较久的生命力。

第五阶段，五四运动及以后时期。

现代以来，是《诗经》研究文学阐释主体地位确立时期。在自汉至清两千多年的历史进程中，虽然《诗经》研究的文

---

① 汪祚民：《〈诗经〉文学阐释史》，人民出版社2005年版，第14页。

学阐释在不断发展，但由于经学始终都是统治者用以维护社会秩序的主流意识形态，经学阐释一直是《诗经》研究的主体。近代以来，随着封建宗法统治制度土崩瓦解，经学赖以生存的社会基础不复存在。特别是五四新文化运动，在中国社会上掀起了彻底的反帝反封的思想解放思潮，加之西学东渐，科学的研究方法和新的学术观念正在改变中国人固有的学术视野，《诗经》三百篇的文学主体性质被确立下来。1922年，胡适到北京大学平民学校①讲演《诗经三百篇》，提出了研究《诗经》的三条原则："（1）须用歌谣（中国的，东西洋的）作比较的材料，可得许多暗示；（2）须用社会学与人类学的知识来帮助解释；（3）用文学的眼光来读《诗》，没有文学的赏鉴力和想象力的人，不能读《诗》。②"他把《诗经》的文学性放到首位。胡适还在《一个最低限度的国学书目》中，将朱熹的《诗集传》、姚际恒《诗经通论》、龚橙的《诗本谊》、方玉润的《诗经原始》、陈奂的《诗毛氏传疏》列入"文学史之部"，昔日经部之书改录于文学部类，标志着

---

① 北京大学平民学校最初创办于 1918 年，时任北京大学校长的蔡元培以"劳工神圣，人人平等"为宗旨，创办"校役夜班"，由傅斯年、罗家伦等学术大家为北大工友授课。

② 胡适：《记关于〈诗经〉的演讲》，载于《胡适学术文集·中国文学史》，中华书局 1998 年版，第 411 页。

对《诗经》性质认识的根本转变。郭沫若是《诗经》今译的创始者。1923 年，郭沫若《卷耳集》出版。此书从《诗经·国风》中选出 40 首男女恋爱的情歌译成白话诗，在对《诗经》文学特点的认识和普及方面已发挥了重要作用。同时，他还提出了一个把《诗经》运用于古代史研究的科学研究体系。20 世纪三四十年代的闻一多，在研究《诗经》的丰富著作中提出许多新颖的见解，他把民俗学、考古学、语言学等文化人类学的研究方法结合起来分析研究《诗经》，揭示了《诗经》的思想内容和艺术特色，并且开创了《诗经》新训诂学研究的先河。他在《风诗类钞·序例提纲》虽声称从社会人类学的角度去读《诗经》，但他使用考古学、民俗学、语言学等方法的真正目的就是"缩短时间距离""带读者到诗经时代"，去认识《诗经》的本来面目。《风诗类钞》实际就是一部《诗经》作品的分类选集。无论是从学术观念还是从具体的说解实践，《诗经》的阐释都是以文学阐释为主体，其他的社会学、历史学的研究是在承认《诗经》文学主体性质的前提下进行的。

纵观两千多年的《诗经》研究史，我们发现《诗经》研究主要集中在以下几方面：一是《诗经》的来源、应用及版本源流；二是漫长的封建时代，特别是两汉以后，对《诗经》的研究以经学阐释为主；三是现代，特别是"五四"以后对

《诗经》的研究以文学阐释为主；四是对《诗经》文字、音韵、训诂、名物的考证研究以及校勘、辑佚等研究。

针对上述几个方面的研究内容，每个历史阶段都各有侧重，且积累了丰富的研究资料。从最早的春秋孔子到东汉的郑玄、唐初的孔颖达、宋代的朱熹直到现代的闻一多等，许多前辈都是《诗经》研究史上里程碑式的人物，每个里程碑都是集几百年各派研究之大成，并且反映了它们所处时代学术研究的新水平。我们都应该给予科学的总结，批判地继承，把《诗经》研究提升到我们时代最新的水平。

21世纪，我们的《诗经》研究需要在研究文本的基础上，进一步研究其语言、文字、韵律、文献、文化、历史等多方面的内容，对前人已经取得的研究成果作系统的梳理和切实的体验，把握其内容和方向、研究方法、审美流向和审美方式，站在巨人的肩膀上，作出符合时代审美要求的更新、更深的阐释，更好地发挥古典文学的文化教育和传承功能，为弘扬和传承中华传统文化作出新贡献。

第二章 《诗经》的来源

《诗经》是我国第一部诗歌总集，辑录了西周初年到春秋中叶500多年间的诗歌305篇①。《诗经》在先秦时期被称为"诗"或"诗三百"，直到汉代把它作为儒家的经典才称为《诗经》。《诗经》是由西周以来的庙堂祭祀诗、朝会燕享诗、古老的传说以及迄于东周的各国民歌合编成集。《诗经》被广泛运用于周人社会生活的各个方面，特别是各种礼仪活动和精神生活之中。它是周人生存和生活状态的一面镜子，是周代社会生活和礼乐文化的结晶。春秋末期，大思想家教育家的孔子创办了中国第一所私立学校。他收集大量的古代文献资料，整理出《诗》《书》《礼》《易》《春秋》及《乐》六种典籍，时称为"六艺"，作为传授弟子的教科书。孔门弟子三千人，"通六艺者，七十有二人"，后来形成了中国历史上

---

① 《诗经》实际保存的诗305篇，而篇目是311篇。在《小雅》部分，有六篇有目无词。这六个篇目是：《南陔》《白华》《华黍》《由庚》《崇丘》《由仪》，它们被称为笙诗。笙诗是用笙这种乐器吹奏的乐曲。（见夏传才《诗经研究史概要》，清代大学出版社2007年版，第14页。）

特别是封建社会阶段，对人类意识形态影响最大的儒家学派。到战国后期，庄子借用孔子之语和老子谈论这六部著作时，才有了"六经"的称谓，此时，"六艺"仍是儒家学派的教本。

秦始皇统一全国后，为了统一思想，巩固统治，下令"焚书坑儒"，只有医学和农学等实用书籍幸免于难，"言《诗》《书》者弃市"（《史记·始皇本纪》）。儒家的"六艺"遭遇了一场几濒灭亡的大浩劫。《诗经》305篇之所以能够流传下来，一方面得益于其简单、配乐歌唱、便于口耳相传的形式；另一方面，到了汉代，武帝"罢黜百家，独尊儒术"，定"五经"，立博士。"五经"被定为指导人们一切思想和行为的圣经，《诗三百》就一步步地成为王道的承载物和圣人教化的经典，在两千多年封建社会的意识形态中，发挥着重要的作用。关于《诗经》的来源，梳理《诗经》研究史可见其作品来源有三：一是为宗庙祭祀和宴飨专门制作的礼乐之歌；二是公卿列士为补察时政所献的诗；三是民间采集的歌谣。

第一节　配合礼乐作诗

为宗庙祭祀和宴飨之礼专门制作的诗歌，主要包括《周颂》和大、小《雅》中的一部分。

《礼记·明堂位》：

"周公相武王以伐纣。武王崩成王幼弱，周公践天子之位以治天下。六年，朝诸侯于明堂，制礼作乐，颁度量，而天下大服。"

《国语·周语上》：

穆王将征犬戎，祭公谋父谏曰："不可！先王耀德不观兵。夫兵，戢而时动，动则成，观则玩，玩则无震。是故周文公之《颂》曰：'载戢干戈，载櫜弓矢。求我懿德，肆于时夏，允王保之'。"韦昭注曰："文公，周公旦之谥也。《颂》《时迈》之诗，武王既伐纣，周公为作此诗，巡守告祭之乐歌。"

《左传·宣公十二年》载：

楚子曰："武王克商，作《颂》曰：'载戢干戈，载櫜弓矢。我求懿德，肆于时夏，允王保之。'又作《武》，其卒章曰：'耆定尔功'；其三曰：'铺时绎思，我徂维求定'；其六曰：'绥万邦，屡丰年'"①。此处引诗依次是《周颂》中的《时迈》《武》《赉》《桓》。从《左传》《国语》的行文看，

---

① 杨伯峻编著：《春秋左传注》，中华书局1990年版，第744~745页。

17

所引《周颂》诸诗都作于伐纣胜利之后武王在位之时。

《史记·周本纪》:"已克殷,后二年……武王病。天下来集,群公惧。"

《史记·封禅书》曰:"武王克殷二年,天下未宁而崩。"

从这些史料中可见,武王伐纣夺得天下后,天下并不太平,无暇制礼作乐。接着管蔡之乱又起。因此,《礼记·明堂位》说周公摄政六年制礼作乐是比较合理的。《大雅·烝民》:"四牡骙骙,八鸾喈喈。仲山甫徂齐,式遄其归。吉甫作诵,穆如清风。仲山甫永怀,以慰其心。"这是周宣王时代的重臣尹吉甫所作,周宣王派仲山甫去齐地筑城,临行时尹吉甫作此诗赠之,赞扬仲山甫的美德和辅佐宣王的政绩。这些都是公卿大夫的赠答颂美之作。

第二节　公卿列士献诗

二雅诗和周颂的诗歌除了贵族统治者歌功颂德、宴享酬应的,还有一些是抨击时政、揭露社会弊病,以及倾诉个人怨恨和不平的。这些诗篇的来源,据考证周代有公卿列士可以陈诗进谏的制度。《左传·襄公四年》:"昔周辛甲之为大史也,命百官,官箴王阙。"《左传·昭公十二年》"昔穆王欲肆其心,周行天下,将皆必有车辙马迹焉。祭公谋父作

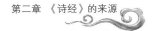

《祈招》之诗，以止王心，王是以获，没有衹宫……其诗曰：祈招之愔愔，式昭德音。"《大雅·板》："犹之未远，是用大谏"。《国语·鲁语》："正考父校商之名颂十二篇于周太师。"《大雅·民劳》："王欲玉女，是用大谏。"《小雅·节南山》："家父作诵，以究王讻。式讹尔心，以畜万邦。"从以上诸例可见，西周各代确有公卿列士向国王陈诗进谏的事实。《国语·周语上》召公谏厉王弭谤中，召公向厉王进谏时提道："故天子听政，使公卿至于列士献诗，瞽献曲，史献书……"一方面说明在中国长期的封建社会中保留着这种讽谏制度，另一方面说明公卿列士可以陈诗进谏是讽谏制度中一种形式。二雅中大量针砭时政、言辞激切无忌的讽刺诗于是产生。当然，周代这种开放批评的制度，只用于贵族阶级内部和平民中的上层。但是，这一部分贵族和知识分子所写的以政治讽喻和怨刺为内容的诗篇，比较真实地反映了厉幽两朝昏暗动乱的社会政治生活，其感情愤懑、言辞激切，较之后代的政治诗较少忌讳，表抒大胆率直，艺术上也是优秀之作。

第三节　民　间　采　诗

据考证周代还保存着由上古时代传下来的一种制度：为了了解世风和民情，王朝派出专门官员到各地去采集民间歌谣。这种官员在各种书上有不同的名称，如"行人""遒人"

"轩车使者""遒人使者①"等等。采诗的目的是为了了解世风和民情。

《诗经·国风》中诗篇大多来自民间采诗。在传统文献中,民间采诗说最早见于《左传》。《左传·襄公十四年》引《夏书》曰:"遒人以木铎徇于路。官师相规,工执艺事以谏。"《说文·亍部》:"古之遒人,以木铎记诗言……"遒人职责之一就是去民间采诗。《左传·昭公二十一年》引泠州鸠曰:"天子省风以作乐。"杜预注曰:"省风俗作乐以移之。"省风俗以作乐,也就是采民间风谣以制乐。《礼记·王制》:"天子五年一巡守……觐诸侯,问百年者就见之。命大师陈诗以规民风。"郑玄注曰:"陈诗,谓采其诗而视之。"《史记·乐书》:"州异国殊,情习不同,故博采风俗,协比声律,以补短移化,助流政教。"从协比声律看,"博采风俗"的"风俗"应为民间的歌谣。《汉书·王莽传》"风俗使者八人还,言天下风俗齐同,诈为郡国造歌谣,颂功德,凡三万言。莽奏定著令。"这里风俗史的职责就是下到郡国民间,察风俗,采歌谣。可见,"博采风俗"即民间采诗。

班固《汉书·食货志》:"孟春之月,群居者将散,行人

----

① 遒人使者,官名,汉置。掌每年8月巡行各地,宣传政令,并收集歌谣和方言。参看杨雄:《輶轩使者绝代语释别国方言》,商务印书馆1937年版。

振木铎徇于路以采诗，献于太师，比其音律以闻于天子。"
《汉书·艺文志》载："古有采诗之官，王者所以观风俗，知
得失，自考正也。"何休注《公羊传·宣公十五年》："男女
有所怨恨，相从而歌，饥者歌其食，劳者歌其事。男子六十、
女子五十无子者，官衣食之，使之民间求诗。乡移于邑，邑
移于国，国以闻于天子。故王者不出牖户，尽知天下所苦。"
从这些记载来看，当时确有专人采诗，然后逐级献于天子以
观世俗，明民情。

近世学者又提出太师（乐官）搜集整理之说。古代设乐
官是有定制的，至汉代依然沿袭。《汉书·郊祀志》："乃立
乐府，采诗夜诵，有赵、代、秦、楚之讴，以李延年为协律
都尉，多举司马相如等造为诗赋，略论律吕，以合八音之调，
作十九章之歌。①"

从这些史料中可见，采诗可以是王朝从上派专人采诗，
也可以是乡邑逐级向上陈诗，还可以是乐官搜集整理。总之，
三百篇的编采集中可以经过各种渠道，最后都在乐官那里集
中进行整理加工，制作成合乐的乐歌。

---

① 王国维：《观堂集林》卷一《说颂》。

第三章 《诗经》的分类及艺术手法

第一节 关于笙诗

现在我们所说的《诗经》305篇，是实有的诗篇，而篇目却是311篇。在《小雅》部分，有6篇有目无词，分别是：《南陔》《白华》《华黍》《由庚》《崇丘》《由仪》。它们被称为笙诗，即用笙这种乐器吹奏的乐曲。

关于笙诗，过去有两种不同的解释。

一种是"有义亡辞说"，这是汉学的论点。《毛诗传》"有其义而亡其辞""《南陔》孝子相戒以养也。《白华》孝子之絜白也。《华黍》时和岁丰宜黍稷也。《由庚》万物得由其道也。《崇丘》万物得其高大也。《由仪》万物之生各得其时也。①"郑笺孔疏因袭这个说法，其不同之处只是辞亡在孔子之前或孔子之后。但是，既早已亡其辞，又何以知其义？难

---

① （宋）吕祖谦：《吕氏家塾读诗记》卷十八，商务版，载于《丛书集成初编》1719册。

免附会假说。南宋王质批驳较为有力："毛氏不晓笙歌而一概观之。大率歌者，有辞有调者也；笙者，管者，有腔无辞者也。后世间也有如此清乐，至唐仍有六十三曲。""有其义者以题推之也，亡其词者莫知其中谓何也……所谓有其义者也，皆汉儒之学也"。①

另一种是"有声无辞说"，这是宋学的论点。宋学反汉学，代表人物是朱熹，说笙诗只是贵族宴会典礼中演唱诗歌时插入的清乐，原本无辞。《诗集传》中《乡饮酒礼》和《燕礼》演奏"《鹿鸣》《四牡》《皇皇者华》诸篇称歌，《南陔》《白华》《华黍》诸篇曰笙、曰乐、曰奏，而不言歌，则有声无词明矣，所以知其篇第在此者，意古经篇题下，必有谱焉"②。

后世相信朱熹说法的人较多。二说虽一直难以统一，但也有一致的地方，即无论其原本有词无词，都承认笙诗是用笙吹奏的乐曲，而且是和其他许多诗歌一起演奏的，由此可以说明《诗经》各篇的诗是与音乐密切结合的。

《仪礼》十七篇是《礼经》三礼的主要部分，是最可靠的先秦史籍，记载周代各种礼节和仪式。其中《乡饮酒礼》

---

① （宋）王质：《诗总闻》卷十，载于《丛书集成初编》1713 册。
② （宋）朱熹：《诗集传》卷九《南陔》《华黍》《鱼丽》题解。

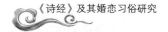

这一篇，记载了贵族卿大夫宴会典礼的次序：

> 众宾序升，即席。……乐正先升，立于西阶东。工入，升自西阶，北面坐。相者东面坐，遂授瑟，乃降。工歌《鹿鸣》《四牡》《皇皇者华》。……笙入堂下，磐南北面立，乐《南陔》《白华》《华黍》。前乐既毕，乃间歌《鱼丽》，笙《由庚》；歌《南有嘉鱼》，笙《崇丘》；歌《南山有台》，笙《由仪》。乃合乐《周南·关雎》《周南·葛覃》《周南·卷耳》；《召南·鹊巢》《召南·采蘩》《召南·采蘋》。工告于乐工曰："正歌备"乐工告于宾乃降。主人请彻俎……众宾皆降，脱屦，揖让如初，升坐，乃羞。无算爵，无算乐。宾出，奏《陔》。

从这段记载中可以看到：周代贵族宴会有规定的典礼仪式，乐歌是主要内容，而清乐和乐歌在典礼中相间进行，时而吹奏一曲，时而歌唱一诗，歌诗有器乐伴奏，《小雅》和二南，都是当时应用的乐歌。我国古代诗歌合一，并不仅仅笙诗是乐曲，三百篇中的诗也配有乐曲。

第二节　诗入乐说和风雅正变

"诗三百"篇全是乐歌，古时本已有定论。先秦两汉史籍有大量记载：

《论语·子罕篇》："吾自卫反（返）鲁，然后乐正，《雅》《颂》各得其所。"

《墨子·公孟篇》："诵诗三百，弦诗三百，歌诗三百，舞诗三百。"

《左传·襄公二十九年》："吴公子札来聘……请观于周乐。使工为之歌《周南》《召南》。为之歌《邶》《鄘》《卫》。为之歌《王》。为之歌《郑》。为之歌《齐》。为之歌《豳》。为之歌《秦》。为之歌《魏》。为之歌《唐》。为之歌《陈》。为之歌《桧》。为之歌《小雅》。为之歌《大雅》。为之歌《颂》。"①

《史记·孔子世家》："三百五篇，孔子皆弦歌之，以求合韶武雅颂之音。"

《汉书·食货志》："行人振木铎徇于路以采诗，献之太师，比其音律。"

"诗为乐章"，自汉至唐，并无异议，都以为《诗经》所录全是乐歌。

宋儒治经不尊汉说。南宋程大昌《诗论》十七篇，首先提出"诗有入乐不入乐之分"。他说："盖南、雅、颂，乐名

---

① 杨伯峻：《春秋左传注》（修订本），中华书局1990年版（2008.7重印），第1161～1164页。

也，若入乐曲之在某宫者也。……若夫邶、鄘、卫、王、郑、齐、魏、唐、秦、陈、桧、曹、豳，此十三国者，诗皆可采，而声不入乐，则直以徒诗著之本土。"① 本来，程大昌的说法没什么依据，而朱熹、顾炎武等人继而附会出所谓"风雅正变"，提出"变风变雅都不入乐"。

"风雅正变"一词，最初见于《毛诗序》，东汉的郑玄著《诗谱》加以发挥，把歌颂周室先王和西周盛世的诗，称为"诗之正经"，而把那些众多的产生于衰乱之世的讽刺诗和爱情诗，称为"变风""变雅"。"变"是不正的意思，指不合诗的正统。朱熹附会"风雅正变"说解释诗乐问题，提出："二南，正风，房中之乐也，乡乐也。二雅之正雅，宫廷之乐也。商周之《颂》，宗庙之乐也。至变雅则衰周卿士之作，以言时之得失，而《邶》《鄘》以下，则太师所陈以观民风者耳，非宗庙之所用也。"明末顾炎武《日知录·卷三》说得更明白："夫二南也，《豳》之《七月》也，《小雅》正十六篇，《大雅》正十八篇，《颂》也，诗之入乐者也。《邶》以下十二国之附于二南之后而谓之变风，《鸱鸮》以下六篇之附于《豳》而亦谓之《豳》，《六月》以下五十八篇之附于《小雅》，《民劳》以下十三篇之附于《大雅》而谓之变雅，诗之

①　（宋）程大昌：《诗论》，载于《丛书集成初编》1711册，商务版。

不入乐也。①"

按照他们的立论，全部《诗经》只有一百篇诗入乐，一百三十四篇风诗和七十一篇二雅，共二百零五篇诗是"变风""变雅"，不是"诗之正经"，因而也不配入乐。他们所说的"正统"，自然是指合于封建教化思想。他们只承认歌功颂德和宣扬封建教化的乐教，认为那些政治讽刺诗、爱情诗，都是衰世变音，不能登入"大雅之堂"。这实际是在经学背景下的附会之说。许多学者认为"风雅正变"说立论无据，矛盾百出，不可采取，因此弃而不论。那么建立在这个错误观点上的"变风变雅不入乐"说，也就失去了理论上的支撑。

"'诗全入乐'和'诗有入乐不入乐之分'两说，进行过长期激烈的争论，前者战胜后者。如清马瑞辰《毛诗传笺通释·卷一·诗入乐》从诗歌的起源来论证，'在心为志，发言为诗，言之不足，故嗟叹之，嗟叹之不足，故咏歌之。'皮锡瑞《论诗无不入乐史汉与左氏传可证》一方面说明'谓诗不入乐，与史汉皆不合，亦无解于左氏之文'，另一方面从中国文学史我角度来说明古乐府、唐诗、宋词、元曲最初皆入乐。俞正燮《癸巳存稿·诗入乐》、康有为《新学伪经考·汉书

---

① （清）皮锡瑞：《经学通论·诗经》，中华书局1954年版，第55页。

艺文志辨伪》也先后举出有力的证明，指出所谓的变风变雅不可信，从汉时至魏晋仍传有乐歌。①"

近人顾颉刚等除了辨订以上诸说，又对《诗经》的形式进行研究，从章节的复叠、词句的重沓等乐歌特点，说明三百篇全是乐歌，有的是按照已有的乐谱写歌词，也有的是采自民间的歌谣再经乐工配乐；有些乐歌是规定在典礼时使用的，有些乐歌则是礼毕坐宴和慰劳司正时用的②。三百篇全入乐，已是不容置疑的定论。

第三节 《诗经》之"六义"

"六义"的观念在早在春秋时代就有，随着社会的发展不断积累形成固定的含义。"六义"最早见于《周礼·春官·大师》："教六诗，曰风，曰赋，曰比，曰兴，曰雅，曰颂。以六德为之本，以六律为之音。"汉代的《毛诗序》根据《周礼》的说法提出了"诗之六义"说："故诗有六义焉，一曰风，二曰赋，三曰比，四曰兴，五曰雅，六曰颂。"后世把"风、雅、颂，赋、比、兴"称为《诗经》之"六义"，其实这些是"诗经学"的一些概念。按照唐代以来的说法，"风、

---

① 夏传才：《诗经研究史概要》，清华大学出版社 2007 年版，第 17 页。
② 顾颉刚：《论诗经所录全为乐歌》，载于《古史辨》第三册。

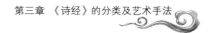

第三章 《诗经》的分类及艺术手法

雅、颂"是篇章分类，"赋、比、兴"是艺术手法。

一、"风"的解释

对"风"有不同的解释。自古以来对"风"的解释有十三种之多。夏传才在《〈诗经〉研究史概要》中把对"风"解释归纳为五种：

（1）最早是《诗序》的解释："风，风也，教也，风以动之，教以化之。……上以风化下，下以风刺上，主文而谲谏，言之者无罪，闻之者足以戒，故曰风。……是以一国之事系一人之本，谓之风。[1]"这里一口气下了风教、风动、风行、风化、风刺、风俗六个定义，含混不清，不得正解，是从封建政治道德的教化作用来附会解释的。

（2）郑樵、朱熹的解释："风"是风土之音，民俗歌谣之诗。郑樵《六经奥论》解："'风者'出于风土，大概小夫贱隶妇人女子之言。其意虽远，其言则浅近重复，故谓之风。"朱熹《诗集传》解："国者诸侯所封之域，而风者民俗歌谣之诗也。"其《楚辞集注》解曰："风则间巷风土，男女情思之词。"此说比较明确，能够解释部分"风"诗作品。但"风"诗一百六十篇，有一部分"民俗歌谣"，还有一部

---

[1] 《毛诗序》，载于阮元刻《十三经注疏本毛诗正义》卷一。

分是贵族阶级的作品；有一部分"男女情思之词"，还有一部分反映了社会政治内容。所以这个定义并不全面，不是"风"名的本义。

（3）崔述、梁启超的解释：风是诗体。崔述《读风偶识》解："《风》《雅》之分，分于诗体。①"梁启超赞同此说："《南》《风》《雅》《颂》是四种诗体。"他们摆脱序传的传统观念，从诗体来进行解释，是一个突破。但《风》诗的章节结构、语言音韵等形式与《雅》《颂》的形式并无多大区别，因而他们的诗体说也不确切。

（4）近人章太炎等人的解释：《风》是吟咏和背诵的诗。章太炎《国学概论演讲》："风空为气之激荡，气自口出，故曰风。当时之所谓风者，只是口中所讴唱罢了。"梁启超《释四诗名义》："风即讽字，但要训讽诵之讽，不是训讽刺之讽。《周礼·大司乐》注说，倍文曰讽，《瞽矇》疏引作背文曰风。然则背诵文词，实风之本义②"。这个定义把《国风》说成全是口头吟咏的诗，忽略了《国风》本来全是乐歌这一事实。

（5）据《诗经》内证和《左传》记事：风是乐调。《大

①　崔述：《读风偶识》，载于《丛书集成初编》1747 册。
②　陈子展：《国风选译》导言，春明出版社 1955 年版。

雅·嵩高》："吉甫作诵，其诗孔硕，其风肆好"，可见风是乐调。《左传·成公九年》记晋候见楚囚锺仪，"使与之琴，操南音……文子曰：楚囚，君子也。言称先职，不背本也；乐操土风，不忘旧也。"这里说的"土风"显然是地方乐调。近人顾颉刚对此作了详细考订，赞同说"风"名的本义就是乐调，"所谓《国风》，犹之乎说'土乐'。①"

二、"雅"的解释

关于"雅"名的本义，旧时释"雅"为"正"，旧时"雅""夏"二字通用，周王畿一带原是夏人的旧地，周人有时也自称夏人，其地称为夏地，王畿为政治中心，其言称为正声。孔子："诗、书、执礼，皆雅言也。"② 雅言就是标准话，宫廷和贵族用的乐歌要用这种正声。当时有雅乐，就是宫廷和贵族的"正乐"。《雅》是正乐，旧说大体一致。

《大雅》《小雅》之分，说法未能统一，归纳众说，主要有政治道德内容和音乐两种分类标准。

（1）《毛诗序》从政治内容来区分，把雅字理解为政，"雅者，正也，言王政之所由兴废也。政有大小，故有《小

---

① 顾颉刚：《论诗经所录全为乐歌》，载于《古史辨》第三册。
② 《论语·述而》。

雅》焉，有《大雅》焉。"郑玄和苏辙又主张从道德内容来区分。郑玄认为："雅者正也，言今之正者，以为后世法"苏辙认为："《小雅》有美恶，《大雅》有美无恶，《大雅》是'文王之德'，《小雅》是'周德之衰'①"。这些解释早时都有很大影响，实则附会曲解。

（2）孔颖达曾提出："诗体既异，音乐亦殊"。程大昌《诗论》："音既同，又自别为大小，则声度必有丰杀廉肉，亦如十二律然，既有大吕，又有小吕也。"②郑樵《六经奥论》："《小雅》《大雅》者，特随其音而写之律耳。律有小吕大吕，则歌《大雅》《小雅》，宫有别也。"清代学者大多同意这个说法。

根据现代的考证，《大雅》《小雅》之分可能与古时的一种名叫"雅"的乐器有关。"雅"为正乐所用，雅乐由此得名。"雅乐"原来只有一种，无大小，随着时间的推移，又有新的雅乐产生，便叫旧的为大雅，新的为小雅③。孔子曾大声疾呼："恶郑声之乱雅乐也。"古人说《小雅》"杂乎风之体"，就是说它受到各国土乐的影响，音乐发生了变化。从诗

---

① （宋）苏辙：《诗集传》，载于《四库全书总目提要经部诗类一》。

② 章炳麟《大匹小匹说上》引郑司农说《笙师》："雅状如漆筩而弇口，大二围，长五尺六寸，以羊韦鞔钢鞔之，有两纽疏画。"

③ 夏传才：《诗经研究史概要》，中州书画社1982年版，第24页。

的形式来看，虽然二雅基本上都是四言诗，但《大雅》句法韵律变化较少，《小雅》就显得灵活和谐，有的诗已不是四言诗，如《祈父》一篇十二句，其中十句二、三、五、六言杂之。诗乐不可分，音乐确已发生明显的变化。原来的乐器硕大而笨重，在发展过程中也必然吸收新乐而改进其结构，使之小巧而灵活，这与《大雅》《小雅》之分也可能有关。只是古乐早已失传，我们已无法具体考证了。

三、"颂"的解释

关于"颂"的解释，争议不大，前人的解释都比较符合实际且趋于一致。认为是诗的内容是王廷宗庙祭祀祖先、祈祷神明的乐歌。

"颂者美盛德之形容，以其成功告于神明者也"（《毛诗序》）。"颂之言容，天子之德，光被四表"（《毛诗传笺》）。"若夫雅颂之篇，则皆成周之世，朝廷郊庙乐歌之辞，其语和而庄，其义宽而密"（《诗集传》）。

"颂"字古训"容"字，"容"也就是现在的"样"字。阮元《研经室集·释颂》："所谓《商颂》《周颂》《鲁颂》者，若曰商之样子，周之样子，鲁之样子而已。……三颂各章，皆是舞容，故称为颂。若元以后之戏曲，歌者舞者与乐

器全动作也。"这说明了《颂》是舞、乐合一的乐歌。

"颂""庸"古字通假。"庸"即"镛"字，是一种大钟。钟声缓慢悠扬，其音庄重，余音袅袅，至今宗教仪式还用钟这种乐器伴奏。《颂》的篇章简短，多无韵，不分章，不叠句，也证明它是由大钟伴奏、声调缓慢、配合舞蹈的宗教性祭祀舞歌。

综上所述，《诗经》的编排体制，是以《风》《雅》《颂》三类不同的乐歌来分类的。这种编排方法，在最初有它的实用性和科学性。因为时代久远，社会变迁，古乐全部失传，只保存下三百篇歌词。

四、关于"赋"

"赋"，朱熹《诗集传》中的说法，"赋者，敷也，敷陈其事而直言之者也"。亦即用铺陈叙述的方法，描述一件事情的经过。"赋"实际就是现在常用的叙述和描写的表达方式。如《卫风·氓》："氓之蚩蚩，抱布贸丝，匪来贸丝，来即我谋。"直接叙说来意；《邶风》击鼓："死生契阔，与子成说。执子之手，与子偕老"；《周南·关雎》："窈窕淑女，君子好逑"。这些诗句直接表达自己的感情。"赋"的表现手法是《诗经》中最基本的表现手法。

五、关于"比"

"比",朱熹《诗集传》中的说法,"比,以彼物比此物",也就是比喻,打比方之意,亦即用一个事物比喻另一个事物。《诗经》中"比"手法运用比较普遍,也富于变化。如《卫风·氓》之:"桑之未落,其叶沃若。桑之落矣,其黄而陨"用桑树从繁茂到凋落的变化来比喻爱情的由盛转衰;《小雅·采薇》用"采薇采薇,薇亦作止;薇亦柔止;薇亦刚止"来比喻时间的流逝,表明戍卒戍边时间的漫长;《召南·野有死麕》"有女如玉"将女子比为美玉;被喻为千古美人赋的《卫风·硕人》在描写硕人之美时用了一连串的比喻,"手如荑荑,肤如凝脂,领如蝤蛴,齿如瓠犀,螓首蛾眉"这些比喻新奇而贴切。《诗经》中用"比"的佳例比比皆是。这是《诗经》时代的诗人才华的表现,他们不仅善用比喻而且善于博喻,如《大雅·常武》"如飞如翰,如江如汉,如山之苞,如川之流,绵绵翼翼",一连串的比喻联翩而至,一气呵成,让人惊叹。

六、关于"兴"

《诗经》中的"兴",朱熹《诗集传》的解释是:"先言他物以引起所咏之辞",也就是借助其他事物为所咏之内容作铺垫，以避免突兀感的产生。"他物"与"所咏之辞"，有的有内在的联系，有的没有联系。"兴"一般用于一首诗或一章诗的开头。"赋"和"比"是一切诗歌中最基本的表现手法，而"兴"则是《诗经》乃至中国诗歌中比较独特的手法。"兴"字的本义是"起"，因此又多称为"起兴"，对于诗歌中渲染气氛、创造意境起着重要的作用。如《小雅·采薇》第四章开篇所言："彼尔维何，维常之华。彼路斯何，君子之车"即以植株茂盛，花朵硕大而艳丽的棠棣花起兴，以引出宏伟壮观的君子之车。大约最原始的"兴"，只是一种发端，同下文并无意义上的关系，表现出思绪无端地飘移联想。就像《秦风·晨风》开头"鴥彼晨风，郁彼北林"，与下文"未见君子，忧心钦钦"云云，很难发现彼此间的意义联系。但现代学者认为，把"兴"单纯理解为起兴不够全面，也不够深入。人们发现一些"兴"的句子，往往积淀着某些文化的内涵。例如《邶风·燕燕》的"燕燕于飞，差池其羽"句，诗句表达的是送别之情而以燕子起飞起兴，就与商人"玄鸟"①崇拜有关。"兴"看上去是思绪无端地飘移和联想，实际上有一种不自觉的文化意识潜规则在其中，这样"兴"又兼有了比喻、象征、烘托等较有实在意义的用法。如《诗

---

① 赵沛霖：《兴的起源》，中国社会科学出版社1987年版，第18～20页。

经》出现"采"的诗句，一般与怀人有关，例如《周南·卷耳》篇"采采卷耳，不盈顷筐。嗟我怀人，寘彼周行"，就是妇女思念远行的丈夫的。再如《小雅·采薇》开篇的"采薇采薇，薇亦作止。曰归曰归，岁亦暮止"，是写戍卒的思归之情的。再如《关雎》开头的"关关雎鸠，在河之洲"，原是诗人借眼前景物以兴起下文"窈窕淑女，君子好逑"的，但关雎和鸣，在国人的心目中也可以比喻男女求偶，或男女间的和谐恩爱，只是它的喻义不那么明白确定。又如《桃夭》一诗，开头的"桃之夭夭，灼灼其华"，写出了春天桃花开放时的艳丽之美，可以说是写实之笔，但也可以理解为对新娘美貌的暗喻，又可说这是在烘托结婚时的热烈气氛。由于"兴"是这样一种微妙的、可以自由运用的表现手法，"能打比方，显示的是诗人的想象力，'兴'则涉及带有文化含义的自由联想，比和兴很接近，都关乎艺术的自由。所以，后来就用'比兴'来称谓中国古典诗歌营造意象、意境的艺术特征。从《诗经》开始，'比兴'就成为中国诗歌艺术的生命"[①]。后代喜欢诗歌的含蓄委婉韵致的诗人在此基础上不断推陈出新，不一而足，构成中国古典诗歌一道亮丽的风景。

37

---

① 李山：《诗经》，国家图书馆出版社2017年版，第8～9页。

第四章 《诗经》产生的时代和地域

《诗经》三百篇产生的时代和地域，因为年代久远，我们无法考证其具体的创作年代和地域，只能大致确定其时间跨度为西周初年到春秋中叶（公元前十一世纪到公元前五世纪）五百多年的时间中。地域上，东西横跨今天的陕西、山东，南北纵贯今天的河北、湖北一带。现存的 305 篇诗歌根据音乐分为风、雅、颂三类。

风诗一百六十篇：包括《周南》《召南》《邶》《鄘》《卫》《王》《郑》《齐》《魏》《唐》《秦》《陈》《桧》《曹》《豳》，又称十五国风。

雅诗一百〇五篇：包括《小雅》七十四篇、《大雅》三十一篇，又称二雅。

颂诗四十篇：包括《周颂》三十一篇、《鲁颂》四篇、《商颂》五篇，合称三颂。

第一节 三颂的时代和地域

《周颂》是西周王室宗庙祭祀的乐歌，主要产生在西周初期奴隶社会的兴盛时期。《史记·周本纪》记载：成王"既绌殷命、夷淮夷……兴正礼乐，而民和睦，颂声兴。"商、周之世奴隶主的战争中，战胜的奴隶主对战败覆灭的奴隶主仍保存其祭祀，可见上古时代对祭祀的重视。西周政治安定，经济兴旺，为巩固和发展这种兴盛局面，大兴礼乐，为此制作祭祀的乐歌。西周从武王灭商（公元前 1064 年）到幽王亡国，凡十一代十二王，据《竹书纪年》说共 257 年。中国历史有确切纪年，从公元前 841 年即共和元年开始，共和以前年代都不可靠。武王灭商后二年死，其弟周公旦摄政七年，《尚书大传》：周公"五年营成周，六年制礼乐，七年还政。"故其开始制礼兴乐在公元前 1058 年，《周颂》的大部分制作在这个时期。在整个"成康盛世"，这些乐歌已积累不少，昭王时又继续补充修订。从这些诗祭祀的先王和所反映的史实来看，可以确定《周颂》的大部分制作在公元前 1058 以后的七八十年之间。

前人考证，《周颂》中最早的诗，是武王伐纣胜利回朝祭祀文王时制作的《大武舞歌》六篇，在今本《诗经》中尚保存其中的《武》《赍》《怀》三篇。近人王国维《大武乐章考》提出今本《诗经》中的《昊天有成命》《般》为《大舞乐歌》的首尾两章①。近又有人提出《酌》也是《大

---

① 《观堂集林》卷二，1940 年商务版，载于《海宁王静安先生遗书》第二册。

舞乐歌》之一①。如果二说成立，那么《大武乐歌》就全部保存下来了。

最晚的诗是昭王初年祭祀武、成、康三王的《执竞》。这些都无法确考，我们只能大致推断它们产生在西周初期及其后不超过一个世纪的时间里。

《周颂》的制作，大约出自史官和太师（乐官）的手笔，地点毫疑问是在镐京。这些诗篇或是记述先王的功业，为祖先歌颂功德，或是祭祀宗庙、祈福神明，带有严肃古板和宗教玄秘的色彩。在写作上偏记事，少抒情，无韵律，缺文采，文学艺术价值不高。但是它们保存了周初奴隶社会兴盛时期的阶级状况、政治经济发展状况、典章制度、社会意识形态的一部分确凿史料，因而具有极重要的历史学价值，是研究我国奴隶社会的可靠的诗史。

《鲁颂》比《周颂》晚几个世纪，是春秋时期鲁国的宗庙祭祀乐歌。鲁是周的后裔封地，在今山东一带。成王封周公长子伯禽于鲁。关于《鲁颂》的来源，朱熹《诗集传》说："成王以周公有大勋劳于天下，故赐伯禽以天子之礼乐，鲁于是乎有颂，以为庙乐。其后又自作诗以美其君，亦谓之颂。"这个

40

---

① 孙作云：《从读史的方面谈谈〈诗经〉的时代和地域性》，载于《诗经研究论文集》，人民文学出版社 1959 年版。

说法和周颂是一脉相承的。魏源《诗古微》卷六《鲁颂诗发微》："僖四年，经书：公会齐侯、宋公等侵蔡，蔡溃；遂伐楚，次于召陵。此中夏攘楚第一举；故鲁僖、宋襄，旧侈阙绩，各作颂诗，荐之祭庙。"齐桓公率八国之师伐楚时是鲁僖公四年即公元前 656 年，所以现存《鲁颂》四篇是鲁僖公时的作品，其中《閟宫》一篇作者署名奚斯，是鲁大夫公子。

　　《商颂》是宋国（都今河南商丘）的宗庙祭祀乐歌。宋国是殷商的后裔，朱熹《诗集传》载："商为武王所灭，封其庶兄微子启于宋，修其礼乐以奉商后。"现存《商颂》五篇的内容，有的是歌颂宋襄公与齐、鲁合兵伐楚事，当与《鲁颂》同时期；有的是歌颂殷商先祖功业的，可能是先世留传或后世所追述。五篇《商颂》产生的时间很长，其制作时间，学术界尚有争议。

第二节　二雅的时代和地域

　　《大雅》全部是西周的作品，其主要是朝会宴飨的乐歌。其中歌颂祖先丰功伟业的颂诗内容与宗庙祭祀诗没有多大区别。因为它们应用于诸侯朝聘、贵族宴飨等朝会典礼，比宗庙祭祀的乐歌，内容较为宽泛。《大雅》的颂诗，有歌颂几位先王功德的题材，有追述传说中周人先祖开国的题材，有赞美庙堂功臣的题材等。这些诗篇对我们了解周初社会的政治经济以及远古传说和开国历史，有较多的史料价值。这些诗大多产生在西周前期和宣王"中兴"时期，有的出自史官、太师的手笔，有的有作者署名，可以证明是公卿列士的献诗。在创作上因为不像庙堂乐歌那样受到音乐舞蹈等形式的束缚，一些诗篇的文学艺术性有所提高。

西周盛世比较短暂，七八十年就衰落了。穆、夷以后，政治腐败，社会危机四伏。残暴昏庸的厉王统治时期，民怨载道，外患严重，民不堪命，发动了"国人暴动"，流王于彘。后继的宣王号称"中兴贤王"，实行开明政治，容许对王政得失提出批评。但由于外御戎狄，战争频繁，剥削加重，社会危机深重，国势一蹶不振。周幽王继位后，残暴昏庸至极，西周终于灭亡。《大雅》中还有一部分讽谏诗，就产生在厉、幽两代，这些诗直陈时弊，揭露了统治阶级的内部矛盾，反映了社会的混乱和人民的不满，是《大雅》里的重要篇章。

《小雅》七十四篇，基本上是西周后期的作品。其中也有一部分是朝会和贵族宴飨的乐歌，与《大雅》没有多大区别，主要是宣王时代所制作。宣王"中兴"图治，修礼兴乐，公卿列士就制作一些诗歌缅怀先王和记述宣王的文治武功，应用范围又从朝会扩延到贵族社会的各种典礼和宴会。这类诗反映了一定的历史面貌，包括贵族阶级的生活、习俗和伦理。其中的四篇农事诗《楚茨》《信南山》《甫田》《大田》和《周颂》中的六篇农事诗《臣工》《噫嘻》《丰年》《载芟》《良耜》《思文》《豳风·七月》同是研究周代农业经济的重要史料。

西周后期社会危机深重，贵族阶级激烈分化，一部分士大夫写了一些讽谏诗，而一些没落的贵族阶级，则写了许多不满现实、感叹身世、发抒悲怨的怨刺诗。这些讽谏怨刺之作，占了《小雅》的大部分，它们都针砭时弊，揭露社会政治的黑暗。厉幽二世昏暗混乱的社会现实，使没落贵族阶级也经历着社会动荡的痛苦，他们的没落地位使他们比较接近人民，因而也在一定程度上反映了人民的困苦。《小雅》中的这些诗人，揭露大胆，言辞激切，感情深沉，抒写动人，具有较高的艺术性，是《诗经》中的优秀作品。

第三节 《国风》的时代和地域

《国风》是东周时期收集的十五个国家和地区的民间诗歌。分别是周南、召南（江汉一带）；邶、鄘、卫、王、陈、桧、郑（河南一带）；齐、曹（山东）；魏、唐（山西一带）；豳、秦（陕西一带）。这些国家所处的地理位置，纵贯河北、湖北，横跨陕西、山东，今天的陕西、山西、河北、河南、山东和湖北北部等地都包括在内，涉及当时中国的全部地域。主要在黄河流域，向南扩展到江汉流域。这广阔的区域，是

中华传统文化的发源地。

《国风》一百六十篇，其篇幅数量占《诗经》全部作品的大半，就其思想内容和艺术成就来说，也是《诗经》中的精华。

西周末年，国内危机严重，戎族入侵，幽王被杀。公元前770年平王东迁洛邑，是为东周。东周王室衰微，诸侯争霸，整个社会的经济和政治，处于更大的动荡和变革之中。历史上把公元前770年至公元前476年划为春秋时代，《国风》的绝大部分是春秋初期至中期的诗，一小部分是西周后期的诗。所以就其大多数而言，是公元前770年至前600年约一百七十年之间的创作。

关于《国风》的时代和地域，历来发生争论最多的是《豳风》和二南的问题。

《豳风》的时代问题至今尚难解决。豳国在今陕西彬县、旬邑一带，是西周的故国。传统的经注说《豳风》是西周初年的诗，产生于成王时代。后人又认为可能是西周后期的诗。除这两种说法外，近人郭沫若析释《七月》，提出新见，认为"确实是春秋中叶以后的作品"①。有人同意郭说，进而提出

---

① 郭沫若：《由周代农事诗论到古代社会》，载于《青铜时代》，人民出版社1954年版。

《豳风》全是春秋时期的作品。近人还有一种意见，认为十五国风中没有《鲁风》，《豳风》就是《鲁风》，因而提出"《豳风》不是西周的诗，应是春秋时代的鲁诗"①。诸说均为推论，因无法得到确凿的材料，尚待继续研究。

关于二南，历代学界众说纷纭，当代却已取得了基本一致的结论。五四以后，学术界在清代学者研究的基础上有了新进展，认为周南和召南原是地域名称，是古南国之名，周南在今陕县以南汝、汉、长江一带，湖北、河南之间，召南在周南之西，包括陕西南部和湖北一部分。郭沫若《甲骨文字研究·释南》考证，原有一种乐器名"南"，这种乐器的使用，可能是南国音乐的特色。《周南》《召南》就是南国地区的民歌，配合南国乐器所奏出的乐调。二南产生的时代，大部分和其他国风一样，是春秋时代的作品，最晚的不能迟于周厉王之世（公元前 681 年至前 677 年）。《左传·僖公二十八年》记："汉阳之姬，楚尽实之。"经过楚伐随、伐申、伐蔡、伐邓等战争，江、汉、汝一带姬姓小国全部灭亡。所以二南诗的编采当在这些小国灭亡前的春秋初期。二南中也有一部分诗是西周后期流传下来的民歌，是否有的诗还要早

---

① 徐中舒：《豳风说》，载于《历史语言研究所集刊（六）》1936 年版；徐中舒、常正光《论豳风应为鲁诗》，载于《历史教学》，1980 年第四期。

一些，还无法确定。我们现在只能就其总体而言，二南的时代在西周末年到春秋初期这一段时间。

综上所述，可以得出如下结论：《诗经》是公元前11世纪至前6世纪我国奴隶社会两周时代的诗歌。其中《周颂》最早，大多产生于西周初期，是宗庙祭祀的乐歌。《大雅》次之，大多是西周中期的作品，一部分是西周后期的作品。《小雅》又次之，大多是西周后期的作品，一部分迟至东迁。二雅是朝会和贵族宴飨乐歌。《国风》《鲁颂》《商颂》产生时代较晚，大多在春秋前半期。《鲁颂》《商颂》是鲁、宋两国的庙堂祭祀乐歌，《国风》则大部分是民歌，也有一部分贵族阶级的诗歌。

《雅》《周颂》产生的地域在周都（西周都镐，东周都洛邑）。《鲁颂》在鲁国，《商颂》在宋国。《国风》产生于十五个国家和地域，从其各自的名称能够明确地反映出来。总之，"诗三百"每篇的创作年代都不可考证，但就各类诗及各篇的内容和特点，能够大体上看出它们产生的历史阶段，这也有助于我们进行文学和历史学的研究。三百篇各篇的作者，除少数几篇以外，我们只能就各类各篇反映的内容和特点，可以看出《雅》《颂》大部分是贵族阶级的作品，《国风》大部分是人民群众的诗歌创作。

第五章 《诗经》在春秋时期的应用

《诗经》三百篇或由宫廷乐官制作，或由公卿列士献诗，或由十五个国家和地域采集，集中到乐官，又经过整理加工，经过漫长时间中无数人的工作而得以保存和流传，自然有其实用的目的。从先秦书籍材料中可见，"诗三百"的应用范围是广泛的。

第一节 应用于各种典礼仪式

《诗经》三百篇中，《雅》诗和《颂》诗的大部分作品，其创作目的就是应用于宫廷和贵族的各种典礼仪式。诸如祭祀（宗庙、郊天）、朝会（诸侯觐见、使聘、宴飨、出征、凯旋等），都有繁复的礼仪，要按规定依次演奏相应的乐歌。《周颂·有瞽》《商颂·那》描写了祭祀典礼的奏乐状况。《小雅·楚茨》描写了祭祀典礼逐次演奏乐歌的全过程。《大雅·崧高》《小雅·出车》是朝会庆功的乐歌。

贵族的宴会（喜庆、婚嫁、迎宾等）也有繁复的礼仪。

《仪礼·乡饮酒礼》就记载了贵族宴会演奏乐歌的程序礼仪。《小雅·鹿鸣》《小雅·白驹》都是宴宾的乐歌。《周南·关雎》《周南·桃夭》都是婚嫁的乐歌。

据《仪礼·乡饮酒礼》所记，除典礼上有"正乐"，还有"无算乐"助酒尽欢。《礼记》中《射义》《投壶》诸篇，记载习射和投壶游艺时也间奏乐歌。由此可见除了庄严郑重的乐歌外，还应用一些比较轻松和谐带有娱乐性的乐歌。我们从许多文献可以看到，这些诗歌已经成为贵族阶级文化生活的一部分。

第二节　应用于美刺

三百篇中特别是小雅，有相当一部分诗歌含有统治阶级内部政治教育的目的。如《小雅·节南山》《小雅·雨无正》《小雅·小旻》《小雅·宾之初筵》等。一些诗篇的创作本来就是以美刺为直接目的，如《魏风·硕鼠》《魏风·伐檀》《邶风·新台》《鄘风·相鼠》等。朱熹站在封建卫道的立场上作过一段总结："皆夫雅颂之篇，则皆成周之世，朝廷郊庙乐歌之辞，其语和而庄，其义宽而密，其作者往往圣人之徒，固所以为万世法程而不可易者也。至于雅之变者，亦皆一时贤人君子悯时病俗之所为，而圣人取之，其忠厚恻怛之心，陈善闭邪之意，尤非后世能言之士所能及之。①"三百篇中采集的民俗歌谣，统治阶级则用以"观风俗，知民情"考察政治得失。

第三节　应用于社会政治交往

春秋时期，"诗三百"应用于社会政治交往过程的现象已经相当普遍，它们的应用范围，超越了最初制作和采集的目的。春秋时列国人士已经将《诗》之言辞应用于社会政治生活的各个方面，赋诗言志，在当时非常普遍，《诗》成为社会交往中经常应用的表情达意的工具。

《左传》和《国语》记载了大量赋诗言志的事实。据清代赵翼统计："《国语》引诗三十一条，其中三百篇中的诗三十条；《左传》引诗二百十七条，其中记列国公卿引诗一百〇一条（内逸诗五条），左丘明自引诗及转述孔子之言所引诗四十八条（内逸诗三条）。②"所谓赋诗言志，并不是自己创作诗篇诵唱，而是借助现成的诗篇由乐工演唱，借而表明自己

---

① （宋）朱熹：《诗集传序》，上海古籍出版社 2013 年版。
② （清）赵翼：《欧余丛考》的这个统计和近人夏承焘的统计不同。夏文《采诗和赋诗》说："《左传》引诗共一百三四十处，其中关于卿大夫赋《诗》的共三十一处。"这种差别在于赵文把逸诗和在语词中杂用诗句的都计算在内。夏文载于《中华文史论丛》第一辑，1962 年版。

的立场、观点和情意。

《左传·襄公二十六年》记晋侯囚卫侯，齐侯郑伯往晋排解纠纷。在宴会上，晋侯先赋《大雅·嘉乐》作为欢迎曲，表示对两国国君的欢迎和赞颂。齐国的国景子答赋《小雅·蓼萧》，赞颂晋侯恩泽遍及于诸侯；郑国的子展答赋《郑风·缁衣》，表示郑不背晋。这些都是通过赋诗互相表示友好的情意。接着商谈救卫侯的问题，国景子赋《辔之柔矣》（逸诗），以驾驭马要用柔辔作比喻，劝晋侯对小国要宽大；子展赋《郑风·将仲子》，取诗中"人之多言，亦所畏也"一句，暗喻要考虑到各国舆论。于是晋侯放归卫侯。

《左传·定公四年》记楚遭吴侵略，"申包胥如秦乞师曰：'吴为封豕长蛇，以荐食上国，虐始于楚。寡君失守社稷，越在草莽，使下臣告急……'秦伯使辞焉，曰：'寡人闻命矣，子姑就馆，将图而告'对曰：'寡君越在草莽，未获所伏，下臣何敢即安？'立，依于庭墙而哭，日夜不绝声，勺饮不入口，七日。秦哀公为之赋《无衣》，九顿首而坐，秦师乃出。"

春秋时期，列国之间的政治外交往来，往往通过赋诗言志，用比喻或暗示的方法，表达彼此的立场和观点。当时，赋诗是外交官员所必须具备的一种才能。在外交场合，不懂得《诗》，便会陷于被动。《左传·襄公二十七年》记齐国的庆封往鲁国行聘，在宴会上失仪，人家让乐工赋《相鼠》，他不懂；第二年他又去，还是失仪，人家又让乐工赋《茅鸱》（逸诗），他还不懂。外交的结果当然是败归。

当时，赋诗不得体，甚至会闹出事来。《左传·襄公十六年》：晋侯会诸侯，各国大夫赋诗，齐国的高厚赋诗不得体，激怒了晋国君臣，高厚逃归，各国大夫联合起来要"同讨不庭"。因此，当时处理外交事务必须选择掌握诗辞文采的人才。《僖公二十三年》：晋公子重耳逃亡到秦国，为了出席秦穆公的一次重要宴会，重耳的主要谋臣狐偃说："吾不如衰之文也，请使衰从。"推荐能够运用诗辞文采的赵衰随重耳前去赴宴。从这些记载可见当时《诗》在各国外交过程中重要性。

春秋时期，除了政治外交场合需要赋诗应对，公卿士大夫在日常生活交往中也常常随口引用诗句。这样《诗》从通过乐歌赋诗言志，到日常交往中直接引用，从音乐的范围扩大到语言的范围，从而逐渐丰富了语言的文采和表现力。赋诗和引诗不一定符合全诗原意，而大多是采取断章取义的方法，即采用一首诗中一章或一句两句的形象和意义，按照赋者和引者所要表达的意思来运用它们。

第四节　贵族学习的教科书

当时流行的《诗》，既有典礼、政治、外交、美化语言等

实际效用，因此贵族士大夫学习掌握《诗》是必然。三百篇的流传应用大约早于孔子创办私学二百年，所以它的传习只能是在贵族的公学。贵族子弟集中学习，传授者是太史（史官）和大司乐（乐官总管），教学的主要科目是诗和乐。

贵族阶级重视学诗，从一些史料记载中可窥一斑：

《左传·僖公二十七年》："（晋）谋元帅。赵衰曰：'郤縠可。臣亟闻其言矣，说礼乐而敦《诗》《书》。《诗》《书》，义之府也；礼乐，德之则也；德义，利之本也。'"赵衰推荐郤縠为帅，认为他学习《诗》《书》成绩优异，因而道德修养和知识言辞都可胜任。

《国语·楚语上》：楚庄王操心太子的教育问题，大夫申叔时对教育内容提出的建议中有"教之《诗》，则为之导广显德，以耀明其志。"他认为太子学《诗》可以扩大眼界，增长知识，明白道理，树立宏大的志向，这说明当时把《诗》作为贵族子弟的必修科目。

从这些记载可见，春秋时代，《诗》已经广泛地在贵族阶层流传和应用。出身于贵族阶级的孔子，早年正生活在这样的时代。

春秋时代，是中国历史上的大变革时代，贵族社会日趋崩溃，没落的贵族阶级已经或正在失去自己的天堂，对《诗》的应用逐渐稀少。孟子说："王者之迹熄而《诗》

亡。"孔子的政治理想是恢复西周的"盛世",他充分重视《诗》《乐》的社会教化作用,因此对已经被冷落了的《诗》,又重新进行了整理、删定和正乐的工作,并作为他所创办的私学的重要教本。从此,《诗》进入了它发展史上的新阶段。

第六章　孔子与《诗经》

第一节　孔子删《诗》之争

关于《诗经》与孔子的关系，历代争论的焦点是孔子删诗之说。

孔子如何整理《诗经》，《论语》中有非常简单的记录："吾自卫返鲁，然后乐正，《雅》《颂》各得其所。"（《论语·子罕》）按照史料的记载，当时重返鲁国的孔子已经六十九岁，他对《诗》进行了收集、编订和正乐的工作。此外，孔子删诗之说在先秦典籍中没有其他可靠的证明材料。

司马迁的《史记·孔子世家》，对此有比较具体的叙述："古者诗三千余篇，及至孔子，去其重，取其可施于礼义，上采契、后稷，中述殷周之盛，至幽、厉之缺，始于衽席……三百五篇孔子皆弦歌之，以求合韶武雅颂之音。"这就是删诗说的起始。司马迁的说法和当时提倡五经的理论相一致，《史记》又是权威性史书，故汉人相传不疑。唐代孔颖达为五经作疏，发现司马迁的叙述与先秦史籍关于《诗》之流传情况不符，于是提出怀疑："书传所引之诗，见在者多，亡逸者少，则孔子所录，不容十分去九。马迁言古诗三千余篇，未可信也。①"孔颖达对《史记》孔子删诗说的怀疑，开了孔子非删诗说的先河。宋代学界的主流思想是注重自由研究、注重实证思辨，在此基础上兴起疑古风潮，对孔子删诗之说，提出了大胆的怀疑。从此关于孔子删诗与非删诗说的论战，继续八百多年，每个时代有影响重大的学者、经师加入论战，一直聚讼纷纭。

一、删诗说的主要观点

夏传才在《诗经研究史概要》中把删诗说的主要论点归纳为四点："（1）古诗何止三千。古国一千八百，一国陈一诗，也有一千八百篇。今本《国风》，有的经历十个、二十个国君才采录一篇，难道一国历经若干世只有一诗吗？可见古诗本来很多，只是没有采录。（2）汉去古未远，司马迁见到的材料自然比后来的人多，《史记》是权威性史书，可以相信。（3）对照书传引的诗，在《诗经》中有全篇未录的，有录而章句不同的。所谓删诗，不一定全篇删去，或篇删其

---

① （唐）孔颖达：《毛诗正义·诗谱序疏》，阮元刻十三经注疏本。

章，章删其句，句删其字。(4) 书传所引《诗经》中未录的诗，确有与今本中已录的诗有重复者，所以"去其重"之说也是可信的。[①]"

二、非删诗说的主要观点

夏传才在《诗经研究史概要》中，把非删诗说的观点概括为以下五点："（1）先秦各种史籍的引诗，大多仍见于今本《诗经》，据王士贞《古诗选》、沈德潜《古诗源》所辑逸诗，不过五十首，司马迁说古诗三千余篇为孔子删去十分之九，是不可信的。《史记》记述失实，是因为司马迁写书时为当时汉儒的传说所误。（2）《诗经》中有大批汉儒眼中的'淫诗'，并不符合礼义标准。这些"伤风败俗"的诗没有删掉，可见并无孔子按礼义标准删诗之事。（3）《左传·襄公二十九年》记吴公子季札在鲁国观周乐，演奏十五国风和《雅》《颂》各部分，编次和今本《诗经》大体相同。孔子当时只有八岁，可见孔子以前已经有了和今天《诗经》的编次、篇数大体相同的传本。（4）《诗》在当时已广泛流传和应用，郊祀、朝会、宴飨，列国大夫赋诗，小学大学教诵，孔子当时并无尊崇地位，以一人之见而删改，这样行不通的

---

① 夏传才：《诗经研究史概要》，清华大学出版社 2007 年版。

事，孔子不会做。（5）孔子自己只说"正乐"，没有说删诗。"① 两派的论点都有一些道理，但双方都没有可以确立己说的充分论据和圆满的论证，又都力圆已说而排斥对方的观点，掺杂着师法门户的宗派偏见。五四新文化运动以后，《诗经》研究史上兴起了古史辨学派，代表人物是钱玄同、顾颉刚等人，他们求实证、重考据，站在反封建的立场上，进行了浩繁的新的古史考辨。他们认为"《诗经》是古代诗歌总集，包含着大量的民间创作"，从而推翻过去的封建经说，开始显现《诗经》的真实面目。在《诗经》与孔子的关系这个主要问题上，胡适、冯友兰等都说"孔子并没有删诗"②。顾颉刚认为"孔子只与《诗经》有关系，但也只劝人学《诗》，并没有自己删诗"③。钱玄同说得更明白："我以为不把六经与孔丘分家，'孔教'总不容易打倒的"，所以他干脆说："《诗经》这书的编纂和孔老头儿也全不相干"④。当然这种说法失之偏颇。古史辨学派用大量考据辨伪的材料对于推倒经

---

① 夏传才：《诗经研究史概要》，清华大学出版社 2007 年版，第 30 页。

② 胡适：《谈谈诗经》、冯友兰：《孔子在中国历史中之地位》，分别见于《古史辨》第三册 578 页和第二册 196 页。

③ 顾颉刚：《论〈诗经〉经历及老子与道家书》，载于《古史辨》第一册，第 56 页。

④ 钱玄同：《论〈诗〉说及群经辨伪书》、《论〈诗经〉真相书》，载于《古诗辨》第一册，第 52 页、46 页。

书的权威地位，帮助人们认识《诗经》的本来面目，是有其积极意义的，但他们的非删诗说，也存在片面和武断的缺陷，不能对问题作出客观全面实事求是的解释。

三、新删诗说

从20世纪30年代开始，郭沫若、范文澜对《诗经》展开研究且都有所建树。在孔子删诗问题上，范文澜认为《史记》的记述不可靠，他说："孔子自三千篇诗中删成三百〇五篇去其十分之九。这一说法不可靠……春秋时应用的诗不过三百多篇"①；同时又肯定孔子搜集古代文献整理出六种教本，"保持原来的文辞，删去芜杂的篇章"，一些"有重大历史意义的最古诗篇，因孔子选诗而得保存。②"郭沫若从《诗经》创作年代久远，产生地域辽阔，但诗篇的形式、音韵和表现手法等的统一性作为内证，说明《诗经》应该是经过加工整理这样一个过程的。"古人说孔子删《诗》，虽然不一定就是孔子，也不一定就是孔子一个人，但《诗》是经过删改的东西。③"这种说法比较中肯。现代的《诗经》研究者，对于孔子删诗问题，有的继续古史辨学派顾颉刚等非删诗的论

---

① 范文澜：《经学史讲演录》，载于《历史学》1979年第一期。
② 范文澜：《中国通史》第一册，第170页、174页。
③ 郭沫若：《简单地谈谈〈诗经〉》，载于《郭沫若文集》十七卷136。

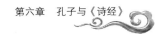

点；但多数人接受范、郭二老阙疑的说法，并渐趋一致地认为孔子整理和删定过《诗经》。

四、删诗说最新进展

近年来，随着古文献的不断出土，《诗经》研究也逐步深入，支撑删诗说的证据越来越充分，支持删诗说的学者越来越多。其中刘毓庆、马银琴两先生针对孔颖达、崔述等人质疑删诗说的核心理由是诗篇的数目，认为"十分去九"不可能，通过"刘向校《管子》十去其八、校《晏子》十去其七、校《荀子》十去其九之例，佐证类推孔子删《诗》十分去九的可能性"①，颇有启发意义。孔颖达质疑司马迁孔子删《诗》说的核心依据是"书传所引之诗，见在者多，亡逸者少，则孔子所录，不容十分去九。马迁言古诗三千余篇，未可信也"②，其质疑的重点在于诗篇的数目上，因此，"我们今天多发现一首能够证明是孔子删《诗》所'佚'的《诗经》'逸诗'或'逸句'，就能为司马迁删诗说的可信性多增

59

----

① 刘毓庆：《先秦两汉诗经著述考》，载于夏传才主编《诗经研究丛刊》第二辑，学苑出版社 2002 年版，第 106 页；又见刘毓庆《历代诗经著述考》（先秦～元代），中华书局 2002 年版，第 10～12 页；马银琴《两周诗史》，社会科学文献出版社 2006 年版，第 412～424 页。

② （汉）毛亨传、郑玄笺，（唐）孔颖达疏《毛诗正义》（上），北京大学出版社 1999 年版，第 8 页。

添一份证据"①。

宋代以来，经过不少学者的努力，"现已从传世文献中辑得'逸诗'一百一十四首（句），清华简之外，从出土文献中新得'逸诗'（包括逸句、篇名）五十四首，两者共计一百六十八首，已占今本《诗经》的一半多，远不再是崔述所说的'逸者不及十一'了"②。当然，这些"逸诗"不一定都是孔子删《诗》所佚，具体情况应是复杂的。徐正英认为："其中一部分逸诗可能是未被搜集到宫廷一直流散在社会上而出现在今见文献中；有的可能是搜集到了宫廷，但因为种种原因没有配乐整理，又重新流散到社会上的；还有一部分诗歌可能产生于官方最后一次编纂诗集之后；在这些'逸诗'之外，更可能有一部分是被孔子编订'诗三百'教材时删除，以其他方式流传至今的。《左传》《国语》所载孔子之前外交场合被赋诵或征引而又不见于《诗三百》者，这些逸诗、逸句应该是孔子删诗的结果。《论语》中孔子或其弟子谈及而又不见于《诗三百》的逸句，乃为孔子删诗的结果。再如，上博简《孔子诗论》中孔子所评六十三首诗，有七首不见于

---

① 徐正英：《清华简〈周公之琴舞〉与孔子删〈诗〉相关问题》，载于《文学遗产》2014年第五期，第19页。

② 徐正英：《清华简〈周公之琴舞〉与孔子删〈诗〉相关问题》，载于《文学遗产》2014年第五期，第19～20页。

《诗三百》，也当是孔子依《诗三百》教材评诗时略作拓展的结果，其虽被排除在《诗三百》之外，但并不妨碍孔子授课时简单论及。"①。2012 年出版的清华简第三册所收《周公之琴舞》组诗，为删诗说学派提供了更有价值的新证据，使删诗说的可信度大为提升。徐正英在《清华简〈周公之琴舞〉与孔子删〈诗〉相关问题》中认为，《周公之琴舞》组诗的特殊价值至少表现在三个方面：

"其一，该组诗确定无疑是《诗经》'逸诗'，不像其他出土文献中有的诗歌身份存在争议。组诗以周公还政、成王嗣位为其内容，存周公儆惩成王及群臣诗四句，成王自儆诗九首，且题目、短序、乐章标识俱全。之所以判定成王所作九首组诗为《诗经》'逸诗'，是因为该组诗的第一首即为今本《诗经·周颂》中的《敬之》篇。九首组诗主旨一致，内容连贯，而且从第一首至第九首，依次标识了'元纳启曰''再启曰''三启曰'直到'九启曰'，既然第一首是《诗经》作品，其他八首自然是后来未被编入《诗经》的'逸诗'无疑。一次性贡献八首完整的《诗经》'逸诗'文本，这是已有出土文献的第一次。

61

---

　　① 　徐正英：《清华简〈周公之琴舞〉与孔子删〈诗〉相关问题》载于《文学遗产》2014 年第五期，第 20 页。

其二，《周公之琴舞》实际贡献的《诗经》'逸诗'文本，应该是十七首'逸诗'的数目。组诗在周公四句诗和成王九首诗前各有两句短序，一为'周公作多士儆毖，琴舞九絉（卒）'，一为'成王作儆毖，琴舞九絉（卒）'。所谓'九絉（卒）'就是九章乐曲。可见，周公和成王所作的都是九首诗，只是成王的九首完整保存下来了，周公的九首仅保存下来半首。周公四句诗开头也标有'元纳启曰'，既然如此，之后也应有'再启曰''三启曰'以至于'九启曰'乐章标识，不可能只有表示开始的'元纳启曰'而无结尾。既然成王的九首乐歌原属于《诗经》中的一组作品，周公的九首自然也必是《诗经》原有的作品。因此，清华简《周公之琴舞》一次性贡献了八首半'逸诗'文本和八首半'逸诗'数目，使《诗经》'逸诗'数目增加到了共计一百八十五首，其贡献不可小觑。相信随着地下文献的不断出土，类似数据还会不断增加。

其三，《周公之琴舞》组诗的发现还为孔子非删诗说的核心依据提供了经典范本。孔颖达等否定司马迁的孔子删诗说，主要是认为司马迁称"'古者《诗》三千余篇，及至孔子，去其重'①，是'十分去九'太夸张了，有点不大可能。而

---

① （宋）司马迁：《史记》卷四七《孔子世家》，中华书局2011年版，第6册，第1733页。

《周公之琴舞》九首组诗的发现，则首次从正面为孔子删诗'十去其九'展示了文本范例。未经孔子删定的《周公之琴舞》所存成王诗篇是一组九首，而经孔子删定流传至今的《诗经》文本仅保留了《敬之》一首，九去其八，不就相当于十去其九吗？这是孔子删《诗》'十分去九'的经典个案和实证，具有示范意义。①"

这一经典个案更为重要的认识价值是，它启示我们重新理解司马迁"去其重"的真正含义。此前，人们通常多将司马迁的"去其重"理解为孔子编定《诗经》时，删除不同版本中的重复篇目。《周公之琴舞》证实，司马迁所称孔子"去其重"还有一层意思，指孔子编订《诗经》时，还删除同一版本中内容相近、主旨相类的不同篇目，每一类仅保留少量代表性的作品于《诗经》之中。解读《周公之琴舞》九首作品不难发现，尽管从第二首开始，各首内容前后呼应，依次递进，各有侧重，但又不免交叉重复，整体而言，都没能超出第一首所涵盖的祀祖、自戒、戒臣三个方面的内容，所以，孔子编定时仅保留了最有代表性的第一首。也许周公所作九首儆毖诗同样也仅在今本《诗经》中保留了一两首。

63

---

① 徐正英：《清华简〈周公之琴舞〉与孔子删〈诗〉相关问题》，载于《文学遗产》2014年第五期，第19～20页。

两个层次的"去其重",孔子在官方几次编纂《诗经》的基础上,为教学需要和恢复周礼,将所谓"三千篇"删定为"诗三百",最终大体成为流传至今的《诗经》文本样子,也就在情理之中了。

综上所论,我们认为司马迁的孔子删诗说是可信的。在"孔子删《诗》"公案争辩双方已将传世文献网罗殆尽仍无法解决问题的情况下,唯有从不断出土的地下文献中发现有力证据,才是最有效的解决问题办法。尽管将来从地下逐渐积累起来的"逸诗"文本,亦未必都是孔子"删诗"所致"亡佚",但起码可为回应非删诗派核心理由新增间接证据;假若有朝一日,从地下发现的类似清华简《周公之琴舞》这样具有范本意义的《诗经》"逸诗",数量达到了足以说明问题的规模后,这桩千年学术公案也许确能终获定谳。

第二节　孔子整理《诗经》的时代背景及其思想方法

一、孔子整理《诗经》的时代背景

孔子生活在春秋末年,当时奴隶制度渐趋灭亡,诸侯兼并战争频发,整个社会动荡不安,礼乐制度土崩瓦解。周王室东迁后,周王朝天下共主的地位逐渐式微,造成地小贡少,百官的基本生活不能保障，一些有专门知识与技术的王官百工纷纷到其他各候国寻求生路。在这个过程中，周王室长期积累和保存的丰富的文化典籍，也随之流入各诸侯国。孔子生在当时三大文化中心之一的鲁国。孔子博学多闻、阙疑好问。《论语》记载他十分关注上古三代典章，搜集鲁、周、宋等故国文献，醉心于西周盛世文化："郁郁乎文哉！吾从周。"（《论语·八佾》）他十分爱好"乐"，"子在齐闻《韶》，三月不知肉味，曰：不图为乐之至于斯也。"（《论语·卫灵公》）春秋时期，"弑君三十六，亡国七十二"。旧制度崩溃，贵族阶级没落。"三年不为礼，礼必坏；三年不为乐，乐必崩。"（《论语·阳货》）《论语·微子》记载了鲁哀公时，礼坏乐崩，乐人皆去的现象："太师挚适齐，亚饭干适楚，三饭缭适蔡，四饭缺适秦，鼓方叔入于河，播鼗武入于汉，少师阳、击磬襄入于海。"乐师一一走散，逃亡四方。从孔子的描述中，我们看到了一个国家行将灭亡的末世景象。孔子只讲了乐人的离散，其用意决不仅是感叹人才的流失。鲁国是周公的封国，是礼乐制度的最忠实执行者。到孔子时代，由于王室衰落，鲁国成为礼乐制度的最后保存者，其发展壮大，乃至强盛，都与礼乐制度密不可分。这些乐人四散，意味着鲁国丧失传统礼乐精神，也意味着人才的流失。文化精神丧失，必然导致制度崩溃，与之相伴，鲁国出现了三桓专权，

"八佾舞于庭"的混乱和僭越局面。从《左传》的相关记载来看，公元前506年，即孔子四十六岁以后，就看不见各国公卿列士"赋诗言志"的记载。因为社会的动荡离乱，造成礼崩乐坏，文献典籍的逸散，《诗》也未能幸免。正如孟子所言"王者之迹熄而《诗》亡"（《孟子·离娄下》），这就是孔子整理《诗经》的时代背景。

二、孔子整理《诗经》的思想方法

孔子历经西周文化的熏陶，他对上古三代的认知，又完全根据古籍文献的记载，再加上缺乏历史进化观，所以孔子认为只要"祖述尧舜，宪章文武"（《礼记·中庸》），即恢复周公时期的政治制度、国家伦理纲常和各种社会生活仪礼，配合以古乐陶冶性情、移风易俗，就可以救乱世、治太平、救万民于水火。这是孔子整理《诗经》的思想基础。

孔子提倡礼乐，其思想核心为"仁"。"人而不仁，如礼何！人而不仁，如乐何！"（《论语·八佾》）"仁者人也"（《礼记·中庸》）"樊迟问仁，子曰：爱人"（《论语·颜渊》）。孔子认为"仁"是做人的根本，即对人要有友爱之心或同情心，"亲亲而仁民""己欲立而立人，己欲达而达人"（《论语·雍也》）、"己所不欲，勿施于人"（《论语·颜渊》）。孔子强调对人的爱或同情心是有差别的，按照尊卑贵贱、亲疏长幼、男女等的区别，表现出合礼的爱或同情，就是义。他把"见义勇为"（《论语·为政》）、"当仁不让""志士仁人，无求生以害仁，有杀身以成仁"（《论语·卫灵公》），作为最高的道德标准。孔子以仁为思想核心，反映了奴隶社会向封建制度转化时期对人的重视，顺应了历史发展的潮流，是对上古思想家敬天保民思想的重大发展。孔子弟子冉求为季氏聚敛，孔子愤怒地说："非吾徒也，小子鸣鼓而攻之可也！"（《论语·先进》）那时已改用俑人陪葬，"仲尼曰：始作俑者，其无后乎！为《孟子·梁惠王章句上》人而用之也。"他骂始作俑的人也该断子绝孙。他主张举贤才、慎刑罚、薄赋敛、重教化，提出"苛政猛于虎"（《礼记·檀弓》），说"不教而杀谓之虐，不戒视成谓之暴，慢令致期谓之贼，犹之与人也，出纳之吝，谓之有司。"（《论语·尧曰》）。这是子张向孔子请教为官从政的要领。孔子讲到的"四恶"，其中包含有丰富的"民本"思想，反对"不教而杀""不戒视成"的暴虐之政。从这里可以看出，孔子对德治、礼治社会的独到主张，在今天仍不失其重要的借鉴价值。

　　孔子"祖述尧舜，宪章文武"（《礼记·中庸》），因此，孔子的政治理想是大一统。"天下有道，则礼乐征伐自天子出；天下无道，则礼乐征伐自诸侯出。……天下有道，则政不在大夫。天下有道，则庶人不议。"（《论语·季氏》）孔子

67

主张加强天子权利，由天子制定制度，颁布政令，决定征伐，反对兼并战争；保持诸侯权力，反对犯上作乱；他提出了"君君，臣臣，父父，子子"（《论语·颜渊》），亦即按照忠孝仁义的道德标准恪守本分。孔子没有认识到社会大变革是社会矛盾尖锐激烈的动因，兼并战争客观上正是走向统一的必然过程，也没有认识到新兴地主阶级夺取政权和人民的暴动正是推动社会发展的动力，所以他的大一统理想正是维护封建旧秩序的保守幻想。

暮年的孔子致力于办学，他办学的目的就是培养人才，以便将来更好地去推行他的政治主张，去传播他的思想学说。孔子在办学的过程中提出了许多在今天仍有借鉴意义的教育思想。他认为学生"有教无类"（《论语·卫灵公》），所以他说"自行束脩以上，吾未尝无诲也"《论语·述而》。为了传授弟子，他收集大量古代文献，整理出《易》《书》《诗》《礼》《乐》（亡逸）《春秋》六个教本。孔子在文献内容选录和整理上有三个标准①：

（1）"述而不作，信而好古"（《论语·述而》）。他相信和爱好古代文献，只是传述它们，而不增添和创作新的内容。

---

① 夏传才：《〈诗经〉研究史概要》，中州书画社出版社 1982 年版，第 42～43 页。

由此可以相信，经他选录的这些文献，保持着作品原来的风貌，具有历史的真实性，从而为后世保存了可靠的史料。经他这样整理的《诗经》，其中的各篇，基本上就是原来的诗。

（2）"子不语怪、力、乱、神"（《论语·述而》）。孔子不迷信鬼神。他讲"天命"，但不谈鬼神。他的"天命"思想是指人类不可抗拒的各种自然法则。他也重祭祀，是尊敬祖先，昭明先人的功业贡献，有现实的作用。他说："未知生，焉知死""未能事人，焉能事鬼"（《论语·先进》）。他的鬼神不可知论的主要倾向是否定鬼神的。在《诗经》中基本没有鬼神迷信的妄诞内容。他反对暴政而主张德政，反对以力服人而主张以德服人，他要求自上而下改良政治，反对被统治者反抗造反。要求维护原来的社会关系，反对社会秩序的变乱。《诗经》少有反映人民进行积极的阶级斗争的内容。

（3）"攻乎异端，斯害也已"（《论语·为政》）。孔子所说的"异端"，是指与他的学说绝不可相容的对立的学说，他认为如果允许学习接受这些对立的学说，就会产生极大的弊害，因此必须排斥。例如，三代以来那些提倡殉葬、暴敛、变制等议论，《诗经》中也是一无选录的。

从孔子整理六经的标准来看，"述而不作"实际上是以述代作，既保存原来的内容和文辞，又反映他的哲学、政治和

69

社会观点。

孔子对《诗经》的整理，还有在文字和艺术表现形式上的两个标准：

（1）"《诗》《书》执礼，皆雅言也"（《论语·述而》）。雅言，就是当时的标准话。他对古代文献和各国土风的整理都采用标准话，取得语言上的统一。既要统一为通行的雅言，对原来的古文献和各国国风，都必然地要进行文字和语法的加工和改动。十五国风语言文句的统一，就是经过统一加工整理的证明。

（2）"三百〇五篇，孔子皆弦歌之，以求合《韶》《武》《雅》《颂》之音"（《史记·孔子世家》）。孔子自己也说过"正乐"。当时已有新乐（郑乐），人们评论说听古乐想睡觉，听新乐不知倦，可以想见古乐庄重平板，不如新乐生动活泼感人。孔子说"郑声淫""恶紫之夺朱也，恶郑声之乱雅乐也，恶利口之覆邦家者"（《论语·阳货》）。这位音乐上的复古保守派，很像20世纪80年代改革开放初期，人们把港台流行歌曲看作洪水猛兽、黄色歌曲一样。当时流行的各国新乐（自然有歌词，即诗），他是大多不会选录的。而且他对这三百〇五篇进行正乐的时候，因为音韵格律的需要，也不能不进行语言文句上的改动修订。

通过考察孔子整理《诗经》的背景和思想方法，关于孔

子删诗问题，可以得出如下结论：春秋中期《诗》已经广泛流行应用，到春秋末期，由于政局动荡、贵族阶级没落、礼坏乐崩，《诗经》已经开始散逸，同时社会上又兴起了新乐，这大多是内容生动活泼的民间诗歌。孔子非常重视诗乐的教育作用，为了用来作为传授弟子的教本，按照自己的思想政治标准和艺术标准，进行了二次重要的整理删订工作。到目前为止，发现的逸诗可说明有些诗未选录，对于根本不能见于书传的大量流行的民歌新乐，孔子要"放郑声，远佞人"（《论语·卫灵公》），自然不会选编。对于选编的诗篇，他基本上保存了原来的内容和风格，而按照他的政治标准和艺术标准，也有篇章字句的去重、修改和加工。

71

第三节　孔子的诗教

一、兴观群怨

　　孔子说诗，《论语》记录十六条，其他古书也引录几条，从这些记录来看，孔子重视诗教，指导学生学《诗》，有着直接的实用目的。孔子不仅对《诗》反映人性心灵的艺术本质有深刻的认识，而且对《诗》独特的艺术功能也作了系统的阐释。《论语·阳货》载孔子曰："小子何莫学夫《诗》？《诗》，可以兴，可以观，可以群，可以怨。迩之事父，远之

事君，多识于鸟兽草木之名。"其中的"'兴''观''群'
'怨'，一般教科书皆认为是孔子对文学社会作用的强调，但
20 世纪 80 年代以后，这种认识渐渐被扬弃，有的说是'审
美对陶冶个体的心理功能'和'审美'对协和人群的社会效
果；有的说是'对诗歌欣赏的美感心理特点的一种分析'；还
有的说是'关于诗的本体特征及其审美效应方面的揭示'。如
果从孔子论《诗》的基本层面或阐释基点看，兴观群怨说无
疑是他对《诗》的艺术审美功能的系统总结，也凸显了
《诗》与《书》等文献相区别的本体性特征"①。

诗可以兴。何晏《论语集解》引孔安国解曰："兴，引
譬连类。""引譬连类"，意即《诗》中作品的形象意境可以
引发读者的联想、想象，并获得类似的心灵感受甚至更广
泛的人生哲理与人世感喟。朱熹《四书集注》曰："兴，感
发志意。""感发志意"，意即《诗》中作品可以感染、激发
读者的思想意识和情感。《论语·学而》载子贡能借引《诗
经·卫风·淇奥》诗句"如切如磋，如琢如磨"来说明品德
修养必须要不断提高的道理，受到孔子的称赞，就是诗歌起
兴作用的具体例证。再如：晋代的王裒、南齐的顾欢皆早孤，

---

① 汪祚民：《诗经文学阐释史——先秦到隋唐》，人民出版社 2005 年版，
第 95 页。

其母辞世之后，每读《诗》至《小雅·蓼莪》，"未尝不三复流涕""辄执书恸泣"①；曹植《求通亲表》："远慕《鹿鸣》君臣之宴，中咏《常棣》匪他之戒，下思《伐木》友生之义，终怀《蓼莪》罔极之哀。"②；束皙《读书赋》："颂《卷耳》则忠臣喜，咏《蓼莪》则孝子悲，称《硕鼠》则贪民去，唱《白驹》而贤士归广"③ 说的也是诗歌对人们思想情感激发移化的功能。

诗可以观，何晏《论语集解》引郑玄注曰："观风俗之盛衰"。赵顺孙《论语纂疏》引辅氏曰："《诗》所以形四方之风，言天下之事，有丁古今治乱之变，人情物理之微，故可以观。"都强调了《诗》的认识作用。通过诗可以认识社会现实，了解世风民情，考察政治的得失，为治理国家提供决策参考。十五国风的采编应该遵循了这样的功能。

诗可以群。何晏《论语集解》引孔安国曰："群居相切磋。"朱熹《四书集注》曰："和而不流。""群"主要指人们可借《诗》以交流思想，沟通情感，促进群体成员间的协和融洽。在先秦文献中，看到最多的是公卿大夫外交应对时，通过"赋诗言志"，表明自己的立场、观点和情意；《论语》

---

① 分别见《晋书·孝友列传》《南齐书·高逸传》。

② 萧统：《文选》卷 37。

③ 严可均：《全晋文》卷 87。

中，孔子和弟子论诗更多的是谈修身论礼仪时从《诗》中获得的启迪与感悟。这是《诗》可以群的最好证明。孔子主张诗教、乐教，认为诗歌和音乐教育可协调社会关系和群体氛围，使人们和谐相处。"诗可以群"，即指《诗》可以让人们在感性审美和情绪感染中潜移默化地养成与社会群体和谐相处的意识和乐群的思想观念。这是《诗》的审美教化功能。《诗》为乐的组成部分。周代制礼作乐，正是看到了诗乐感人至深、化人也速的审美教化功能。《周颂》歌功颂德、感念祖先神灵，实质上是以祖德为旗帜，在以血缘为纽带的宗法社会中，激发人们敬业乐群的热情，增强统治者内部的凝聚力。《风》《雅》诗中也有不少反映君臣之间的欢聚、宗族上下的亲情、朋友之间的志同道合、夫妇男女之间的恩爱忠贞，都可感染人们，培养"群"的思想。《礼记·乐记》："乐在宗庙之中，君臣上下同听之，则莫不和敬；在族长乡里之中，长幼同听之，则莫不和顺；在闺门之内，父子兄弟同听之，则莫不和亲。"这里谈乐，也包括了诗，可以作为"诗可以群"的最好注脚①。

诗可以怨，何晏《论语集解》引孔安国解曰："怨刺上

---

① 汪祚民：《诗经文学阐释史——先秦到隋唐》，人民出版社2005年版，第98页。

政。"朱熹《四书集注》曰："怨而不怒。"主要指诗歌可以抒发不满，泄导人情。怨的内容既可以是针对社会政治的，也可以不局限于宏观政治领域，举凡家庭、朋友、男女以及各种社会人事之间，都会有情感的郁结，都可借诗歌加以抒发，由于儒家"诗教"的约束和"中和之美"的规范，这种"怨"又必须是"温柔敦厚"和"止乎礼仪"的。后来司马迁所谓"《诗》三百篇，大抵圣贤发愤之所为作也"，甚至韩愈提出的"不平则鸣"的观点，都与"诗可以怨"的见解一脉相承。

　　兴观群怨说，较为全面地概括了诗歌的抒情性、感染性、认识作用和社会效果等特征，是孔子对中国古代文学理论批评的一项重要贡献，孔子之前人们对诗的功能已有一定的认识。《左传·成公二年》载："申叔跪从其父将适郢，遇之，曰：'异哉！夫子有三军之惧，而又有《桑中》之喜，宜将窃妻以逃者也。'"申叔跪说申公巫臣偷娶夏姬为《桑中》之喜；晋韩宣子总评郑六卿："赋不出郑志，皆昵燕好也"，这是《诗》可以兴的具体实践。《左传·襄公十四年》引《夏书》载"道人以木铎徇于路"，杜预注曰："道人，行人之官也。木铎，木舌金铃。徇于路，求歌谣之言。"《左传·昭公二十一年》载泠州鸠曰："天子省风以作乐。"说明采诗观风的"观"的思想先孔子而存在。周公制礼作乐，就是要发挥

《雅》《颂》之诗凝聚人心的"群"的作用。在《诗》的一些作品中，其作者就明确地表达了抒发哀怨的作诗目的。这些是兴、观、群、怨观念的萌芽，多是零散的，且处在具体实践的层面。孔子从这些具体与《诗》相关的实践中得到启发，对《诗》的艺术审美功能从接受的角度作了高度的理论概括，并使之成为一个较为全面的理论体系，虽然四者主要从诵诗、学诗和用诗的角度上立论，但其精神贯通于整个文学活动。兴、观、群、怨四字概括精当，言简意赅，蕴蓄着丰富的内涵和生机，为后人提供了理解和发挥的空间。后世的作家和文学理论家常常用它作为反对文学脱离社会现实或缺乏积极的社会内容的武器。例如，刘勰针对缺乏怨刺内容的汉赋所提出的："炎汉虽盛，而辞人夸毗，诗刺道丧，故兴义消亡。"（《文心雕龙·比兴》）在唐代兴起的反对齐、梁遗风的斗争中，诗人强调诗歌的"兴寄"以及唐代新乐府作者所强调的"讽喻美刺"和"补察时政，泄导人情"的作用，都继承了兴观群怨说重视文学社会功能的传统。直到清末，在黄宗羲的《汪扶晨诗序》及其他许多作家的文学主张中，还可以看到这一理论的巨大影响。当然这一理论对后世也有消极的影响，主要表现在后世一些人由于只注重文学的社会功能而忽视了文学艺术本身的特点和规律，或把文学的社会功能理解得过于褊狭，例如对于山水诗、爱情诗的某种排斥就是如此，

因此常常造成偏颇。

二、思无邪

"诗三百篇，一言以蔽之，曰：思无邪。"（《论语·为政》）这是孔子对《诗经》思想内容的总评价。就"'思无邪'的内涵，传统的注解者大致有两种观点：一种是侧重由诗引发的情感，如朱熹认为思无邪，乃是要使读诗人思无邪也。'若以为作诗者三百篇，诗，善为可法，恶为可戒。故使人思无邪也'；另一种解读则是针对《诗经》内容而言，如李泽厚'思是语气助词，不作思想解，邪也不作邪恶解。''《诗经》三百首，用一句话来概括，那就是：不虚假。"①"现当代学者在继承前人观点的基础上，结合文字学研究方法和出土文献资料，得出了'思'为祝辞、'无邪'为'无穷无数'的新解法。②"从孔子"关雎'乐而不淫，哀而不伤'"的评价看，笔者还是赞同前两种说法，前两种观点可看作是孔子诗教观的两个侧面，内容的不虚假是"诗"教意义达成的基础，思想方面的无邪是"诗"教的目的。

三百篇的内容，有对盛世先王丰功伟绩的歌颂，有对衰

77

---

① 刘璐：《孔子"诗教"观再解读》，载于《陕西学前师范学院学报》，2016 年第 1 期，第 28 页。

② 康石佳：《"思无邪"研究述评》，载于《中国会议》，2017 年第 6 期。

世礼坏乐崩的动荡社会的怨诉。诗中既有上层社会君臣和乐的盛世景象，也有对劳动人民田头劳作、恋爱婚姻等生活风貌的描写。诗歌传达的感情也是多样的：庄严和虔诚、快乐和哀愁、欢愉和痛苦。孔子把这一切都归于"无邪"。孔子承认文艺反映现实生活的多面性，在歌颂和赞美中寄托理想，把讽喻和怨刺当作谏书，用社会多方面的生活图景观察民俗，这正是他的社会观点和文学观点的具体反映。

围绕"思无邪"，历代《诗经》研究史上争议最多的是《国风》中那些反映男女情爱的婚恋诗。宋以后的经学家把一些描写男女爱情的感情真挚的恋歌称为"淫诗"，认为提倡"淫奔"是"伤风败俗"。他们无论如何也不能接受孔子把三百篇一概归于"无邪"，于是力主非删诗说，说孔子当初根本未删诗。其实，男女爱情、婚姻、家庭关系，也是民俗学的研究对象，这些爱情诗和其他民歌一样为观察民情而采集的。周代男女爱情关系，并无多么严格的限制，《周礼·地官》有载："中春之月，令会男女，于是时也，奔者不禁。"《郑风·溱洧》篇就描述了暮春佳节青年男女的聚会，对歌群舞，谈情说爱并不禁止。《周南·关雎》毫无疑问是一首贵族青年的恋歌，汉宋以来的学者把它附会为歌颂"妃之德"，但孔子却认为："《关雎》乐而不淫，哀而不伤。"（《论语·八佾》）可见他并不认为这是要不得的事。《周南》《召南》中有一半是婚恋诗，孔子却说："人而不为《周南》《召南》，其犹正墙面而立也与!"（《论语·阳货》）由此可见这些爱情诗决不在他的"攻乎异端，斯害也已"之列，他不但认为无害，还认为有观风俗、知民情、增长见识、开阔眼界的作用。孔子并没有对男女情爱关系发表过什么严格限制的言论，汉宋以后的学者，用男女防嫌、授受不亲、死节守贞的礼教标准解释《诗经》，自然讲不通。现当代，《诗经》中描写男女情爱的恋歌是纯真的婚恋诗已无争议。

三、温柔敦厚

"温柔敦厚，《诗》教也"，就诗教作用方面而言，孔子认为"《诗》教也，疏通知远""诗之失愚""其为人也，温柔敦厚而不愚，则深于《诗》者矣"……即认为"诗教"能够让人通达、温柔敦厚、不愚钝①。

"温柔敦厚"，是孔子的诗教对人的政治道德和思想修养的基本要求。在政治上，他主张统治者治人而仁民，被统治者守旧制而不犯上，批评而不破坏，怨刺而不作乱；思想感情的表达要含蕴委婉，乐而不淫，哀而不伤，怨而不怒，犯

---

① 刘璐：《孔子"诗教"观再解读》，载于《陕西学前师范学院学报》，2016年第1期，第28页。

而不校，调和矛盾，不发展到对立面。所以，孔子对于那些批评、讽刺、怨刺以及感情的流露，只能容许到一定的限度，不能超出"礼"的范围。

《诗经》中少有反映激烈阶级斗争的诗篇，其中描写的最激烈的反抗是逃亡，如《硕鼠》。那些对于不良政治的不满、对于现实的不平，都没有发展到对于旧制度的彻底破坏。这个限度，在《诗经》的内容中是表现得比较明显的。孔子时代新乐兴起，新乐主要是当时的民间诗歌，它既然发展到要取代古乐古诗的地位，可见其不但内容生动、结合现实，而且数量也不少，一些具有时代精神、具有现实性和斗争性的社会诗，还有一些更热烈的爱情诗，经孔子删订《诗》后，未能选录，以后也就失传了。

四、经世致用和触类旁通

孔子传《诗》的实用目的是经世致用和触类旁通。他告诉儿子："不学《诗》，无以言"（《论语·季氏》）。当然"无以言"，不是指不会说话，而是指不会说简练、生动、具有形象性和感染力的文学语言，通过学《诗》，可以提高语言表达能力；孔子曰："小子何莫学夫《诗》？《诗》，可以兴，可以观，可以群，可以怨。迩之事父，远之事君，多识于鸟兽草木之名。"（《论语·阳货》）学《诗》除了可以"兴观群怨"，还可"多识鸟兽草木之名"，还有增长博物知识的作用。孔子说："人而不为《周南》《召南》，其犹正墙面而立也与!"学诗除了有教育、认识的目的，还有提高语言技能、增长知识的目的，历代皆然。孔子说："诵诗三百，授之以政，不达；使之四方，不能专对；虽多亦奚以为?"。(《论语·子路》)他认为，熟读三百篇，如果不能应用于处理政务，不能应用于出使办外交酬对应答，背得再熟，也是没有用处的。

但孔子的"诗教"是有前提的，要能理解仁先礼后的道理，会举一反三、融会贯通。孔子曾数次提到"可言诗"的条件，如子夏问曰："'巧笑倩兮，美目盼兮，素以为绚兮。'何谓也?"子曰："绘事后素。"曰："礼后乎?"子曰："起予者商也! 始可与言《诗》已矣;①子贡曰："贫而无谄，富而无骄，何如?"，子曰："可也，未若贫而乐，富而好礼者也。"子贡曰:《诗》云:"如切如磋，如琢如磨"其斯之谓与? 子曰："赐也，始可与言《诗》已矣，告诸往而知来者。"(《论语·学而》)

就教育内容而言，孔子与弟子对话所选主要涉及君主为政、修身立事、君子德行三个方面。关于君主为政，一个典

---

① 李泽厚:《论语今读》，中华书局 2015 年版，第 50 页。

型的例子出自《孔子家语·辩政篇》："子曰：君主为政、丧乱蔑资，曾不惠我师。此伤奢侈不节以为乱者也。又曰：匪其止共，唯王之邛。此伤奸臣蔽主以为乱也。又曰：乱离瘼矣，奚其适归？此伤离散以为乱者也。察此三者，政之所欲，岂同乎哉？"子贡问孔子，在齐国国君、鲁国国君、叶公三者请教管理政事方法时，为何回答不同。孔子用《诗经》中故事来描述三种政治祸乱原因，第一种是不加节制地追求奢侈而导致祸乱；第二种是奸臣蒙蔽君主而导致祸乱；第三种是百姓离散而导致祸乱，所以应分别采取节制、管理臣下使近人悦服、远方的人归附等方式来管理政事①。

孔子按照自己的政治标准和艺术标准，整理和删订了《诗经》，并把它作为传授弟子的教科书，因而为后世保存了这部古代宝贵的文学遗产和可靠的重要史料。孔子删订《诗经》，既基本保持了三百篇原来的面貌，又反映了孔子的哲学、政治、伦理和艺术观点，因而，《诗经》既是反映古代社会生活的文学创作，也是研究周代历史和孔子思想的重要史料。

---

① 杨朝明、宋立林：《孔子家语通解》，齐鲁书社 2009 年版，第 249 页。

第七章 《诗经》的主要思想内容

《诗经》305 篇作品，时间跨度达 500 多年，地域纵贯今天的河北、湖北北部，横跨今天的陕西、山东，时代漫长，地域辽阔，反映的社会生活宽广恢宏。就其思想内容分类而言，可以分为周民族的史诗、农事诗、燕飨诗、征役诗、怨刺、婚恋诗等。本章着重从文本的角度对前五类诗歌的思想内容和艺术特色进行分析研究，下编重点分析研究婚恋诗，所以对于婚恋诗此章不再赘述。

第一节 周民族史诗

在《诗经·大雅》里，集中保存了五首反映周民族产生和发展的史诗：《生民》《公刘》《绵》《皇矣》《大明》。

一、《大雅·生民》

厥初生民，时维姜嫄。生民如何？克禋克祀，以弗无子。履帝武敏歆，攸介攸止。载震载夙，载生载育，时维后稷。

诞弥厥月，先生如达。不坼不副，无菑无害。以赫厥灵，上帝不宁。不康禋祀，居然生子。

诞寘之隘巷，牛羊腓字之。诞寘之平林，会伐平林。诞寘之寒冰，鸟覆翼之。鸟乃去矣，后稷呱矣。实覃实訏，厥声载路。

诞实匍匐，克岐克嶷，以就口食。蓺之荏菽，荏菽旆旆。禾役穟穟，麻麦幪幪，瓜瓞唪唪。

诞后稷之穑，有相之道。茀厥丰草，种之黄茂。实方实苞，实种实褒。实发实秀，实坚实好。实颖实栗，即有邰家室。

诞降嘉种，维秬维秠，维穈维芑。恒之秬秠，是获是亩。恒之穈芑，是任是负，以归肇祀。

诞我祀如何？或舂或揄，或簸或蹂。释之叟叟，烝之浮浮。载谋载惟，取萧祭脂。取羝以軷，载燔载烈，以兴嗣岁。

卬盛于豆，于豆于登，其香始升。上帝居歆，胡臭亶时。后稷肇祀，庶无罪悔，以迄于今。

《生民》是周朝史诗中非常有名的一首，追述周人始祖后稷神奇非凡的诞生过程及过人的农艺天赋。毛序：“生民，尊祖也。后稷生于姜嫄，文武之功起于后稷，故推以天配焉。”①

---

① 转引自陈俊英：《诗经注析》，中华书局1991年版，第799页。

从次序上看当置于周朝史诗之首。中华民族的祖先以农立国，所以诗中描写后稷的神异主要表现在他的农艺天赋上。

全诗八章，每章或十句或八句，按十字句章与八字句章前后交替的方式构成全篇，除首尾两章外，各章皆以"诞"字领起，格式严谨。从表现手法上看，它纯用赋法，不假比兴，叙述生动详明，纪实性很强。然而从它的内容看，尽管后面几章写后稷从事农业生产富有浓郁的生活气息，却仍不能脱去前面几章写后稷的身世所显现出的神奇荒幻色彩，这无形中也使其艺术魅力大大增强。

诗的前三章为第一部分，描写了后稷神奇非凡的诞生过程，充满了神话色彩和浪漫情调。

第一章写姜嫄神奇的受孕。受孕的关键是"履帝武敏歆"，对这句话的解释众说纷纭。毛传把这句话纳入古代的高禖（古代帝王为求子所祀的禖神）祭祀仪式中去解释，《传》曰："后稷之母配高辛氏帝（帝喾）焉。……古者必立郊禖焉，玄鸟至之日，以太牢祠于郊禖，天子亲往，后妃率九嫔御，乃礼天子所御，带以弓韣，授以弓矢于郊禖之前。"[1] 也就是说高辛氏之帝率领其妃姜嫄向生殖之神高禖祈子，姜嫄踏着高辛氏的足印，亦步亦趋，施行了一道传统仪式，便感

---

[1] （清）王先谦：《诗三家义集疏》，岳麓书社 2011 年版，第 900～901 页。

觉怀了孕，求子而得子。唐代孔颖达的疏也执此说。但汉代郑玄的笺与毛传之说不同，他主张姜嫄是踩了天帝的足迹而怀孕生子的。《笺》："姜嫄之生后稷如何乎？乃禋祀上帝于郊禖，以被除其无子之疾，而得其福也。……帝，上帝也；敏，拇也。……祀郊禖之时，时则有大神之迹，姜嫄履之，足不能满履其拇指之处，心体歆歆然，其左右所止住，如有人道感己者也。于是遂有身。"① 这样的解释表明君王的神圣裔传来自天帝，显然是一个神话。随着时间的推移，郑玄的解释遭到了王充、洪迈、王夫之等人的否定。现代学者闻一多在《姜嫄履大人迹考》中认为这则神话反映的事实真相，"只是耕时与人野合而有身，后人讳言野合，则曰履人之迹，更欲神异其事，乃曰履帝迹耳"。他采纳了毛传关于高禖祭祀的说法，并对之作了文化人类学的解释："上云禋祀，下云履迹，是履迹乃祭祀仪式之一部分，疑即一种象征的舞蹈。所谓'帝'，实即代表上帝之神尸。神尸舞于前，姜嫄尾随其后，践神尸之迹而舞，其事可乐，故曰'履帝武敏歆'，犹言与尸伴舞而心甚悦喜也。……盖舞毕而相携止息于幽闭之处，因而有孕也。"② 现当代学者大都赞同闻一多的说法。后稷生

---

① （清）王先谦：《诗三家义集疏》，岳麓书社2011年版，第901~902页。
② 闻一多：《姜嫄履大人迹考》，载于《闻一多全集》卷一，三联书店1982年版，第73~77页。

于上古传说中的尧舜时代，处于原始社会的母系氏族时期，那时人们的婚姻关系不稳定，孩子知其母不知其父，子女都从母姓，如姬、姜、姚、姒等古姓都从女字旁。由此产生了"感天而生"和"吞卵而生"的神话传说。《生民》"履帝武敏歆"而怀孕生子的描述就是当时情况的反映。

诗的第二章、第三章写后稷的诞生与屡弃不死的灵异。《史记·周本纪》载："后稷有母有邰氏女，曰姜嫄。……居期而生子，以为不祥，弃之隘巷，马牛过者皆避不践。徒置之林中，适会山林多人，迁之。而弃渠中冰上，飞鸟以翼覆之。姜嫄以为神，遂收养长之。初欲弃之，因名曰弃。"① 正是因为他在初生时曾屡遭遗弃，所以后稷名弃。《生民》对他三次遭弃又三次获救的经过情形叙述十分细致。第一次，后稷被扔在小巷里，结果是牛羊跑来用乳汁喂养了他。第二次，后稷被扔进了森林里，结果正巧有樵夫来砍柴，将他救出。第三次后稷被扔在了寒冰之上，结果鸟儿用温暖的羽翼覆盖他、温暖他。初生的婴儿经历了如此大的磨难，终于哇哇哭出了声，声音洪亮有力，回荡在整条大路上，预示着他将来会创造辉煌的业绩。

诗的第四至第六章组成诗的第二部分，写后稷有开发农

---

① （清）王先谦：《诗三家义集疏》，岳麓书社 2011 年版，第 900 页。

业生产技术的特殊禀赋。后稷自幼就表现出这种超卓不凡的才能，他因有功于农业而受封于邰，他种的农作物品种多、产量高、质量好，丰收之后便创立祀典。这几章包含了丰富的上古农业生产史料，其中讲到的农作物有荏菽、麻、麦子、瓜、秬、秠、穈、芑等。对植物生长周期的观察也很细致，发芽、出苗、抽穗、结实，一一都有描述。而对除杂草和播良种的重视，尤其引人注意。这说明周民族已经开始成为以农耕为主要生产方式的民族。据史载，弃因善于经营农业，被帝尧举为农师，帝舜时他又被封到邰地。弃号后稷，后是君王的意思，稷则是一种著名的农作物名。周人以稷为始祖，以稷为谷神，以社稷并称作为国家的象征，这一切都表明周民族与稷这种农作物的紧密联系。

诗的最后两章为第三部分，承第五章末句"以归肇祀"而来，写后稷祭祀天神，祈求上天永远赐福，而上帝感念其德行业绩，不断保佑他并将福泽延及他的子子孙孙。诗中所述的祭祀场面很值得注意，它着重描写各种各样的粮食祭品，还有公羊。这应该是当时最好的东西拿来供上天享用。"上帝居歆"云云，则反映出当时可能有人扮的神尸来享用祭品。诗尾的"后稷肇祀，庶无罪悔，以迄于今"，称道后稷开创祭祀之仪使得天帝永远佑护周民族，赞颂的对象仍落实在后稷身上，而他的确也是当之无愧的。

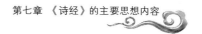

辑评:

陈子展《诗经直解》引明代孙鑛语:"不说人收,却只说鸟去,固蕴藉有致。"

陈子展《诗经直解》引清代俞樾语:"初不言其弃之由,而卒曰'后稷呱矣',盖设其文于前,而著其义于后,此正古人文字之奇。"

清代牛运震《诗志》:"极神怪事,却以朴拙传之,庄雅典奥,绝大手笔。"

二、《大雅·公刘》

笃公刘,匪居匪康。乃埸乃疆,乃积乃仓。乃裹餱粮,于橐于囊。思辑用光,弓矢斯张;干戈戚扬,爰方启行。

笃公刘,于胥斯原。既庶既繁,既顺乃宣,而无永叹。陟则在巘,复降在原。何以舟之?维玉及瑶,鞞琫容刀。

笃公刘,逝彼百泉。瞻彼溥原,乃陟南冈。乃觏于京,京师之野。于时处处,于时庐旅,于时言言,于时语语。

笃公刘,于京斯依。跄跄济济,俾筵俾几。既登乃依,乃造其曹。执豕于牢,酌之用匏。食之饮之,君之宗之。

笃公刘,既溥既长。既景乃冈,相其阴阳。观其流泉,其军三单,度其隰原,彻田为粮。度其夕阳,豳居允荒。

笃公刘,于豳斯馆。涉渭为乱,取厉取锻。止基乃理,

爰众爰有。夹其皇涧，溯其过涧。止旅乃密，芮鞫之即。

《公刘》上承《生民》，下接《绵》，叙述周人祖先公刘带领周民由邰迁豳的史迹。是周民族史诗的重要组成部分。《大雅·生民》写周人始祖在邰（故址在今陕西武功县境内）从事农业生产，此篇写公刘由邰迁豳（在今陕西旬邑和彬县一带）开疆创业，而《绵》诗则写古公亶父自豳迁居岐下（在今陕西岐县），以及文王继承遗烈，使周之基业得到进一步发展的故事。关于公刘，《史记·周本纪》中也有记载："公刘虽在戎狄之间，复修后稷之业，务耕种，行地宜。自漆沮渡渭，取材用。行者有资，居者有蓄积。民赖其庆，百姓怀之，多徙而保归焉。周道之兴自此始，故诗人歌乐思其德。"① 这是司马迁用散文的形式概括了《公刘》一诗的内容。

公刘，陆德明《经典释文》引《尚书大传》云："公，爵；刘，名也。"后世多合而称之公刘。大约在夏桀之时，后稷的儿子不窋失其职守，自窜于戎狄。不窋生了鞠陶，鞠陶生了公刘。公刘回邰，恢复了后稷所从事的农业，人民逐渐富裕。"乃相土地之宜，而立国于豳之谷焉"（朱熹《诗集

---

① （清）王先谦：《诗三家义集疏》，岳麓书社 2011 年版，第 923 页。

传》)。这首诗就着重记载了公刘迁豳以后开创基业的史实。

诗共六章，每章六句，均以"笃公刘"发端，从语气来看，必是周之后人所作。《毛序》："召康公戒成王也。成王将莅政，当戒以民事，美公刘之厚于民，而献是诗也。"① 若是成王时召康公所作，则约在公元前 21 世纪前后，可见公刘的故事在周人中已流传好几代了。

诗人抓住公刘带领族人由邰迁豳这一关键历史事件来写，首章写迁徙、二三章写择地、四五六章写定居，三部分层次分明，一一道来，有条有理。

首章之迁徙。主要写公刘带领族人做出发前的准备。他在邰地划分疆界，领导人民勤劳耕作，将丰收的粮食装进仓库，制成干粮，又一袋一袋包装起来。接着又挽弓带箭，拿起干戈斧钺各种武器，浩浩荡荡向豳地进发。

二三章之择地。主要写到达豳地以后，公刘带领族人选择良好的生活和生产环境的各种举措。他先是到原野上进行勘察，有时登上山顶，有时走在平原，有时察看泉水，有时测量土地。然后开始规划哪里种植，哪里建房，哪里养殖，哪里采石……在叙事的同时对人物和场景的描写也十分精彩。如第二章"何以舟之？维玉及瑶，鞞琫容刀。"写公刘忙于相

---

① （清）王先谦：《诗三家义集疏》，岳麓书社 2011 年版，第 923 页。

地的同时，转而描摹其佩带的美玉和佩剑之华丽，所谓闲笔涉趣，轻轻一点，人间烟火气十足，人物形象也更加丰满。三章"于时处处，于时庐旅，于时言言，于时语语。"四句通过排比和叠词的运用，把拓荒者七嘴八舌、谈笑风生的生动场面烘托得十分强烈。

第四五六章写安居。一切安排妥当，便设宴庆贺，推举首领。首领既定，又组织军队，进行防卫。其间也不忘对其生活和生产场景进行描述和赞美。如五章的"度其夕阳，豳居允荒。"第六章的"夹其皇涧，溯其过涧。止旅乃密，芮鞫之即"。对新居的美好和人烟之繁密的描写传神入画。

诗篇将公刘开拓疆土、建立邦国的过程，描绘得清清楚楚，仿佛将读者带进远古时代，观看了一幅先民勤劳朴实的建邦图。

诗中不仅写了作为部落首领的公刘深谋远虑，勇于开拓进取的精神，而且也写了民众与公刘齐心协力、患难与共的关系。诗云："思辑用光。"又云："既庶既繁，既顺乃宣，而无永叹。"是说他们思想上团结一致，行动上紧紧相随，人人心情舒畅，没有一个在困难面前唉声叹气。"于时处处，于时庐旅，于时言言，于时语语"，诗人用了一组排比句，讴歌了人们在定居以热热闹闹、欢欢喜喜的生动场面。

此诗的特点是在行动中展示当时的社会风貌，在具体场

景中刻画人物形象。无论是"弓矢斯张，干戈戚扬"的行进行列，还是"既溥既长，既景乃冈，相其阴阳"的勘察情景，都将人与景结合起来描写，因而景中有人，栩栩如生。

辑评：

宋代朱熹《诗集传》引吕祖谦语："（二章）以如是之佩服，而亲如是之劳苦，斯其所以为厚于民也欤！""（四章）既飨燕而定经制，以整属其民，上则皆统于君，下则各统于宗。盖古者建国立宗，其事相须。"

吴闿生《诗义会通》引清代吴汝纶："四章所言乃初至时于庐旅饮犒耳，说者以为落成，非也。"

三、《大雅·緜》

緜緜瓜瓞，民之初生，自土沮漆。古公亶父，陶复陶穴，未有家室。

古公亶父，来朝走马。率西水浒，至于岐下。爰及姜女，聿来胥宇。

周原膴膴，堇荼如饴。爰始爰谋，爰契我龟。曰止曰时，筑室于兹。

廼慰廼止，廼左廼右。廼疆廼理，廼宣廼亩。自西徂东，周爰执事。

乃召司空，乃召司徒，俾立室家。其绳则直，缩版以载，作庙翼翼。

捄之陾陾，度之薨薨。筑之登登，削屡冯冯。百堵皆兴，鼛鼓弗胜。

廼立皋门，皋门有伉。廼立应门，应门将将。廼立冢土，戎丑攸行。

肆不殄厥愠，亦不陨厥问。柞棫拔矣，行道兑矣。混夷駾矣，维其喙矣！

虞芮质厥成，文王蹶厥生。予曰有疏附，予曰有先后。予曰有奔奏，予曰有御侮！

《大雅·緜》也是周民族史诗之一。此诗描写了周民族的祖先古公亶父率领周人从豳迁往岐山，开国奠基的功业和周文王继承祖父古公亶父的事业，维护周人美好的声望，平定夷狄，外结邻邦，内用贤臣，建立起完整国家制度的功绩。

全诗共九章。首章以"緜緜瓜瓞"起兴，开首三句简洁地概括了周人延绵不绝、生生不息的漫长历史。以下至第八章，叙述太王率族由豳迁岐、建设周原的情况。正是太王迁岐的重大决策和文王的仁德，才奠定了周人灭商建国的基础。对周人建国兴国的历史，《鲁颂·閟宫》也有记载："后稷之孙，实维大王。居岐之阳，实始翦商。至于文武，缵大王之绪。"第九章自然而然带出文王平虞芮之讼的事，显示出其蒸蒸日上的景象。

周人祖先公刘率族人由邰迁豳，后来由于周人遭到强悍游牧民族昆夷的侵扰，促使古公亶父再次举族迁移。《孟子·梁惠王下》载："昔者大王居邠，狄人侵之。事之以皮币，不得免焉；事之以犬马，不得免焉；事之以珠玉，不得免焉。乃属其耆老而告之曰'狄人之所欲者，吾土地也……我将去之。'去邠，逾梁山，邑于岐山之下居焉。"邠人以其仁而"从之者如归市"。全诗以迁岐为中心展开铺排描绘，疏密有致。长长的迁徙过程浓缩在短短的四句中："古公亶父，来朝走马。率西水浒，至于岐下。"接下来"爰及姜女，聿来胥宇"两句，写亶父与妻子一起视察新址。刘向《新序》："太王爱厥妃，出入必与之偕。"①

在"堇荼如饴"的辽阔平原上，周人怀着满腔喜悦和对新生活的憧憬投入了火热的建设家园的劳动中，他们刻龟占卜，商议谋划。诗人以浓墨重彩描绘农耕、建筑的同时，融入了深沉朴质的感情。他们一面封疆划界，开渠垦荒，"迺慰迺止，迺左迺右。迺疆迺理，迺宣迺亩"，一面欢天喜地安家

---

① （清）王先谦：《诗三家义集疏》（二），岳麓书社 2011 年版，第861页。

定宅"筑室于兹"。

第六章的"捄之陾陾，度之薨薨。筑之登登，削屡冯冯"四组拟声词，通过描摹周人建筑宫室的铲土声、填土声、打夯声和推土声的嘈杂响亮烘托了热火朝天的劳动场面。"百堵皆兴，薨鼓弗胜"，鼓劲的鼓声反倒淹没在人声鼎沸的劳动声中。"百堵皆兴"，既是对施工规模的自豪，也暗示了周民族的蓬勃发展。"皋门有伉""应门将将"，既是对自己建筑技术的夸耀，又显示了周人的自强自立、不可侵犯的精神。由此歌颂武功文略便是水到渠成："柞棫拔矣，行道兑矣。混夷駾矣，维其喙矣。"表现了日益强大的周族对昆夷的蔑视和胜利后的自豪感。

最后一章写文王平虞芮之讼，突出表现其睿智与文德。结尾四个"予曰"，一气呵成，诗人内心的激情一泻而出，既是对文王德化的赞美，更是对古公亶父文韬武略的追忆，与首句"縣縣瓜瓞"遥相呼应，相映成趣，突出了奠基于古公，强盛于文王的主旨。

诗章以时间为经，以地点为纬，景随情迁，情缘景发，情景交融。自邠至岐，从起行、定宅、治田、建屋、筑庙到文王平虞芮之讼，莫不洋溢着周人对生活的激情、对生命的热爱、对祖先的崇敬。特别是修筑宫室宗庙的劳动场面，写得轰轰烈烈，同时多用排比，显得整饬庄重，前详后略，情

景一体，充满了浓郁的生活气息。

辑评：

宋代苏辙《诗病五事》："事不接，文不属，如连山断岭，虽相去绝远，而气象联络，观者知其脉理之为一也。盖附离不以凿枘，此最为文之高致耳。"

明代孙鑛《评诗经》："平叙中风致自不乏，即事点注，无非妙境。""叙迁岐事，历历详备，舒徐有度。至此则如骏马下坂，将近百年事，数语收尽。笔力绝雄劲，绝有态，顾盼快意。"

明末清初王夫之《诗广传》："如群川之洊流也，如春华之喧发也，如风之吹万而各以籁鸣也。"

清代方玉润《诗经原始》："故地利之美者地足以王，是则《緜》诗之旨耳。""收笔奇肆，亦饶姿态。"

四、《大雅·皇矣》

皇矣上帝，临下有赫。监观四方，求民之莫。维此二国，其政不获。维彼四国，爰究爰度。上帝耆之，憎其式廓，乃眷西顾，此维与宅。

作之屏之，其菑其翳。修之平之，其灌其栵。启之辟之，其柽其椐。攘之剔之，其檿其柘。帝迁明德，串夷载路。天

立厥配，受命既固。

帝省其山，柞棫斯拔，松柏斯兑。帝作邦作对，自大伯王季。维此王季，因心则友。则友其兄，则笃其庆，载锡之光。受禄无丧，奄有四方。

维此王季，帝度其心，貊其德音。其德克明，克明克类，克长克君。王此大邦，克顺克比。比于文王，其德靡悔。既受帝祉，施于孙子。

帝谓文王，无然畔援，无然歆羡，诞先登于岸。密人不恭，敢距大邦，侵阮徂共。王赫斯怒，爰整其旅，以按徂旅。以笃于周祜，以对于天下。

依其在京，侵自阮疆，陟我高冈。无矢我陵，我陵我阿。无饮我泉，我泉我池。度其鲜原，居岐之阳，在渭之将，万邦之方，下民之王。

帝谓文王，予怀明德，不大声以色，不长夏以革，不知不识，顺帝之则。帝谓文王，询尔仇方，同尔兄弟。以尔钩援，与尔临冲，以伐崇墉。

临冲闲闲，崇墉言言，执讯连连，攸馘安安。是类是祃，是致是附，四方以无侮。临冲茀茀，崇墉仡仡。是伐是肆，是绝是忽，四方以无拂。

《毛序》："皇矣，美周也。天监代殷莫若周，周世世修德莫若文王。"① 这首颂诗先写古公亶父（太王）经营岐山，打退昆夷的情况；再写王季德行美好，得以传位给文王；最后重点描述了文王伐密、灭崇的事迹和武功。这些事件，是周部族得以发展、得以灭商建国的重大事件。太王、王季、文王，都是周王朝的"开国元勋"，对周部族的发展和周王朝的建立，作出了卓越的贡献，所以作者极力地赞美他们、歌颂他们，字里行间充溢着深厚的爱部族、爱祖先的思想感情。本诗共八章，和其余四首诗的不同在于，它讴歌了周王朝三个部族首领，但其中四章叙写了文王，所以歌颂的重点是周文王的丰功伟绩。

99

全诗八章，每章十二句。内容丰富，气魄宏大。是《诗经》周民族史诗中最长的一首。孙矿批评《诗经》曰："长篇繁叙，规模闳阔，笔力甚驰骋纵放。然却有精语为之骨，有浓语为之色，可谓兼终始条理。"② 他的批评很中肯，诗歌文字虽多，叙事虽长，但井然有序。前四章写太王和王季，后四章写文王，重点写文王继承祖业，发展周部族的创业史。

首章先从周太王得天眷顾、迁岐建国写起。周人原先是一个游牧民族，居于今陕西、甘肃接境一带。从后稷开始，

---

① 蒋见元、陈俊英：《诗经注析（下）》，中华书局1991年版，第776页。
② 陈俊英、蒋见元：《诗经注析（下）》，中华书局1991年版，第776页。

始以农桑为业，并初步建国，以邰（今陕西武功一带）为都（见《大雅·生民》）。到了第四代公刘之时，又举族迁往豳（邠）地（今陕西旬邑一带），行地宜，务耕种，开荒定居，部族更加兴旺和发展（见《大雅·公刘》）。第十三代（依《史记·周本纪》）为古公亶父（即周太王），因受戎狄之侵、昆夷之扰，又迁居于岐山下之周原（今陕西岐山一带），开荒垦田，营建宫室宗庙，修造城郭，革除戎俗，发展农业，使周部族日益强大（见《大雅·緜》）。此章说是天命所使，当然是神话的说法。但尊天和尊祖的契合，正是周人"君权神授"思想的表现。

　　第二章具体描述了太王在周原开疆拓土，发展农业生产的具体情景。连用四组排比语句，选用八个动词，罗列了八种植物，极其生动形象地表现太王创业的艰辛和气魄的豪迈。最后还点明：太王赶走了昆夷，娶了佳偶（指太姜），使国家更加强大。

　　第三章写太王立业，王季继承，既合天命，又扩大了周部族的福祉，并进一步奄有四方。其中，特别强调"帝作邦作对，自大伯王季"。太王有三子：长子太伯、次子仲雍和少子季历（即王季）。季历生子昌（文王），有才德。太王爱季历，太伯、仲雍相让，因此王季的继立，是应天命、顺父心、友兄弟的表现。写太伯是虚，写王季是实。但"夹写太伯，从王季一面写友爱，而太伯之德自见"（方玉润《诗经原始》），既是夹叙法，亦是推原法，作者的艺术用心，是值得深入体味的。

第四章集中描述了王季的德音。用"帝度其心，貊其德音"，来突出其地位的尊贵和名声的洁净无暇；用"克明克类，克长克君。王此大邦，克顺克比"，来表现王季的仁德和睿智，为王至宜。最后用而"比于文王，其德靡悔"，既说明了王季的德泽流长，又为以下各章写文王而作了自然的过渡。

《皇矣》的重点是在歌颂和赞美文王。因而此诗从第五章起，就集中描述文王的功业了。

第五章先写上天对文王的教导："无然畔援，无然歆羡，诞先登于岸。"即要文王不要专横暴虐，不要有非分的侵吞别国的贪欲，但要先占据有利的形势。接着写"密人不恭，敢距大邦，侵阮阻共"。人不犯我，我不犯人，人若犯我，我必犯人，一场激烈的战争在所难免。文王勃然大怒，当机立断"爰整其旅，以按徂旅"，以"笃于周祜""对于天下"的正义之名出师征讨密人。

第六章写战争的进一步发展。"依其在京，侵自阮疆，陟我高冈。无矢我陵，我陵我阿。无饮我泉，我泉我池。"先写文王调集周京之旅，"以往侵阮国之疆，登其山而望阮之兵。

兵无敢当其陵及阿者，又无敢饮食于其泉及池水者。"① 小出兵而令惊怖如此，此以德政，不以众也。于是文王"度其鲜原，居岐之阳，在渭之将，万邦之方，下民之王。"即文王知道自己德盛而威行，于是谋居善原广平之地，在岐山之南，渭水之侧安扎营寨。

第七章写战前的谋划。主要写上天对文王的教导，"不大声以色，不长夏以革"，就是不要疾言厉色，而要从容镇定；不要光凭武力硬拼，而要注意策略。要"顺帝之则""询尔仇方，同尔兄弟"，即按照上天意志，联合起同盟和兄弟之国，然后再"以尔钩援，与尔临冲"，去进攻崇国的城池。崇国当时也是周国的强敌，上言密，此言崇，实兼而有之，互文见义。

最后一章是写伐密灭崇战争具体情景。周国用它"闲闲""茀茀"的临车、冲车，攻破了崇国"言言""仡仡"的城墙；"执讯""攸馘""是致是附""是伐是肆""是绝是忽"的结果是"四方无以侮""四方无以拂"，四方邦国再没有敢抗拒周国的了。这些内容表现了周从一个小部族逐渐发展壮大，依靠的绝对不是后世所歌颂的单纯的所谓礼乐教化，而主要是通过不断的武力征伐，扩张疆域，从而获得了灭商的

---

① （清）王先谦：《诗三家义集疏（二）》，岳麓书社 2011 年版，第 883 页。

实力。

《皇矣》在叙述这段历史过程时是有顺序、有重点地描述的。全诗中，既有历史过程的叙述，又有历史人物的塑造，还有战争场面的描绘，内容繁富，规模宏阔，笔力遒劲，条理分明。所叙述的内容，虽然时间跨度很大，但由于作者精心的结构和安排，却又显得非常紧密和完整。特别是夸张词语、重叠词语、人物语言和排比句式的交错使用，章次、语气的自然舒缓，更增强此诗的生动性、形象性和艺术感染力。

辑评：

宋代朱熹《诗集传》："此诗叙大王、大伯、王季之德，以及文王伐密伐崇之事也。"

明代孙鑛《评诗经》："长篇繁叙。规模宏阔，笔力甚驰骋纵放。然却有精语为之骨，有浓语为之色，可谓兼终始条理，此便是后世歌行所祖。"

五、《大雅·大明》

明明在下，赫赫在上。天难忱斯，不易维王。天位殷适，使不挟四方。

挚仲氏任，自彼殷商。来嫁于周，曰嫔于京。乃及王季，维德之行。

大任有身，生此文王。维此文王，小心翼翼。昭事上帝，
聿怀多福。厥德不回，以受方国。

天监在下，有命既集。文王初载，天作之合。在洽之阳，
在渭之涘。

文王嘉止，大邦有子。大邦有子，伣天之妹。文定厥祥，
亲迎于渭。造舟为梁，不显其光。

有命自天，命此文王。于周于京，缵女维莘。长子维行，
笃生武王。保右命尔，燮伐大商。

殷商之旅，其会如林。矢于牧野，维予侯兴。上帝临女，
无贰尔心。

牧野洋洋，檀车煌煌，驷騵彭彭。维师尚父，时维鹰扬。
凉彼武王，肆伐大商，会朝清明。

《大雅·大明》与我们上文的《大雅·生民》《大雅·公
刘》《大雅·緜》《大雅·皇矣》四首诗歌相联缀，俨然形成
一组开国史诗。从周朝始祖后稷诞生和农艺天赋，公刘由邰
迁豳，太王（古公亶父）由豳迁岐，王季继承祖业继续发展，
文王伐密、伐崇，直到武王伐纣灭商，把周民族发展壮大过
程中的重大历史事件都写到了，现在的研究者多把它们看作
一组周国史诗，只是《诗经》的编者没有把它们按世次编辑
在一起，而打乱次序分编在各处。关于《大明》，朱熹认为它

和《大雅·文王》一样，"追述文王之德，明周家所以受命而代商者，皆由于此，以戒成王"。其实此诗很难看出是周公所作，也很难看出有警戒成王的意思。《毛序》："文王有明德，故天复命武王也。"《笺》："二圣相承，其明德日以广大，故曰《大明》。……'明明'者，文王武王施明德于天下，其征应炤晢于天。谓三辰效验。天意之难信矣，不可改易者天子也。今纣居天位，而又殷之正适，以其为恶，乃弃绝之，使教令不行于四方，四方共叛之。是天命无常，维德是予耳。言此者，厚美周也。"① 综观这五篇诗文，应该是周王朝统治者为歌颂祖先功德，追述开国历史的显赫罢了。

诗共八章。历代各家的分章稍有不同，这里采用了王先谦《诗三家义集疏》的分章法。第一、二、四、七章六句，第三、五、六、八章八句，排列起来，颇有参差错落之美。

首章先从赞叹皇天伟大，天命难测说起，以引出殷命将亡，周命将兴，是全诗的总纲。次章即歌颂王季娶了太任，推行德政。第三章写文王降生，承受天命，因而"以受方国"。第四章又说文王"天作之合"，得配佳偶。第五章即写他于渭水之滨迎娶殷商属国莘国之女。第六章说文王又娶太姒，生下武王。武王受天命而"燮伐大商"，与首章遥相照

————

① （清）王先谦：《诗三家义集疏（二）》，岳麓书社2011年版，第853页。

应。第七章写武王牧野的誓师大会，敌军虽盛，而武王斗志更坚。最后一章写牧野之战的盛大，武王在姜尚辅佐之下一举灭殷。全诗时序井然，层次清楚，兼写王季、文王、武王三代的发展史，但突出的重点是武王伐纣。

武王灭商，是此诗最集中、最突出要表现的重大历史事件，写王季、太任、文王、太姒，不过是说明周家世代积功累仁，天命所佑，所以武王才克商代殷而立天下。所以，诗人著笔，历述婚媾，皆天作之合，圣德相配。武王克商，也是上应天命、中承祖德、下合四方的。因此，尽管诗意变幻不已，其中心意旨是非常清楚的。全诗虽然笼罩着祀神的宗教气氛和君权神授的神学色彩，其内在的历史真实性一面，还是有认识价值的。

这是一首叙事诗，叙事气势恢宏，跌宕起伏。第五章对文王迎亲场面的描述，盛大而热烈；牧野誓师大会面对殷商"其会如林"之旅，将帅昂扬斗志尽在眼前；特别是对牧野之战的描写更加有声有色："牧野洋洋，檀车煌煌，驷騵彭彭"一连三个排比句子，把战争的严峻、形势的紧迫和战斗的激烈和盘托出。从"维师尚父，时维鹰扬"，也似乎让人看到了姜太公的雄武英姿。这些描写充分体现了中国古典文学描写战争的特点，即不写战争场面的惨烈，而写战备的精良和将士的英武，体现了中华民族秉承的以文德教化为主，使敌人不战而屈的政治理想。至于它有详有略、前呼后应的表现手法，更使诗篇避免了平铺、呆板和单调，给人以跌宕起伏、而重点突出的感觉。这些，在艺术上都是可取的。诗中的"小心翼翼""天作之合"等句也早已成为著名的成语，在现代汉语中仍有很强的活力。

辑评：

宋代朱熹《诗集传》："赋也。此亦周公戒成王之诗。将陈文武受命，故先言在下者有明明之德，则在上者有赫赫之命，达于上下，去就无常，此天子之所以难忱，而为君之所以不易也。纣居天位，为殷嗣，乃使之不得挟四方而有之，盖以此尔。"

第二节 农　事　诗

由于夏商西周时期是典型的农耕社会，农业是当时最主要的生产部门，也是广大人民群众生活中的主要内容，所以《诗经》的众多诗篇描写了农村生产、生活的各个方面，《诗经》中那些描述农事以及与农事有关的政治、宗教活动和日常生活的诗歌，我们称之为农事诗。关于农事诗的具体篇目，我们主要采用郭沫若的说法，即《国风》中的《豳风·七月》；《小雅》的《楚茨》《信南山》《甫田》《大田》，《周

颂》中的《思文》《噫嘻》《臣工》《丰年》《载芟》《良耜》
十一篇①。当然还有一些作品也提到了农事，如上文周民族史
诗中的《大雅·生民》《大雅·绵》等。我们选择其中的
《豳风·七月》、小雅的《甫田》《大田》《楚茨》《信南山》
和周颂中的《载芟》《良耜》几篇来解读，通过这些诗篇的
解读，了解周人的农业发展史，包括周人对农业与自然条件
的关系的认识、对农业技术的重视以及对农业与农业劳动的
推崇与赞美等。

一、《豳风·七月》

七月流火，九月授衣。一之日觱发，二之日栗烈。无衣
无褐，何以卒岁？三之日于耜，四之日举趾。同我妇子，馌
彼南亩，田畯至喜！

七月流火，九月授衣。春日载阳，有鸣仓庚。女执懿筐，
遵彼微行，爰求柔桑。春日迟迟，采蘩祁祁。女心伤悲，殆
及公子同归。

七月流火，八月萑苇。蚕月条桑，取彼斧斨，以伐远扬，
猗彼女桑。七月鸣鵙，八月载绩。载玄载黄，我朱孔阳，为
公子裳。

① 《中国学研究（第五辑）》，济南出版社2002年版。

四月秀葽，五月鸣蜩。八月其获，十月陨箨。一之日于貉，取彼狐狸，为公子裘。二之日其同，载缵武功。言私其豵，献豜于公。

五月斯螽动股，六月莎鸡振羽。七月在野，八月在宇，九月在户，十月蟋蟀入我床下。穹窒熏鼠，塞向墐户。嗟我妇子，曰为改岁，入此室处。

六月食郁及薁，七月烹葵及菽。八月剥枣，十月获稻。为此春酒，以介眉寿。七月食瓜，八月断壶，九月叔苴，采荼薪樗，食我农夫。

九月筑场圃，十月纳禾稼。黍稷重穋，禾麻菽麦。嗟我农夫，我稼既同，上入执宫功。昼尔于茅，宵尔索綯。亟其乘屋，其始播百谷。

二之日凿冰冲冲，三之日纳于凌阴。四之日其蚤，献羔祭韭。九月肃霜，十月涤场。朋酒斯飨，曰杀羔羊。跻彼公堂，称彼兕觥，万寿无疆！

《豳风·七月》是《诗经》中的杰作。豳在今陕西旬邑和彬县一带，是周的祖先公刘率领族人由邰（今陕西武功西南）迁居至此而开发的（《大雅·公刘》）。《豳风》共七篇，都是西周作品。第一首《七月》，也是《诗经》中较长的一首，共三百八十三字，描写豳地一年四季的农业生活，涉及

衣食住行各个方面。

闻一多在《歌与诗》中比作"一篇韵语的《夏小正》或《月令》"。内容包括天文地理、草木虫鱼、衣食住行、男女老少、风土人情。光是动物，就有鸧鹒（黄莺）、鵙（伯劳）、蜩（蝉）、貉、狐狸、豜（小猪）、斯螽、蟋蟀等十二种，植物就更多了。《七月》的伟大，除了文学价值，更在于其史料价值。研究古代社会性质的、研究古代农业发展状况的、研究古代气候等的众多学者，都可以从中挖掘出许多宝贵的材料。

诗从七月写起，按农事活动的顺序，通篇用赋的手法，逐月展开各个画面。诗中周历和夏历并用。周历以夏历（今之农历，一称阴历）的十一月为正月，"一之日""二之日""三之日""四之日"，即夏历的十一月、十二月、一月、二月。"蚕月"，即夏历的三月。皮锡瑞《经学通论》云："此诗言月者皆夏正，言一、二、三、四之日皆周正，改其名不改其实。"戴震《毛郑诗考证》亦指出：周时虽改为周正（以农历十一月为正月岁首），但民间农事仍沿用夏历。

首章总括全诗，从岁寒写到春耕开始。同时它也为以后各章奠定了基调，提示了总纲。朱熹《诗集传》云："此章前段言衣之始，后段言食之始。二章至五章，终前段之意。六章至八章，终后段之意。"在结构上如此安排，确是相当严

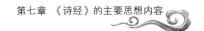

谨。所谓"衣之始""食之始",实际上指农业社会中耕与织两大主要事项。这两项是贯穿全篇的主线。

诗歌以"七月流火,九月授衣"起笔,这里的"火"是星名,"流火"即指行星在天空的位置向下移动。从这里可以看出我国古代劳动人民对行星移动和季节变化的互相关系已有认识。《毛传》:"九月霜始降,妇功成,可以授冬衣矣。"马瑞辰《通释》:"凡言'授衣'者,皆授使为之也。此诗授衣,亦授冬衣使之为。盖九月妇功成,丝麻之事已毕,始可为衣。"[①] 首章是说七月火星向下降行,九月将裁制冬衣的工作交给妇女们去做,以备御冬。十一月以后便进入朔风凛冽的冬天,农夫们连粗布衣衫也没有一件,怎么能度过年关,故而发出"何以卒岁"的哀叹。可是春天一到,他们又整理农具到田里耕作。妇女儿童则到田头送饭,田官见他们劳动很卖力,不由得面露喜色。民间诗人以粗线条勾勒了一个框架,当时社会生活的整体风貌已呈现在读者面前。以后各章便从各个侧面、各个局部进行较为细致的刻画。《豳风·七月》按照季节的先后,反映了农人一年四季多层次的生活和劳动情况。

第二、三章写妇女们采桑养蚕纺织之事。春天来了,明

---

① 转引自陈俊英、蒋见元:《诗经注析(下)》,中华书局1991年版,第408页。

媚的春光照着田野，黄莺在枝头婉转鸣唱。妇女们背着箩筐，结伴儿沿着田间小路去采桑。繁重的劳动没能拂去她们脸上的笑容，但内心的隐忧却让她们紧锁眉头："女心伤悲，殆及公子同归。""公子"有多解，但多数论者认为是豳公之子。豳公占有大批土地和农奴，他的儿子们对农家美貌女子也享有与其"同归"的特权。首章"田唆至喜"，只是轻轻的一笔，点到了当时社会的阶级关系，然后便慢慢地加以展开。这里似乎让读者看到汉乐府《秋胡行》和《陌上桑》的影子。"八月载绩，载玄载黄，我朱孔阳，为公子裳。"她们织出五颜六色的丝绸，理所当然都成了公子身上的衣裳，正如宋人张俞的《蚕妇》诗所说："遍身罗绮者，不是养蚕人。""公子"侵占的不仅仅是她们的劳动果实，还有她们的人身自由。

第四、五两章任从"衣之始"一条线发展而来，但亦有发展变化。"秀葽""鸣蜩"，带有起兴之意，引出下文重点——狩猎。他们猎获的狐狸，要"为公子裘"；他们打下的大猪，要贡献给豳公，自己只能留下小的吃。这里再一次描写了当时的阶级关系。第五章着重写昆虫以反映季节的变化，由蟋蟀依人写到寒之将至，笔墨工细，绘影绘声，饶有诗意。《诗集传》云："斯螽、莎鸡、蟋蟀，一物随时变化而异其名。动股，始跃而以股鸣也。振羽，能飞而以翅鸣也。"

咏物之作，如此细腻，令人惊叹。"穹窒熏鼠，塞向墐户。嗟我妇子，曰为改岁，入此室处。"写农家打扫室内，准备过年，在结构上"亦以终首章前段御寒之意"。

第六、七、八章，承"食之始"一条线而来，好像一组连续的电影镜头，表现了农家朴素而安详的生活：六、七月里他们"食郁（郁李）及薁""亨（烹）葵（葵菜）及菽（大豆）"。八月里，他们打枣子，割葫芦。十月里收下稻谷，酿制春酒，给老人祝寿。但留给农夫的是"采荼薪樗，食我农夫"，从这里可以看出农夫生活的艰难。第七章"筑场圃""纳禾稼"，写一年农事的最后完成。可是粮食刚刚进仓，又得给老爷们营造公房，与上面所写的自己的居室的破烂简陋形成鲜明对比。正如《诗集传》引吕氏所云："此章终始农事，以极忧勤艰难之意。"

第八章，诗人用轻快的笔调写农人忙活了一年，年末终得闲暇，宴饮称觞的盛况。"朋酒斯飨，曰杀羔羊。跻彼公堂，称彼兕觥，万寿无疆。"

《豳风·七月》以叙事为主，在叙事中写景抒情，形象鲜明，诗意浓郁。通过诗中人物娓娓动听的叙述，真实地展示了当时的劳动场面、生活图景和各种人物的面貌，以及农夫与公家的相互关系，构成了西周早期社会一幅男耕女织的风俗画。正如姚际恒《诗经通论》评曰："鸟语虫鸣，革荣木实，似《月令》；妇子入室，茅綯升屋，似《风俗书》；流火寒风，似《五行志》；养老慈幼，跻堂称觥，似庠序礼；田官染职，狩猎藏冰，祭献执宫，似国家典制书。其中又有似采桑图、田家乐图、食谱、谷谱、酒经；一诗之中，无不具备，洵天下之至文也！……无体不备，有美必臻，晋唐后陶、谢、王、孟、韦、柳田家诸诗，从未臻此境界。"

辑评：

《毛诗序》："《七月》，陈王业也。周公遭变，故陈后稷先公风化之所由、至王业之艰难也。"

朱熹《诗集传》："仰观星日霜露之变，俯察昆虫草木之化，以知天时，以授民事。女服事乎内，男服事乎外，上以诚爱下，下以忠利上。父父子子，夫夫妇妇，养老而慈幼，食力而助弱。其祭祀也时，其燕享也节。此《七月》之义也。"

吴闿生《诗义会通》："此诗天时、人事、百物、政令、教养之道，无所不赅，而用意之处尤为神行无迹。神妙奇伟，殆有非语言形容所能曲尽者。洵六籍中之至文矣！"

余冠英《诗经选》："这诗叙述农人全年的劳动。绝大部分的劳动是为公家的，小部分是为自己的"。

皮锡瑞《经学通论》云："此诗言月者皆夏正，言一、

二、三、四之日皆周正，改其名不改其实。"戴震《毛郑诗考证》亦指出："周时虽改为周正（以农历十一月为正月岁首），但民间农事仍沿用夏历。"

二、《小雅·甫田》

倬彼甫田，岁取十千。我取其陈，食我农人。自古有年，今适南亩。或耘或耔，黍稷薿薿。攸介攸止，烝我髦士。

以我齐明，与我牺羊，以社以方。我田既臧，农夫之庆。琴瑟击鼓，以御田祖。以祈甘雨，以介我稷黍，以谷我士女。

曾孙来止，以其妇子。馌彼南亩，田畯至喜。攘其左右，尝其旨否。禾易长亩，终善且有。曾孙不怒，农夫克敏。

曾孙之稼，如茨如梁。曾孙之庾，如坻如京。乃求千斯仓，乃求万斯箱。黍稷稻粱，农夫之庆。报以介福，万寿无疆。

关于《小雅·甫田》诗旨，《毛诗序》说："刺幽王也。君子伤今思古焉。"郑笺说："刺者刺其仓廪空虚，政烦赋重，农人失职。"① 宋人朱熹首先对此说表示异议，他认为"此诗述公卿有田禄者，力于农事，以奉方社田祖之祭"（《诗集

115

① 转引自陈俊英、蒋见元：《诗经注析（下）》，中华书局 1991 年版，第668 页。

传》）。现从文本来看，朱熹的看法比较符合实际。但诗中的"曾孙"，按周代君王对祖先和神灵的称呼习惯，则作者当是君王本人，或者至少是代君王而作。因此，这应是周王祭祀四方神、土地神和农神的祈年乐歌。

乐歌共分四章。第一章首述周王巡农。这是一片广袤肥沃的公田，每年都能收获上万担米粮。靠着储存在仓内的谷物，养活了世世代代在这片土地上辛勤劳作的农人。这片土地自古以来有着年复一年的好收成。这天土地的拥有者兴致勃勃地来到南亩巡视，只见那里的农人有的在锄草，有的在为禾苗培土，放眼望去，黍稷盈畴。周王满心欢喜，招集田畯共话秋天的丰收景象。眼前仿佛出现了庄稼成熟后由田官献上时的情景。这一章铺叙事实，在整首乐歌中为以下几章的展开祭祀作铺垫。

第二章写祭神。周王命人取来祭祀用的碗盆，恭恭敬敬地装上了精选的谷物，又让人供上肥美的牛羊，开始了对土地神和四方神的隆重祭祀。祭品摆好，农人们个个喜笑颜开地弹琴击鼓以娱农神。大家都在心中默默地祈祷：但求上天普降甘霖，让地里的庄稼获得大丰收，让农人们可以丰衣足食。从这章的描写中，可以想见远古时代的先民，对于土地是怀着怎样一种崇敬的心情。而那种古老的祭祀仪式，也反映出当时民风的粗犷和热烈。

第三章写周王督耕。祭祀完成，周王亲巡畎畝，劝稼穑。"曾孙来止，以其妇子。"《郑笺》认为"妇子"是周王的皇后和世子，但王肃反对此说，他认为妇子，指农人的妇子。他说："农夫务事使其妇子并饁馈也。妇人无阃外之事。又帝王乃躬自食农人，周则力不供，不徧则为惠不普。"① 我们认为王说也有道理，根据下文的内容看"妇子"应该是周王巡耕带来的随从，他们为辛勤劳作的农夫带来了亲手做的饭菜。正在地里察看的田官见了欣喜异常，连忙叫来身边的农人，一起来尝尝饭菜的滋味。周王这时望着眼前丰收在望的景象，脸上也露出了舒心的微笑，不断称赞农人的辛劳勤勉。与前章相比，这章的内容颇有生活气息；周王的饁田，亦为后来历代帝王劝农所效法，被称为德政。

117

末章写收获。到了收获的季节，地里的庄稼果然获得了前所未有的大丰收。不但场院上的粮食堆积如山，而且仓中的谷物也装得满满的，就像一座座小山冈。于是农人们为赶造粮仓和车辆而奔走忙碌，大家都在为丰收而庆贺，心中感激神灵的赐福，祝愿周王万寿无疆。这一章的特点是充满了丰收后的喜悦，让人不觉沉醉在一种满足和欢乐之中。

① 转引自陈俊英、蒋见元：《诗经注析（下）》，中华书局1991年版，第668页。

一般认为《小雅》多刺幽、厉，而思文、武。但是就《甫田》诗来说，则有些牵强。读者从中读到的，分明是上古时代先民对于农业的重视，在"民以食为天"的国度里对与农业相关的神灵的无限崇拜，而其中夹杂对农事和王者馌田的描写，正反映了农业古国的原始风貌。方玉润《诗经原始》评曰："全篇章法一线，妥帖周密，神不外散。"确实，诗篇除了第二章写祭祀，其他三章皆写耕作的勤快、主奴的和谐和丰收的盛况而不及祭祀，但实际都是围绕祭祀的中心而写的，形散而神不散正是此诗的特点。

辑评：

明代孙鑛《评诗经》："真率中却有腴味。盖由安插得好，亦以笔净故。若'食陈'，若'烝士'，若'尝旨否'，皆是典故，乃随景而入，既增其态，复核其事，笔力何等高妙。"

清代方玉润《诗经原始》："祭方社，祀田祖，皆所以祈甘雨，非报成也。观其'或耘或耔'，曾孙来省，以至尝其馌食，非春夏耕耨时乎？至末章极言稼穑之盛，乃后日成效，因'农夫克敏'一言推而言之耳。文章有前路，自有后路。宾主须分，乃得其妙。不然，方祈甘雨何以便报成耶？"

三、《小雅·大田》

大田多稼，既种既戒，既备乃事。以我覃耜，俶载南亩。
播厥百谷，既庭且硕，曾孙是若。

既方既皁，既坚既好，不稂不莠。去其螟螣，及其蟊贼，
无害我田稚。田祖有神，秉畀炎火。

有渰萋萋，兴雨祁祁。雨我公田，遂及我私。彼有不获
稚，此有不敛穧。彼有遗秉，此有滞穗，伊寡妇之利。

曾孙来止，以其妇子，馌彼南亩，田畯至喜。来方禋祀，
以其骍黑，与其黍稷。以享以祀，以介景福。

119

《小雅·大田》是秋冬之季王者报祭田祖及各种有助耕稼
神祇，诗篇歌以记之。诗中记述了农业生产的情况，从选种、
修械、播种、除草、去虫，描摹云雨景致，渲染丰收景象。
全诗四章，前二章每章八句，后二章每章九句。第一章写选
种播种，第二章写除草除虫，第三章写大田丰收，第四章回
归本题写祭祀祈福。诗篇的关键正如朱熹所言："此序专以
'寡妇之利'一句生说。"[1] 即其中的第三章最重要也最精彩，
其余各章如众星之拱月。第三章实写丰收，前二章起铺垫作

① 转引自陈俊英、蒋见元：《诗经注析（下）》，中华书局 1991 年版，第
674 页。

用，末章是祭祀套话式的余波。整首诗歌主要运用白描手法勾勒了一幅上古时代农业生产方面的民情风俗画卷。

诗之首章从春耕前准备的工作写起。起句"大田多稼，既种既戒，既备乃事。""大田多稼"虽是直赋其事，然而画面雄阔，涵盖了下文春耕夏耘秋收种种繁复场景，为之提供了纵情挥写的大舞台，气势不凡。由此可窥见当时绝非一家一户的小农经济，而是井田制下的原始大生产耕作。"既种既戒"，实是抓住了农业生产的关键，即选择良种与修缮农具。有了良种，播种的"百谷"才能"既庭且硕"；而工欲善其事，必先利其器，所以农奴以"覃耜"去犁田，才能收到事半功倍之效。"覃耜"只是"既戒"工作的举隅，其他可以想见。除了选种与修具外，还需要其他一系列次要的准备工作，诗用"既备乃事"一笔带过，笔墨精简，疏而不漏。用三个"既"字表示准备工作完成，干脆利落，要言不烦。末句冒出"曾孙是若"，好像很突兀，其实有非常紧密的内在联系。"曾孙"是当时政治、经济舞台的主角，也是此篇的核心人物，农奴一切卖力的活动都是为了顺应"曾孙"的欢心。春耕开局不错，最愉悦的人，当然是主角"曾孙"。这句客观上明确无误地展示了当时社会的主奴关系。从全篇看，第四章曾孙将出场巡视和主祭，这里先提一句作伏笔，也起到了贯通全篇血脉的作用，所谓"着一子而满盘皆活"。

　　诗之次章写夏耘，即田间管理，主要写除杂草与去虫害。播种后倘让作物自生自灭，那秋收就很渺茫，因此必须加强管理，而且要贯穿百谷成长的全过程。"既方既皁，既坚既好。"四个"既"像电影中的慢镜头特写，将作物阶段性生长的典型画面作了逐步推进的忠实记录，很有农业科学性，不谙农事的人是很难如此简练精确表述的。而"不稂不莠"却是关键句，即除尽了稂莠，才使粮食长势旺盛，这是略去了种种艰辛劳动过程而提炼出来的重要经验。另一条经验是灭虫。百谷有螟螣蟊贼以及蝗虫等许多天敌，如果不加清除，"田稚"难保，也许会导致粮食颗粒无收。除虫的办法，主要用火攻。让害虫在"炎火"中葬身。由于虫害在一定程度上不像除草那样可以完全由人工加以控制，所以先民又搬出了被称作"田祖"的农神，祈求田祖的神灵将虫害去尽。虽然带有迷信色彩，反映了当时生产力的低下，但也表现了农夫们的迫切愿望。《诗经》中此处提到的除虫方法，后世继续奉行沿用，典型例子是唐代姚崇驱蝗。开元四年（716 年），山东蝗虫大起，姚崇奏道："《毛诗》云：'秉彼蟊贼，以付炎火。'……蝗既解飞，夜必赴火。夜中设火，火边掘坑，且焚且瘗，除之可尽。"（《旧唐书·姚崇传》）于是遣使分道杀蝗，终于扑灭虫害，保住庄稼。这明显是受了《小雅·大田》诗的启发。

121

　　诗之三章描摹云雨景致，烘托丰收景象。由前两章对尽人事的描写转到对天时的描写："有渰萋萋，兴雨祈祈。雨我公田，遂及我私。"就写了阴云弥漫，细雨绵绵，真是好雨知时节，公田、私田都沐浴在雨水中。呈现出风调雨顺，一派祥和之景。自然景观与内心感受融为一体，农夫的喜悦在这四句中表现得淋漓尽致，从"公田""私田"的先后关系中，展现了当时的阶级关系和农夫们的纯朴和善良，在特定历史条件下，那是非常率真自然的。接下来写丰收景象，"彼有不获稚，此有不敛穧。彼有遗秉，此有滞穗"，有长得欠壮实故意不割的，有割了来不及捆束的，有已捆束而来不及装载的，还有许多飘洒散落在各处的谷穗。诗的巧妙就在于不写收了多少而写散落遗漏了多少。是丰收还是歉收，不言而喻。读到这里，人们自然就会产生疑问：丰收了也不能把粮食遗漏散落在大田里呀？于是就有了"伊寡妇之利"的点睛之笔。这时人们才恍然意识到农夫们故意不收割殆尽是有良苦用心的。为了让鳏寡孤独无依无靠者糊口活命，又免于他们沿街挨户乞讨的窘辱，农人有意留下一小部分丰收果实让他们自行去采拾，那种细腻熨帖，那种宅心仁厚，体现了中华民族自古有拯溺帮困的恻隐之心，那是一种宽广胸怀和崇高美德，至今读来仍令人感动不已。

　　末章写曾孙省敛。田间劳动大军正在收割捆载，忙得不亦乐乎，田头有农官"田畯"在第一线指挥督察，后方有妇女孩子提筐来送饭食，整个画面呈现一片繁忙热闹景象。这时最高统治者"曾孙"来了，"田畯至喜"，场面热烈顿时达于顶点。末章的曾孙省敛，与首章春耕时"曾孙是若"相呼应。更与上篇《甫田》描写"省耕"时情景密合无间，"曾孙来止，以其妇子，馌彼南亩，田畯至喜"是一模一样的四句。这大约是当时颂扬王权的套话吧。接着是曾孙祭祀田祖，祭祀四方神，牺牲粢盛恭敬祇奉，肃穆虔诚，为黎民为国祚祈福求佑。王权与神权互相依傍而彼此更为尊崇显赫，这大约也是曾孙省敛时所能做的最正儿八经的事了吧。

此诗在艺术上造诣颇深。诗主要运用白描和侧面烘托的手法，为后世勾勒了一幅上古时代农业生产方面的民情风俗画卷。其中的人物，如农人、妇子、寡妇、田畯、曾孙，虽着墨无多，但各有各的身份动作，给人以真实感受。凡此均体现出诗作的艺术魅力，给人无穷回味。

辑评：

宋代朱熹《诗集传》："赋也。苏氏曰：田大而种多，故于今岁之冬，具来岁之种，戒来岁之事，凡既备矣，然后事之。取其利耜，而始事于南亩。既耕而播之。其耕之也勤，

而种之也时，故其生者皆直而大，以顺曾孙之所欲。此诗为农夫之辞，以颂美其上，若以答前篇之意也。""前篇（指《小雅·甫田》）有击鼓以御田祖之文。故或疑此楚茨、信南山、甫田、大田四篇，即为豳雅。其详见于豳风之末。亦未知其是否也。然前篇上之人，以我田既臧，为农夫之庆，而欲报之以介福；此篇农夫以雨我公田，遂及我私，而欲其享祀以介景福，上下之情所以相赖而相报者如此。非盛德，其孰能之？"

清代姚际恒《诗经通论》说："'彼有不获稚'至末，极形其粟之多也，即上篇（指《小雅·甫田》）千仓万箱之意，而别以妙笔出之。"

清代方玉润《诗经原始》："此篇重在播种收成，故从农人一面极力摹写春耕秋敛，害必务去尽，利必使有余，所以竭在下者之力也。凡文正面难于着笔，须从旁渲染，或闲处衬托，则愈闲愈妙，愈淡愈奇。""此篇省敛，本欲形容稼穑之多，若从正面描摹，不过千仓万箱等语，有何意味？且与上篇（指《小雅·甫田》）犯复，尤难出色。""诗只从遗穗说起，而正穗之多自见。""事极琐碎，情极闲淡，诗偏尽情曲绘，刻摹无遗，娓娓不倦，无非为多稼穑一语设色生光。所谓愈淡愈奇，愈闲愈妙，善于烘托法耳。""前篇（指《小雅·甫田》）详于察与省，而略于耕；此篇详于敛与耕，而略

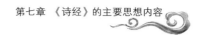

于省与察。"

四、《小雅·楚茨》

楚楚者茨，言抽其棘。自昔何为？我艺黍稷。我黍与与，我稷翼翼。我仓既盈，我庾维亿。以为酒食，以享以祀，以妥以侑，以介景福。

济济跄跄，絜尔牛羊，以往烝尝。或剥或亨，或肆或将。祝祭于祊，祀事孔明。先祖是皇，神保是飨。孝孙有庆，报以介福，万寿无疆。

执爨踖踖，为俎孔硕，或燔或炙。君妇莫莫，为豆孔庶。为宾为客，献酬交错。礼仪卒度，笑语卒获。神保是格，报以介福，万寿攸酢。

我孔熯矣，式礼莫愆。工祝致告，徂赉孝孙。苾芬孝祀，神嗜饮食。卜尔百福，如畿如式。既齐既稷，既匡既敕。永锡尔极，时万时亿。

礼仪既备，钟鼓既戒。孝孙徂位，工祝致告。神具醉止，皇尸载起。鼓钟送尸，神保聿归。诸宰君妇，废彻不迟。诸父兄弟，备言燕私。

乐具入奏，以绥后禄。尔肴既将，莫怨具庆。既醉既饱，小大稽首。神嗜饮食，使君寿考。孔惠孔时，维其尽之。子子孙孙，勿替引之。

　　《小雅·楚茨》是西周上层贵族在丰收之后率同家族成员祭祀祖先祈神赐福的乐歌。诗作描写了祭祀典礼的全过程，涉及西周祭祀文化礼仪的诸多方面。全诗六章，每章十二句，从稼穑言起，由垦荒到丰收，由丰收而祭祀，从祭前的准备一直写到祭后的宴乐，详细展现了周代祭祀的仪制风貌。此诗有序曲，有乐章主体，有尾声，脉络清晰又完整和谐，结构严谨，风格典雅，宛如一首庄严的交响乐。

　　第一章写祭祀的前奏。人们清除掉田地里的蒺藜荆棘，种下了黍稷，如今粮食喜获丰收。丰盛的粮食堆满了仓囷，并以粮食酿造祭祀美酒，就可用来献神祭祖、祈求宏福了。

　　第二章写祭祖程序之一，献祭生食。有的清洗宰好的牛羊，有的切剥，有的烹饪，有的陈列祭器，有的把祭品捧献上来，大家分工合作，一片忙碌而肃穆的景象。同时，祝已经在庙内索祭请神了，然后写神保歆享、赐福，仪式非常完整。

　　第三章叙写祭祖程序之二，献祭熟食。掌厨的恭谨敏捷，或烧或烤，主妇们勤勉侍奉，主宾间敬酒酬酢。整个仪式井然有序，笑语融融，恰到好处，场面隆重又不失礼仪。

　　第四章写主祭者态度虔诚，礼节周到。祝官代主祭致辞：祭品丰美芬芳，神灵爱尝。祭祀按期举行，合乎法度，庄严隆重，因而要赐给你们亿万福禄。

第五章写仪式完成，钟鼓齐奏，主祭人回归原位，司仪宣告神已有醉意，代神受祭的"皇尸"也起身引退。钟鼓声中送走了皇尸和神灵，厨师和主妇忙着撤去祭品，祭后的家族宴会开始了，同姓之亲遂相聚宴饮，共叙天伦之乐。

第六章是祭祀活动的结尾。在音乐齐奏的祖庙内，子孙们在享用祭后的美酒佳肴。酒足饭饱后，老少互敬互祝，一片其乐融融的景象。最后祝主人长寿福祥，告诫子孙永记祭祖之礼，以佑子孙福寿无疆。

可以说《楚茨》是西周祭祖礼仪文化的一幅缩影图。这为我们了解和研究西周祭祀文化提供了很有价值和意义的信息素材。从诗篇的描述中，我们不但了解了周人祭祀礼仪的全过程，我们还可以了解周人祭祀的时间、地点、参祭的人物、祭品、祭具等。

（一）祭祀时间：秋冬季节

诗中的"济济跄跄，絜尔牛羊，以往烝尝"指的就是秋冬之季的祭祀。《郑笺》："冬祭曰烝，秋祭曰尝。"古有"四祭"之说，《尔雅·释天》："春祭曰祠，夏祭曰礿，秋祭曰尝，冬祭曰烝。"

（二）祭祀地点：祖庙

从"祝祭于祊，祀事孔明"，可知祭祀的地点是在祖庙。祊：庙门。《毛传》："祊，门内也。"关于周之庙制，

《礼记·王制》载："天子七庙，三昭三穆，与太祖之庙而七。诸侯五庙，二昭二穆，与太祖之庙而五。大夫三庙，一昭一穆，与太祖之庙而三。士一庙，庶人祭于寝。"可见《楚茨》是贵族阶层的祭祀，老百姓在西周时期只能"祭于寝"。

（三）《楚茨》中的参祭人物

（1）主祭者孝孙。"工祝致告，徂赉孝孙"，孝孙即"我"，孝孙是诗中的主祭者，是宗子，也是福禄的承受者。

（2）（工）祝。"祝祭于祊，祀事孔明""工祝致告，徂赉孝孙""孝孙徂位，工祝致告"。（工）祝，是宗庙、祠堂内掌管与主持祭祀的人。《说文》："巫：祝也。女能事无形，以舞降神也"。"祝"在这儿起了一个媒介作用，他是神和主祭之间的一座桥梁，支配着整个祭祀活动的顺利进行。

（3）尸、神保、神。祭祀时代表死者受祭的人。《白虎通·祭祀》云："祭所以有尸者何？鬼神听之无声，视之无形。升自阼阶，俯视榱桷，俯视几筵，其器存，其人亡。虚无寂寞，思慕哀伤，无所写泄，故坐尸而食之，毁损其馈，欣然若亲之饱，尸醉若神之醉矣。"诗中的"神具醉止，皇尸载起。鼓钟送尸，神保聿归"。"先祖是皇，神保是飨""神保是格，报以介福，万寿攸酢"，正是描写了神尸受祭的情形。在此诗中，"神保、神、尸"三名而一指，一身而二任，一身兼二职。

（4）君妇。宗子之妻，是助祭者角色"君妇莫莫，为豆孔庶""诸宰君妇，废彻不迟"。曾运乾《毛传说》："天子诸侯之妻称君妇，犹大夫士妻之称主妇。"宗子之妻在整个过程中是一个助祭角色，做一些祭祀用品的陈列与拆撤工作，这一角色也符合封建男权社会妇女的角色定位。

（5）诸父、兄弟、宾客。《楚茨》中的孝孙是唯一的主祭。"诸父为主祭父辈如叔父伯父等，因其不主祭可知是属大宗宗子下的诸小宗。"兄弟"为宗子的同辈"，如同父兄弟，从父兄弟，从祖兄弟等。① "为宾为客，献酬交错"，意思是那宾客们与主人相互敬酒。"诸父兄弟，备言燕私"，同姓的伯叔兄弟在一起，饮酒欢叙聚家宴。

（6）诸宰。众膳夫，《说文》："宰，罪人在屋下执事者。"《周礼·目录》："宰者，官也。"是古代官吏的通称。"诸宰君妇，废彻不迟"。"诸"即众多。"诸宰"，在此应是众膳夫之意。这些众膳夫承担了大量的祭祀食品的准备工作和祭祀后的拆撤工作。

从以上参祀人员的身份来看，孝孙是主祭，"君妇、诸宰、诸父、兄弟、宾客"都是参祭人员中的助祭者，而"祝"是连接主祭与助祭的纽带，掌管着祭祀的全过程。

---

① 刘源：《商周祭祖礼的研究》，商务印书馆2004年版，第344页。

"尸"则是一种象征性形象存在,他是一个"虚幻的实体",代表祖先接受众人的祭拜。

(四)《楚茨》中献祭用的祭品

民以食为天,最初的祭祀以献食为主要手段。《礼记·礼运》第九章:"夫礼之初,始诸饮食。其燔黍捭豚,污尊而抔饮,蒉桴而土鼓,犹可以致其敬于鬼神。"祭礼起源于向神灵祭献食物,只要燔烧黍稷并用猪肉供奉神灵,就能够把人们的祈愿与敬意传达给鬼神[①]。在《楚茨》中,涉及以下祭品:

(1)酒:酒是祭祀中必不可少的最重要的祭祀品。诗作开篇就写到了除杂草开垦土地种黍稷的场景,"楚楚者茨,言抽其棘,自昔何为",接着描绘庄稼生长茂盛,"我黍与与,我稷翼翼",最后写秋收后粮满仓的喜人景象,"我仓既盈,我庾维亿"。铺陈就绪切入祭祀话题:"以为酒食,以享以祀,以妥以侑,以介景福"。在周人的信仰中,鬼神是像人又超出人的神物,所以这些神灵与人一样,要食人间烟火,只有把佳酿奉献给神灵,让他们酒足饭饱,才能得到神灵的福佑。

(2)黍稷:《说文·禾部》:"黍,禾属而粘者也,以大

---

① 杜希宙、黄涛编著:《中国历代祭礼》,北京图书馆出版社1998年版,第11页。

暑而种，故谓之黍"。黍就是黄米。稷，《说文解字》："稷，五谷之长。""祭是献酒肉而祭，尝是献黍稷而祭。"此二者是以享祭祖[①]。由此可见，古代酒肉和黍稷是祭祀祖先必不可少的食品。

（3）牛羊：在祭祀仪式上，与酒同等重要的祭品是牛羊。"济济跄跄，絜尔牛羊，以往烝尝。或剥或亨，或肆或将""执爨踖踖，为俎孔硕，或燔或炙"，祭祀的牛羊要洗净，通过不同的烹调方式，把香气飘溢供品陈列在祭台上。这充分说明先民认为神与人是相通的，也讲究肉食的洁净和美味。同时，也反映了先民祭祀时的态度虔诚与庄重。

（五）《楚茨》中祭祀用的礼器

"君妇莫莫，为豆孔庶。""豆"就是木或陶制的高脚盘。"执爨踖踖，为俎孔硕。""俎"即祭祀盛肉的铜制礼器。

先民用于祭祀的礼器可分为竹器、木器、玉器、青铜器、币帛等，但在《楚茨》中只提到了"豆"和"俎"，尽管这样，我们还是可以从字里行间发现祭祀场面上祭器之多，"孔庶""孔硕"词语的运用都从一个侧面也反映了祭品之丰盛，祭祀场面之宏大。

---

① 冯天瑜：《中国传统文化浅说》，吉林人民出版社 1998 年版，第 287 页。

（六）《楚茨》中祭祀用的乐器

祭祀是种古老的文化，先秦郊庙乐歌是集诗歌、音乐、舞蹈于一体的综合艺术。在《楚茨》中，有三处与音乐乐器有关：

（1）钟和鼓："礼仪既备，钟鼓既戒""鼓钟送尸，神保聿归"。

（2）乐具："乐具入奏，以绥后禄"。

我们无法从诗作中弄清"乐具"的具体名称，但我们认为单纯的钟鼓不能说是"乐具入奏"，钟鼓一般用"敲钟击鼓、钟鼓齐鸣"来描述。这就给了我们一个想象的空间，先民的祭祀的用乐使得神与人之间产生了和谐，各种乐器合奏的音乐使庄重肃静的场面具有一定的娱乐性。

《楚茨》一诗为我们展现了人类进入农耕社会之后的祭祖活动的真实情景与特有风貌，也透出了先民祭祀的礼仪文化和原始祭祀心理，是《诗经》中一首祭祀信息容量最完备的祭祀诗。通过分析《楚茨》的祭祀文化，可以凸显关于《诗经》时代的部族、宗教、礼仪等诸方面的信息，它为我们站在《诗经》时代去理解西周时期的宗教、祭祀文化提供了有力的范例①。

---

① 舒梅贞：《诗经·小雅·楚茨》，载于《文学教育》2007年第3期。

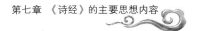

辑评：

宋代朱熹《诗集传》："赋也。此诗述公卿有田禄者，力于农事，以奉其宗庙之祭。故言蒺藜之地，有抽除其棘者，古人乃为此事乎？盖将使我于此艺黍稷也。故我之黍稷既盈，仓庾既实，则为酒食，以享祀妥侑，而介大福也。""吕氏曰：楚茨极言祭祀所以事神受福之节，致祥致备，所以推明先王致力于民者尽，则致力于神者祥。观其威仪之盛，物品之丰，所以交神明，逮群下，至于受福无疆者，非德盛政修，何以致之？"

清代姚际恒《诗经通论》："煌煌大篇，备极典制。其中自始至终一一可按，虽繁不乱。《仪礼·特牲》《少牢》两篇皆从此脱胎。"

清代黄中松《诗疑辨证》："古人身居衰季，遐想郅隆，恨不生于其时，而反覆咏歌，固无聊寄托之词也。然追慕之下，必多感慨；词气之间，时露悲伤。而十诗典冶和畅，毫无怨怼之情，何以变欣慰为愤懑，易颂美为刺讥乎？故就诗论诗，朱传得之者盖十八九矣。"

现代陈子展《诗经直解》："孙鑛云：'气格闳丽，结构严密。写祀事如仪注、庄敬诚孝之意俨然。有景有态，而精语险句，更层见错出，极情文条理之妙。读此便觉三闾《九歌》微疏微佻。'此正道出《雅》《颂》与巫音《九歌》

不同处。"

五、《小雅·信南山》

信彼南山，维禹甸之。畇畇原隰，曾孙田之。我疆我理，南东其亩。

上天同云，雨雪雰雰。益之以霢霂，既优既渥，既霑既足，生我百谷。

疆埸翼翼，黍稷彧彧。曾孙之穑，以为酒食。畀我尸宾，寿考万年。

中田有庐，疆埸有瓜。是剥是菹，献之皇祖。曾孙寿考，受天之祜。

祭以清酒，从以骍牡，享于祖考。执其鸾刀，以启其毛，取其血膋。

是烝是享，苾苾芬芬，祀事孔明。先祖是皇，报以介福，万寿无疆。

这首诗与《小雅·楚茨》同属周王室祭祖祈福的乐歌，但二者也有不同：《小雅·楚茨》言"以往烝尝"，乃兼写秋冬二祭；而此篇单言"是烝是享"，则仅写岁末之冬祭。烝祭是一年的农事完毕以后的最后一次祭典，周人以农立国，非常重视农业生产，奉播植百谷的农神后稷为始祖，为了取得

丰收，经常举行祭祀活动，而在年终的祭歌中着力歌唱农事，也就是很自然的事了。

全诗六章，每章六句。首章写开疆拓土，次章写风调雨顺，第三章写酒食祭祖，第四章写瓜菹献祭，第五章写清酒牺牲，第六章写祭典礼成。全诗重在写实，用较多的篇幅描写了主祭者们对土地、自然的热爱以及丰收后的喜悦之情，营造出一种古朴醇厚、自然优美的意境。同时又通过对祭祀场景的简笔勾勒与细节描绘，十分准确地传达出人们对祖先与神明的无比虔诚之情怀。

首章开篇即言"信彼南山，维禹甸之。"诗人是在描述周代的京畿地区。在诗人看来，这京畿内的大片土地就是当年大禹治水时开辟出来的。《毛传》训"甸，治也。"而郑笺则落实为："禹治而丘甸之。""丘甸"即指田地划分中的两个等级。开篇的垦田疆理，突出地利之优势，既表明先祖拓荒之艰，又体现后世子孙守业之难，抚今追昔，给人造成了一种源远流长、旷古辽阔的审美意象。

第二章写雨雪丰沛，突出天时优势。如果没有充足的雨水条件，光有好的土地，在那水利极为落后的时代，是根本不能获得丰收的。故写"雨雪雰雰，益之以霢霂。既优既渥，既沾既足，生我百谷。"《郑笺》："阴阳和，风雨时。冬有积雪，春而益之以不雨。"此章极写雨水之足。

135

第三章写黍稷茂盛，粮食丰收。以上三章内容，由垦田疆理到雨雪丰沛到粮食丰收到准备祭祀，层层深入，有条不紊，显示了较强的逻辑力量。而第三章又具有承上启下的过渡作用，下面第四、五、六三章便专写祀事。

第四章祭以田瓜，第五章祭以清酒和骍牡（赤色的大公牛），第六章写祭典礼成。整个祭祀场面的描写都十分简洁、疏朗和淡远。不像《楚茨》篇那样繁复、密致和宏阔。但所呈祭物虽简，却简中有细。如第四章对田瓜的处理"中田有庐，疆场有瓜。是剥是菹，献之皇祖。"其中的"剥""菹"两个动词仿佛带着读者穿越回那个遥远年代繁忙喜庆的劳动场景中，极具烟火气息。第五章屠牛的描写"执其鸾刀，以启其毛，取其血膋。"极为细腻生动，宛如一组具有古朴趣味的宰牛镜头。"执""启""取"三个动作，将宰牛的过程一一分解出来，而周王祭祀祖先的虔诚之情便在这一个动作之中得到了最为形象的展示，给人留下了难以忘怀的印象。

此诗内容在详略的处理上与《楚茨》颇有不同之处。《楚茨》诗写黍稷丰收情景仅为一章，其余五章全写盛大隆重的祭祀场面，可谓详于后而略于前；而此诗却先用三章写田地、气候与黍稷丰收情况，不厌其烦；后三章描写祭祀情况非常简略，可谓详于前略于后。二诗各有侧重，但都各得其所，各臻佳境。

在写景造境上，此诗亦别具魅力。首章开头二句"信彼南山，维禹甸之"，气势磅礴，背景阔大，给人以深远的历史想象。第二章写雨水情景如在眼前，那密布的云，轻盈的雨，纷飏的雪，分明又是一幅风调雨顺图。至于"疆场翼翼，黍稷彧彧""中田有庐，疆场有瓜"，显然又是一幅充满农村生活气息的田园风光图了，充满着美好的自然情趣。

辑评：

宋代朱熹《诗集传》："赋也。此诗大指，与楚茨略同，此其篇首四句之意也。言信乎南山者，本禹之所治，故其原隰垦辟，而我得田之，于是为之疆理，而顺其地势水势之所宜，或南其亩，或东其亩也。"（第三章）"赋也。言其田整饬而谷茂盛者，皆曾孙之稽也。于是以为酒食，而献之于尸及宾客也。阴阳和，万物遂，而人心欢悦，以奉宗庙，则神降之福，故寿考万年也。"（第四章）"赋也。一井之田，其中百亩为公田，内以二十亩分八家为庐舍，以便田事。于畔上种瓜以尽地利，瓜成剥削淹渍以为菹，而献皇祖。贵四时之异物，顺孝子之心也。"

清代姚际恒《诗经通论》："上篇（按指《楚茨》）铺叙阔整，叙事详密；此篇则稍略而加以跌荡，多闲情别致，格调又自不同。"

137

六、《周颂·载芟》

载芟载柞，其耕泽泽。千耦其耘，徂隰徂畛。侯主侯伯，侯亚侯旅。侯彊侯以，有嗿其馌。思媚其妇，有依其士。有略其耜，俶载南亩。播厥百谷，实函斯活。驿驿其达，有厌其杰。厌厌其苗，绵绵其麃。载获济济，有实其积，万亿及秭。为酒为醴，烝畀祖妣，以洽百礼。有飶其香，邦家之光。有椒其馨，胡考之宁。匪且有且，匪今斯今，振古如兹。

《周颂·载芟》是周王年终用新谷祭祀宗庙时所唱的乐歌。整个诗篇记述了春种夏长秋收冬祭的情形，是一首典型的农事诗。全诗一章，三十一句，不分章，但有韵，这是和其他诗篇的不同之处。是《周颂》中最长的一篇，也是几篇有韵诗中用韵较密的一篇。

诗歌虽未分段，其叙事自成段落，层次清楚，主要描述了垦田、播种、收获、祭祖的农事全过程，反映了劳动生产的艰苦和共力合作获取丰收的喜悦，并说明了农事乃家国自古以来的根本。诗中多用描写、咏叹、叠字、排比、对偶等手法，行文生动活泼。

第一部分（前二十一句）写作物从种子下地到粮食归仓的全过程。首四句"载芟载柞，其耕泽泽。千耦其耘，徂隰徂畛。"描写轰轰烈烈的垦田场面。劳动者们有的割草，有的砍伐树木，一片片土壤翻掘松散，"千耦其耘"，遍布在整个大田中，呈现一派热烈的春耕大生产景象。"千耦其耘"的"耘"字，本义为除去田间杂草，在这里是"耕耘"之意，泛指农田作业，这里主要指垦田。这样说是为了用韵，略为"耘"，实即"千耦其耕"。所谓"耦耕"，是上古一种耕作方式，即二人合作翻掘土壤。从"千耦"可见，劳动者遍布田野，垦田面积广阔，出动的劳动力也多，这只可能是有组织、有领导的集体性质的大生产。

第五至第十句写参加春耕的人众。"侯主侯伯，侯亚侯旅。侯彊侯以，有嗿其馌。思媚其妇，有依其士。"男女老少全出动，长工短工齐上场，漂亮的大姑娘小媳妇，健壮的小伙子都在春耕的第一线。特别是"有嗿其馌"一句，吃饭的声音可以响成一片，这是何等阔大而又有喜庆色彩的农耕景象。

第十一至第十四句写播种。锋利的耒耜，从向阳的田地开播，种子覆土成活。"有略其耜""实函斯活"，对锋利的耒耜，种子的蓬勃生气的赞叹中饱含着欢欣，从一个侧面反映出金属（青铜）农具的使用和农业技术的进步。

第十五至第十八句写禾苗生长茂盛。"驿驿其达""厌厌其苗"，描写禾苗生长整齐茂盛，也是赞叹中饱含喜悦。"緜

髁其麃",描写禾穗的结实饱满。这一切要得益于劳动者的精心管理,努力促进作物生长,表现了生产的热情。

十九到二十一句写收获。"万亿及秭"《郑笺》:"万亿为秭,以言谷数多。"这里作者用夸张的手法形象丰年粮食米仓的众多,表现丰收的喜悦。"万亿及秭"是过渡句,从写农事转入祭祀和祈祷,进入诗歌的第二部分。

第二部分前七句写制酒祭祀,是全诗的主旨,表明发展生产是为烝祖妣、洽百礼、光邦国、养耆老。这也是周代发展生产的根本政策。周代制酒主要用于祭祀和百礼,不提倡平时饮酒。末尾三句是祈祷之词,向神祈祷年年丰收。

全诗叙述层次分明,重点突出,初言垦,继言人,言种,言苗,言收,层层铺叙,上下衔接;至"万亿及秭"而承上启下,笔锋转势,言祭,言祷。在叙述中多用描写、咏叹,时或运用叠字、排比、对偶,押韵而七转韵,都使全诗的行文显得生动活泼,这在《周颂》中是相当突出的。

辑评:

宋代朱熹《诗集传》:"赋也。以燕享宾客,则邦家之所以光也。以供养耆老,则胡考之所以安也。"(最后三句)"言非独此处有此稼穑之事,非独今时有今丰年之庆,盖自极古以来已如此矣,犹言自古有年也。""此诗未详何用。然辞

意与《丰年》相似，其用应亦不殊。"

明代孙鑛《评诗经》："语不多而意状飞动。"

现代龙起涛《诗经本事》："此篇春耕夏耘，备言田家之苦；秋获冬藏，极言田家之勤。至于烝祖妣，洽百礼，供宾客，养耆老，于慰劳休息之中，有坚强不息之神焉，有合众齐力之道焉，有蟠结不解之势焉。是以起于陇亩之中，蔚开邦家之基；以一隅而取天下，其本固也，此之谓农战。"

七、《周颂·良耜》

畟畟良耜，俶载南亩。播厥百谷，实函斯活。或来瞻女，载筐及筥，其饟伊黍。其笠伊纠，其镈斯赵，以薅荼蓼。荼蓼朽止，黍稷茂止。获之挃挃，积之栗栗。其崇如墉，其比如栉。以开百室，百室盈止，妇子宁止。杀时犉牡，有捄其角。以似以续，续古之人。

《周颂·良耜》是一首记述秋收后周王祭祀土神和谷神的乐歌。《毛诗序》云："《良耜》，秋报社稷也。"《周颂·良耜》是在西周初期，也就是成王、康王时期农业大发展的背景下产生的，诗中描写了农家耕种、送饭、除草、施肥、丰收、纳食、祭祀等情景，与《周颂·载芟》可谓姊妹篇，同是《诗经》农事诗的代表作，在叙述风格上也颇

相近。

全诗一章，二十三句，可分为三层：第一层，从开头到"黍稷茂止"十二句，是追叙春耕夏耘的情景；第二层，从"获之挃挃"到"妇子宁止"七句，写眼前秋天大丰收的情景；第三层，最后四句，写秋报社稷的情景。

诗之开篇就为读者展现了一幅广阔的春耕夏耘画面。春日来临，农人们有手扶耒耜在南亩深翻土地的，尖利的犁头发出了快速前进的嚓嚓声；有随着翻开的土地把各种农作物的种子撒入土中，让它孕育、发芽、生长的。晌午时分，家中的妇女、孩子挑着方筐圆筐，给耕种者们送来了香气腾腾的黄米饭。炎夏耘苗之时，烈日当空，农人们头戴用草绳编织的斗笠，除草的锄头刺入土中，把荼、蓼等杂草统统锄掉。荼、蓼腐烂变成了肥料，大片大片绿油油的黍、稷长势喜人。这里有锋利的耒耜、翻滚的黑土、各色种子、劳作的人群、送饭妇子，还有紧随而来的一望无际茂盛的农作物，所以这一切构成了一幅鲜活的春耕夏耘图。

接下来的"获之挃挃，积之栗栗。其崇如墉，其比如栉。以开百室，百室盈止，妇子宁止"七句，展现的是一幅欢快的秋收场面。收割庄稼的镰刀声此起彼伏，如同音乐般美妙，各种谷物很快堆积成山，庄稼垛高如城墙，密如梳篦。家家户户开仓纳粮，家家粮仓都装满了粮食。秋收已毕，妇人孩子也可以安居于家了。本节中"其崇如墉，其比如栉"是《良耜》，也是《周颂》中唯一的明喻句，以城墙比喻谷堆的高大，形象而具体；以梳篦比喻谷堆的密集，夸张而传神，后世成语"鳞次节比"也出于此。由此可见这个比喻强大的生命力。

最后四句写秋收已毕，继承祖先传统，杀牲祭祖，以求护佑，年年丰收。

此诗语言通俗，尽管内容繁杂，但叙述有条不紊，次序井然，描写生动形象，如入画中。

辑评：

宋代朱熹《诗集传》："赋也。或疑思文、臣工、噫嘻、丰年、载芟、良耜等篇，即所谓豳颂者，其详见于豳风，及大田篇之末，亦知其是否也。"

清代方玉润《诗经原始》："此诗当秋祭而预言冬获，则前诗当春祭何不可以预言秋成？是《载芟》为春祈无疑矣。盖二诗皆举农工本末而言。"

第三节 燕飨诗

《诗经》中有一定数量的燕飨诗，大部分保存在《小雅》。《小雅》中的《鹿鸣》《常棣》《天保》《伐木》《鱼丽》《南有嘉鱼》《南山有台》《蓼萧》《湛露》《彤弓》

《菁菁者莪》《桑扈》《頍弁》《宾之初筵》《鱼藻》《瓠叶》等都直接描绘了诸侯、贵族、兄弟、亲友之间宴饮的场面，我们把这类诗歌称为燕飨诗。燕飨诗的产生与周代社会性质及周代礼乐文明有直接的关联。鲁洪生先生云："周代是个以小农生产为生产方式的农业宗法社会。家族血缘关系是维系社会的重要纽带，家族血缘上无法更易的亲疏远近决定了人们社会地位的尊卑贵贱。血缘情感把周人的家庭、社会协调得自然和谐，使周人习惯于在充溢着和谐亲切的家庭气氛中交流感情，解决纠纷。适应这种农业宗法等级制社会的政治需要，逐渐形成了一系列的礼制。……据《周礼》记载，当时把礼划分为吉礼、凶礼、军礼、宾礼、嘉礼五大类，统称为五礼。……嘉礼是用于融合人际关系、沟通感情、联络友谊的礼仪，它的内容比较复杂，包括婚礼、冠礼、飨燕、立储、宾射等礼仪。燕飨诗则是直接反映嘉礼中飨礼、燕（宴）礼等礼仪活动的诗，故也称为礼仪诗或宴饮诗。①"

从相关乐歌产生的时代先后来讲，有一个从"祭祀乐歌"到"燕享乐歌"演进过程。马银琴认为，《诗经》中以现实生活为题材的燕享乐歌，应当产生于西周中期以后。自西周

---

① 鲁洪生：《诗经学概论》，辽海出版社 1998 年版，第 238 页。

中期燕享礼仪成熟之后，燕享乐歌便作为一项重要内容进入了诗文本。尽管如此，西周中期以前的仪式乐歌，仍然表现了以祭祀乐歌为主体的创作特点。至西周中期以后，随着人神关系的逐渐改变，现实生活中人的行为与感受开始得到乐歌创作者广泛的关注，在祭祖祈神的乐歌之外，开始出现了许多以现实生活为题材的作品。其中又以燕享乐歌数量最多。《礼记·燕义》云："燕礼者，所以明君臣之义也。"随着燕礼所具有的社会意义的日渐加强，燕享乐歌也逐渐取代了祭祀乐歌曾经占据的位置，成为最爱人们重视的乐歌种类①。

　　《诗经》中的燕飨诗多为雅诗和颂诗，雅诗居多。按照宴饮场合宾主关系来分，有的属于君臣之间的燕飨诗，比如《小雅·鹿鸣》；有的属于兄弟之间的燕飨诗，比如《小雅·常棣》；有的属于友朋之间的燕飨诗，比如《小雅·伐木》。

　　按照鲁洪生先生的说法，根据诗歌所反映的不同礼仪内容，燕飨诗又可以分为飨礼诗、燕礼诗和乡饮酒礼诗等：

　　飨礼是周天子在太庙举行的一种象征性的宴会，飨礼诗如《小雅·鹿鸣》《小雅·彤弓》《小雅·桑扈》《小雅·鱼

---

　　①　马银琴：《两周诗史》，社会科学文献出版社2006年版，第213，215～216页。

藻》《大雅·泂酌》。

燕礼之应用最广，多用于天子诸侯与群臣之间，燕飨诗反映燕礼活动的最多，比如《小雅·南有嘉鱼》《小雅·宾之初筵》《小雅·湛露》《小雅·鱼丽》《鲁颂·有駜》等。

乡饮酒礼则指诸侯之乡大夫的宴饮之礼，代表作品如《小雅·常棣》《小雅·伐木》《小雅·頍弁》《小雅·行苇》等。

鲁洪生先生认为"燕飨之礼只是手段，巩固政权才是根本目的。燕飨诗的写作目的也并非纯是表现欢聚宴饮的活动场面，而是用诗歌的形式告诫人们要遵循燕飨礼仪，重在突出燕飨能够联络情谊、巩固统治的政治功利作用"①。君臣之间如此，兄弟族人、友朋故旧之间亦复如此。

一、《小雅·鹿鸣》

呦呦鹿鸣，食野之苹。我有嘉宾，鼓瑟吹笙。吹笙鼓簧，承筐是将。人之好我，示我周行。

呦呦鹿鸣，食野之蒿。我有嘉宾，德音孔昭。视民不恌，君子是则是效。我有旨酒，嘉宾式燕以敖。

呦呦鹿鸣，食野之芩。我有嘉宾，鼓瑟鼓琴。鼓瑟鼓琴，

---

① 鲁洪生：《诗经学概论》，辽海出版社 1998 年版，第 241~242 页。

和乐且湛。我有旨酒，以燕乐嘉宾之心。

《鹿鸣》是《小雅》的第一首，亦为"四始"之一。全诗凡三章，每章八句，表现的是天子燕群臣嘉宾的场面。

开头皆以鹿鸣起兴。在空旷的原野上，一群麋鹿悠闲地吃着野草，不时发出呦呦的鸣声，此起彼应，十分和谐悦耳。诗以此起兴，便营造了一个热烈而又和谐的氛围，如果是君臣之间的宴会，那种本已存在的拘谨和紧张的关系，马上就会宽松下来。朱子《诗集传》云："此燕飨宾客之诗也。盖君臣之分，以严为主；朝廷之礼，以敬为主。然一于严敬，则情或不通，而无以尽其忠告之益。故先王因其饮食聚会，而制为燕飨之礼，以通上下之情。而其乐歌又以《鹿鸣》起兴，而言其礼意之厚如此。庶乎人之好我，而示我以大道也。"也就是说君臣之间限于一定的礼数，等级森严，形成思想上的隔阂。通过宴会，可以沟通感情，使君王能够听到群臣的心里话。孔颖达《毛诗正义》云："毛以为，呦呦然为声者，乃是鹿鸣。所以为此声者，鸣而相呼，食野中之苹草。言鹿既得苹草，有恳笃诚实之心发于中，相呼而共食。以兴文王既有酒食，亦有恳笃诚实之心发于中，召其臣下而共行飨燕之礼以致之。王既有恳诚以召臣下，臣下被召，莫不皆来。我有嘉善之宾，则为之鼓其瑟而吹其笙。吹笙之时，鼓

其笙中之簧以乐之，又奉筐篚盛币帛于是而行与之。由此燕食以饫之，瑟笙以乐之，币帛以将之，故嘉宾皆爱好我，以敬宾如是，乃输诚矣，示我以先王至美之道也。^①"以鹿鸣起兴，则一开始便奠定了和谐愉悦的基调，给与会嘉宾以强烈的感染。

此诗自始至终洋溢着欢快的气氛，它把读者从"呦呦鹿鸣"的意境带进"鼓瑟吹笙"的音乐伴奏声中。《诗集传》云："瑟笙，燕礼所用之乐也。"按照当时的礼仪，整个宴会上必须奏乐。《礼记·乡饮酒义》云："工入升歌三终，主人献之。笙入三终，主人献之。间歌三终，合乐三终，工告乐备，遂出。……知其能和乐而不流也。"据陈澔注，乐工升堂，"歌《鹿鸣》、《四牡》、《皇皇者华》，每一篇而一终。三篇终，则主人酌以献工焉。"由此可知，整个宴会上是歌唱以上三首诗，而歌唱《鹿鸣》时又以笙乐相配，故诗云"鼓瑟吹笙"。乐谱虽早已失传，但从诗的语言看，此诗三章全是欢快的节奏，和悦的旋律。在热烈欢快的音乐声中有人"承筐是将"，献上竹筐所盛的礼物。献礼的人，在乡间宴会上是主人自己；在朝廷宴会上则为宰夫，《礼记·燕义》云："设宾

① 转引自周春健：《小雅·鹿鸣》与《诗经》中的燕飨诗，载于《黔南民族师范学院学报》，2018年6月，第24~25页。

主饮酒之礼也，使宰夫为献。"足可为证。酒宴上献礼馈赠的古风，即使到了今天，在大宾馆的宴会上仍可见到。然后主人又向嘉宾致辞："人之好我，示我周行。"也就是"承蒙诸位光临，示我以大道"一类的客气话。主人若是君王的话，那这两句的意思则是表示愿意听取群臣的忠告。

诗之第二章，则由主人（主要是君王）进一步表示祝词，其大意则如《诗集传》所云："言嘉宾之德音甚明，足以示民使不偷薄，而君子所当则效。"祝酒之际要说出这样的话的原因，分明是君主要求臣下做一个清正廉明的好官，以矫正偷薄的民风。如此看来，这样的宴会不徒为乐而已，它也带有一定的政治色彩。

第三章大部与首章重复，唯最后几句将欢乐气氛推向高潮。末句"燕乐嘉宾之心"，则是卒章显志，将诗之主题深化。也就是说这次宴会，"非止养其体、娱其外而已"，它不是一般的吃吃喝喝，满足口腹的需要，而是为了"安乐其心"，使得参与宴会的群臣心悦诚服，自觉地为君王的统治服务。

马瑞辰《毛诗传笺通释》云："此诗三章，文法参差而义实相承。首章前六句言我之敬宾，后二句言宾之善我。第二章前六句即承首章'人之好我'言，后二句乃言我之乐宾；第三章前六句即接言宾之乐，后二句又申言我之乐宾，以明宾之乐实我有以致之也。《传》于三章云："夫不能致其乐，则不能得其志；不能得其志，则嘉宾不能尽其力。'盖通释全诗之义。①"

辑评：

黄震《黄氏日钞》："于朝日君臣焉，于燕日宾主焉。先王以礼使臣之厚，于此见矣。"

二、《小雅·彤弓》

彤弓弨兮，受言藏之。我有嘉宾，中心贶之。钟鼓既设，一朝飨之。

彤弓弨兮，受言载之。我有嘉宾，中心喜之。钟鼓既设，一朝右之。

彤弓弨兮，受言櫜之。我有嘉宾，中心好之。钟鼓既设，一朝酬之。

《毛诗序》说："《彤弓》，天子锡有功诸侯也。②"据古代的铜器铭文（如《宣侯矢簋》）及《左传》等书的记载，周天子用弓矢等物赏赐有功的诸侯，是西周到春秋时代的一

---

① 转引自周春健：《小雅·鹿鸣》与《诗经》中的燕飨诗，载于《黔南民族师范学院学报》，2018年第六期，第25页。
② 王秀梅译注：《诗经（下）·雅颂》，中华书局2015年版，第367~369页。

种礼仪制度。《左传·文公四年》:"卫宁武子来聘,公与之宴,为赋《湛露》及《彤弓》。①"可见《小雅·彤弓》一诗就是记述了周天子举行宴会,将彤弓赐予有功诸侯这种礼仪的过程。

全诗三章,每章六句,似是周文王对商纣王的虚应之词,或者是对友好邻邦的允诺之言,表示歌者不会动用武力,所以天子将亲手用过的彤弓赏赐给部下,并设庆功宴招待部下。三章形式上重章叠句,章与章之间仅调整个别字词,内容意思相近,主要写彤弓的收藏动作、天子的愉悦、宴会场面的热烈、频频劝酒的举止等,不涉比兴,纯用赋法,语言准确简练,叙述跌宕起伏。

诗之开篇没有从热烈而欢乐的宴会场面入手,而是直接切入有功诸侯接受赏赐的隆重仪式,将读者的注意力一下就集中在诗之主旨。"彤弓弨兮,受言藏之"短短两句话,既交代了彤弓的色彩和形状,也交代了赏赐者的庄重和受赏者的虔诚,从中可以感受到受赏者的无限感激之情。接下来的"我有嘉宾,中心贶之"补充说明事情的原委。这里的"我"代指周天子。按照叙述逻辑,这两句本应居于开头两句之前,

---

① 姜亮夫等:《先秦诗鉴赏辞典》,上海辞书出版社 1998 年版,第 352 ~ 354 页。

诗人安排在开头两句之后，不仅没有产生句子错位的混乱感觉，而且使全诗显得曲折有致。周天子把自己的臣下称为"嘉宾"，对有功诸侯的宠爱之情溢于言表。"中心"二字含有真心诚意的意思，赏赐诸侯出于真心，可见天子的情真意切。"钟鼓既设，一朝飨之"，两句写出了宴会场面热烈欢乐的气氛，表面看是周天子为有功诸侯庆功，实际上是歌颂周天子的文治武功。

诗之二、三章与首意思基本相同，只是在个别字词上作了一下调整，重章叠句反复吟唱，形成一种回环往复，一唱三叹的效果，不断加强对读者情绪的感染。如用"藏之、载之、囊之"三个词的变化来表达受赏者虔诚、激动的情绪逐步高涨。用"贶之、喜之、好之"表达了作为赏赐者的周天子激动愉悦的心理变化。再如宴会场面从"一朝飨之"到"一朝右之"再到"一朝酬之"，三个字的变化既说明了文武百官循守礼法的秩序，又可以看出宴会热烈气氛的不断升级。

全诗三章不涉比兴纯用赋法，虽是歌功颂德，但语言简练准确，叙述跌宕起伏，整首诗不但不显得呆板，反倒透露了一丝灵气，给读者留下了深刻的印象。

辑评：

宋代朱熹《诗集传》："赋也。此天子燕有功诸侯而赐以弓矢之乐歌也。东莱吕氏曰：受言藏之，言其重也，弓人所献给，藏之王府，以待有功，不敢轻与人也。中心贶之，言其诚也，中心实欲贶之，非由外也。一朝飨之，言其速也，以王府宝藏之弓，一朝举以畀人，未尝有迟留顾惜之意也。赏赐非出于利诱，则迫于事势，至有朝赐铁券而暮屠戮者，与中心贶之者异矣。屯膏吝赏，功臣解体，至有印而不忍予者，则与一朝飨之者异矣。"

三、《小雅·南有嘉鱼》

南有嘉鱼，烝然罩罩。君子有酒，嘉宾式燕以乐。

南有嘉鱼，烝然汕汕。君子有酒，嘉宾式燕以衎。

南有樛木，甘瓠累之。君子有酒，嘉宾式燕绥之。

翩翩者鵻，烝然来思。君子有酒，嘉宾式燕又思。

《毛诗序》云："《南有嘉鱼》，乐与贤也，大平之君子至诚，乐与贤者共之也。[1]"此诗的主旨，毛诗、齐诗都认为是宴饮诗兼有求贤之意，也有人觉得还含有讽谏之意。这是一首专叙宾主淳朴真挚之情的宴饮诗。正如方玉润《诗经原始》云："彼专言肴酒之美，此兼叙绸缪之意。"

153

---

[1] （清）王先谦撰，吴格、田吉、崔燕南校点：《诗三家义集疏（二）》，湖湘文库编织出版委员会，岳麓书社2010年版，第617页。

全诗四章，每章四句。前两章均以游鱼起兴，用鱼、水象征宾主之间和乐融融的关系，婉转地表达出主人的深情厚谊，使全诗处于和睦、欢愉的气氛中。前两章运用重章叠句的方式，反复吟唱咏叹，加强这一氛围的形成。"南有嘉鱼，烝然罩罩""南有嘉鱼，烝然汕汕"，鱼儿轻轻摆动鳍尾，往来翕忽，怡然自得。读者仿佛看见四面八方的宾客们聚集在厅堂，人们觥筹交错，笑语盈盈。鱼乐，人亦乐，二者交相感应，一虚一实，宴饮时的欢乐场面与主宾绸缪之情顿现。短短数句，婉曲含蓄，意在言外，回味无穷。

第三章诗人在浓浓的酒香中，笔锋一扬，宕开一笔，用"南有樛木，甘瓠累之"比兴，将读者的视线从水中引向陆地，为读者描绘了另一场景：枝叶扶疏的树木上缠绕着青青的葫芦藤，藤上缀满了大大小小的葫芦，风过处，宛如无数只铃铎在颤动。这样就避免了诗歌的单调，增加了诗意的厚重。这里的树木象征着主人高贵的地位，端庄的气度；藤蔓紧紧缠绕着高大的树木，颇似亲朋挚友久别重逢后亲密无间、难舍难分的情态。对此良辰美景，又有琼浆佳肴，不能不使人手之舞之、足之蹈之。

第四章作者用了"推镜头"的手法，缓缓地将一群翩飞的鹙鸠送入读者的眼帘，也把读者的思绪从陆地拉到空中。望着空中自由翱翔的鹙鸠，听着咕咕的鸣叫声，也许有的客人已开始商量打猎的事情了，这就隐含着宴饮后的射礼。情寓景中，宾主在祥和欢乐的气氛中酒兴愈浓，情致愈高，你斟我饮言笑晏晏，宾主之间和乐美好，宴会进行高潮。

《小雅·南有嘉鱼》从水、陆、空三个角度来描绘宾客们初饮、宴中、酣饮时的形态。起初是营造气氛，随着酒筵的渐进，酒兴渐浓，宾客也渐趋热情奔放，人们的视线也随之渐高。在写作手法上，诗人运用了赋比兴相结合的手法。在章法、句式上，不仅采用重章叠唱的手法，而且在每章诗最末一句添了两个虚词，延长了诗句，便于歌者深情缓唱、抒发感情，同时也使诗看起来不呆板，显得余味不绝。

辑评：

宋代朱熹《诗集传》："兴也。此亦燕飨通用之乐，故其辞曰：南有嘉鱼，则必烝然而罩罩之矣。君子有酒，则必与嘉宾共之而式燕以乐矣。此亦因所荐之物而道达主人乐宾之意也。（第三章）东莱吕氏曰：瓠有甘有苦，甘瓠则可食者也。樛木下垂而美实累之，因结而不可解也。愚谓此兴之取义者，似比而兴也。（第四章）兴也。此兴之全不取义者也。既燕而又燕，以见其至诚有加而无已也。或曰：又思，言其

又思念而不忘也。"

清代方玉润《诗经原始》云："彼（指《小雅·鱼丽》）专言肴酒之美，此（指《小雅·南有嘉鱼》）兼叙绸缪之意。"

四、《小雅·宾之初筵》

宾之初筵，左右秩秩。笾豆有楚，殽核维旅。酒既和旨，饮酒孔偕。钟鼓既设，举酬逸逸。大侯既抗，弓矢斯张。射夫既同，献尔发功。发彼有的，以祈尔爵。

籥舞笙鼓，乐既和奏。烝衎烈祖，以洽百礼。百礼既至，有壬有林。锡尔纯嘏，子孙其湛。其湛曰乐，各奏尔能。宾载手仇，室人入又。酌彼康爵，以奏尔时。

宾之初筵，温温其恭。其未醉止，威仪反反。曰既醉止，威仪幡幡。舍其坐迁，屡舞仙仙。其未醉止，威仪抑抑。曰既醉止，威仪怭怭。是曰既醉，不知其秩。

宾既醉止，载号载呶。乱我笾豆，屡舞僛僛。是曰既醉，不知其邮。侧弁之俄，屡舞傞傞。既醉而出，并受其福。醉而不出，是谓伐德。饮酒孔嘉，维其令仪。

凡此饮酒，或醉或否。既立之监，或佐之史。彼醉不臧，不醉反耻。式勿从谓，无俾大怠。匪言勿言，匪由勿语。由

醉之言，俾出童羖。三爵不识，矧敢多又。

　　《小雅·宾之初筵》是《小雅》中篇幅之长仅次于《小雅·正月》和《小雅·楚茨》的一首诗。《毛序》云："《宾之初筵》，卫武公刺时也。（周）幽王荒废，媟近小人，饮酒无度，天下化之，君臣上下沉湎淫液。武公既入，而作是诗也。"郑玄笺："淫液者，饮食时情态也。武公入者，入为王卿士。"《后汉书·孔融传》李贤注引韩诗云："卫武公饮酒悔过也。"朱熹《诗集传》引此作《韩诗序》。又《易林·大壮之家人》云："举觞饮酒，未得至口。侧弁醉讻，拔剑斫怒。武公作悔。"则齐诗之说与韩诗同。宋朱熹以为"按此诗义，与《大雅·抑》戒相类，必武公自悔之作。当从韩（诗）义"（《诗集传》）①。方玉润《诗经原始》则以为"二说实相通"，谓幽王时国政荒废，君臣沉湎于酒，武公入为王卿士，难免与宴，见其非礼，未敢直谏，"只好作悔过用以自警，使王闻之，或以稍正其失"。

　　此诗通过描写宴饮的场面，讽刺了酒后失仪、失言、失德的种种醉态，提出反对滥饮的主张。全诗五章，每章十四句。第一章描写初筵射礼；第二章描写百礼既至；第

157

---

　　① （清）王先谦撰，吴格、田吉、崔燕南校点：《诗三家义集疏（二）》，湖湘文库编织出版委员会，岳麓书社2010年版，第807页。

三章写饮酒渐多，由序而乱；第四章写酒后狂态；第五章以劝诫作结。

诗共五章，章法结构非常严谨。每章均十四句，且都是标准的四字句；章节之间内在组织上精妙。诗之内容大致可分三大部分。第一部分为首两章，写合乎礼制的酒宴；第二部分为三四章，写违背礼制的酒宴；第三部分为末章，以劝诫作结。前两部分都以"宾之初筵"一句引起下文，但所描述的酒宴场面却大相径庭，暴露出理想状态与现实境况的尖锐矛盾。最后一部分连用"不""勿""无""匪""矧敢"等表示否定义的词集中凸显否定意蕴。三部分之间起承转合脉络极其分明。

欲抑先扬，跌宕有致是诗歌的第二个值得注意的地方。诗人之意实在"刺"，前两章却用"美"为"刺"作映衬。开篇四句"宾之初筵，左右秩秩。笾豆有楚，殽核维旅。"勾勒出井井有条的宴会场面。姚际恒评曰"阅至后，方知此起四句之妙"。由此可见诗人布局匠心。以美衬丑，使丑恶的事物在与美好事物的对比中更显出其丑恶。诗人的"刺"即使是在最重要的第三、第四两章中，也并不剑拔弩张，疾言厉色，只是反覆直陈醉酒之态以为警诫。诗歌对醉态的描摹极其精彩。"屡舞仙仙"是初醉之貌，"屡舞傲傲"是甚醉之状，"屡舞僛僛"是极醉之态。三句"屡舞"

一层进一层，再加上"舍其坐迁""载号载呶""乱我笾豆""侧弁之俄"等点缀，活画出一幅醉客图来，真是穷形尽相。诗人还善于通过"既醉而出，并受其福"之类的委婉语、"由醉之言，俾出童羖"之类的戏谑语，来作"绵里藏针"式的点染。借形象说话，通过醉态的描写使读者对酗酒的害处深感怵惕。

诗中修辞丰富多彩，是本诗的第三个特点。如"左右秩秩""举醻逸逸""温温其恭""威仪反反""威仪幡幡""威仪抑抑""威仪怭怭""屡舞仙仙""屡舞傞傞""屡舞僛僛"等，这是叠字修辞格的运用，频度之高，在整部《诗经》中似乎也不多见，那种奇佳的摹态效果，令人叹服。"笾豆有楚，肴核维旅""既立之监，又佐之史"，则是非常标准的对偶修辞格。"其未醉止""曰既醉止""是曰既醉"等句是同章或邻章重复一次，"宾之初筵"是隔章重复，都属于重复修辞格，而由其重复所产生的效果则不同。"宾之初筵"的重复意在引出对比。但"其未醉止""曰既醉止"的重复，则既与从"威仪反反""威仪幡幡"到"威仪抑抑""威仪怭怭"的递进紧扣，又有"其未醉止"一组重复与"曰既醉止"一组重复的两层对比，从中更可见出结构的精整。而"是曰既醉"的邻章重复，所起作用是将第三、第四这最重要的两章直接串联起来。还有一种《诗经》中经常出现的修辞格——

159

顶针，此诗也有两例，即"以洽百礼"之后接以"百礼即至"，"子孙其湛"之后接以"其湛曰乐"。这两个顶针修辞在同章中仅隔两句，相距很近，也是诗人为加重语气而作的刻意安排。另外，"钟鼓既设，举醻逸逸；大侯既抗，弓矢斯张；射夫既同，献尔发功"，这一段又是排比句，且两句一换韵，有很强的节奏感。

中华五千年灿烂的文化长河中，酒文化和茶文化大约是最引人注目的，其悠久的历史、丰富的内涵几乎可说是华夏文明的一个缩影。酒文化如此发达，酒文学在中国的肇始自然也很早。陈子展《诗经直解》说："关于酒文学，《周书·酒诰》之笔，《宾之初筵》之诗，自是古典杰作。厥后扬雄《酒箴》、刘伶《酒德颂》、杜甫《饮中八仙歌》，虽是小品短篇，亦皆名作。但论艺术性与思想性兼而有之，仍推《宾之初筵》为首创杰作。①"

辑评：

宋代朱熹《诗集传》："卫武公饮酒悔过而作此诗。此章言因射而饮者，初筵礼仪之盛：酒既调美，而饮者齐一；至于设钟鼓，举酬爵，抗大侯，张弓矢，而众偶拾发，各心竞

---

① 姜亮夫等：《先秦诗鉴赏辞典》，上海辞书出版社 1998 年版，第 481 ~ 486 页。

云，我以此求爵汝也。""毛氏序曰：卫武公刺幽王也。韩氏序曰：卫武公饮酒悔过也。今按此诗意，与《大雅·抑》戒相类，必武公自悔之作。当从韩义。"

清代姚际恒《诗经通论》卷十二："由浅入深，备极形容醉态之妙。昔人谓唐人诗中有画，岂知亦原本于《三百篇》乎！《三百篇》中有画处甚多，此《醉客图》也。"

五、《小雅·頍弁》

有頍者弁，实维伊何？尔酒既旨，尔肴既嘉。岂伊异人，兄弟匪他。茑与女萝，施于松柏。未见君子，忧心奕奕；既见君子，庶几说怿。

有頍者弁，实维何期？尔酒既旨，尔肴既时。岂伊异人，兄弟具来。茑与女萝，施于松上。未见君子，忧心恫恫；既见君子，庶几有臧。

有頍者弁，实维在首。尔酒既旨，尔肴既阜。岂伊异人，兄弟甥舅。如彼雨雪，先集维霰。死丧无日，无几相见。乐酒今夕，君子维宴。

《小雅·頍弁》按照鲁洪生先生的说法，是乡饮酒礼的代表作品，反映的是诸侯之乡大夫的宴饮之礼。关于诗的主旨，《毛诗序》以为是"诸公刺幽王也。暴戾无亲，不能燕乐同姓，亲睦九族，孤危将亡，故作是诗也。"① 朱熹《诗集传》以为是"燕兄弟亲戚之诗"。从文本看，此诗写一个贵族请他的兄弟、姻亲来宴饮作乐，赴宴者作了这首诗，表达了对宴会主家的依赖和攀附，从诗中可窥见周幽王时贵族们对于国家前途的忧虑和及时行乐的灰暗心理。反映了西周末年国家政治和奴隶主贵族走向衰亡的现实。

诗共三章，采用了重章叠句的写法，三章之开篇都用"有頍者弁"始，写贵族们一个个戴着华贵的圆顶皮帽赴宴。接下来一二章用"实维伊何""实维何期"，两个设问句，提人警醒，渲染了宴会前的盛况和气氛，而且表现了赴宴者精心打扮、兴高采烈的心情。关于诗歌之首二句，陈奂传疏："僖公八年《谷梁传》曰'弁冕虽旧，必加于首；周室虽衰，必先诸侯。'然则王者之在上位，犹皮弁之在人首，故以为喻也。"所以首二句使用了比兴的手法，以皮帽戴在人们头上，喻周王是全国的元首。第三章改用"实维在首"，写出贵族打扮起来后自我欣赏、顾影陶醉的情态。

三四句"尔酒既旨，尔肴既嘉""尔酒既旨，尔肴既时""尔酒既旨，尔肴既阜"，写宴会的丰盛。三章中只变了一个

① （清）王先谦撰，吴格、田吉、崔燕南校点：《诗三家义集疏（二）》，湖湘文库编织出版委员会，岳麓书社2010年版，第801页。

字，反覆陈述美酒佳肴的醇香、丰盛。

五六七八句交代了赴宴者同宴会主人的亲密关系。"兄弟匪他""兄弟具来""兄弟甥舅"，来的都是兄弟、甥舅，根本没有外人。"茑与女萝，施于松柏""茑与女萝，施于松上"把宴会主人比喻为四季常青的高大松柏，把赴宴者比成攀附其上的蔓生植物，交代了与会者对宴会主人的依存和攀附之情。

九到十二句写没有见到主人时心里是如何的忧愁不安，见到主人后心里是如何的欢欣异常。第一章的"既见君子，庶几说怿"和第二章的"既见君子，庶几有臧"只一字之差却表现出了贵族们的庸俗厚颜，表面的和谐融洽是为了从中获得更多的回馈。

第三章的七到十二句"如彼雨雪，先集维霰。死丧无日，无几相见。乐酒今夕，君子维宴。"不再是前两章内容的重复。他们由今日的欢聚，想到了日后的结局。他们觉得人生如霰似雪，不知何时就会消亡。在暂时的欢乐中，不自禁地流露出一种黯淡低落的情绪。表现出一种及时行乐、消极颓废的心态，充满悲观丧气的音调。从这首诗来看，由于社会的动乱，他们虽然饮酒作乐，但仍感到自己命运的岌岌可危、朝不保夕，正表露出所谓末世之音。

辑评：

宋代朱熹《诗集传》："赋而兴又比也。此亦燕兄弟亲戚之诗。故言有頍者弁，实维伊何乎？尔酒既旨，尔肴既嘉，则岂伊异人乎？乃兄弟而匪他人也。又言茑萝施于木上，以比兄弟亲戚缠绵依附之意，是以未见而忧，既见而喜也。"

六、《小雅·常棣》

常棣之华，鄂不韡韡。凡今之人，莫如兄弟。

死丧之威，兄弟孔怀。原隰裒矣，兄弟求矣。

脊令在原，兄弟急难。每有良朋，况也永叹。

兄弟阋于墙，外御其务。每有良朋，烝也无戎。

丧乱既平，既安且宁。虽有兄弟，不如友生！

傧尔笾豆，饮酒之饫。兄弟既具，和乐且孺。

妻子好合，如鼓瑟琴。兄弟既翕，和乐且湛。

宜尔室家，乐尔妻帑。是究是图，亶其然乎？

《小雅·常棣》是周人宴会兄弟，倡导兄弟血亲团结的诗歌，反映的是乡饮酒礼。"凡今之人，莫如兄弟"，为诗之主旨。

全诗八章，首章为第一层，以常棣之花起兴，形象鲜明。"常棣之华，鄂不韡韡。"诗人以常棣之花比喻兄弟，或因其每两三朵彼此相依，故产生联想。"凡今之人，莫如兄弟。"直接点明诗旨。上古先民部族的形成是以血缘关系为基础，在他们看来兄弟比之良朋和妻孥更加亲近，"兄弟者，分形连气之人也"①。钱钟书论及《常棣》时也指出："盖初民重'血族'之遗意也。就血胤论之，兄弟天伦也，夫妇则人伦耳；是以友于骨肉之亲当过于刑于室家之好。……观《小雅·常棣》，'兄弟'之先于'妻子'，较然可识"②。这从文化人类学的角度，深刻揭示了《常棣》主题的历史文化根源。

第二、三、四章为第二层，用三个典型事例说明在危难关头兄弟最可信赖，对诗之主旨作进一步阐发。"死丧之威，兄弟孔怀""脊令在原，兄弟急难""兄弟阋于墙，外御其务"，遭死丧则兄弟相收，遇急难则兄弟相救，御外侮则兄弟相助。事例的排列由急而缓、由重而轻、由内而外，构成一个颇有层次的"倒金字塔"，具有强烈而深远的审美效果。为了更好地突出主旨，作者还用了对比的手法，"每有良朋，况也永叹""每有良朋，烝也无戎"，在遭遇死丧祸乱的危急时候，虽有良朋，亦不过增加一声他们的叹息，徒有同情，终

---

① 颜之推：《颜氏家训·兄弟》，岳麓书社1999年版。
② 钱中书：《管锥编》，中华书局1979年版。

究没有实质性的帮助。兄弟即使是"阋于墙",在遇到外侮的时候也会不假思索"外御其务"。情绪和行为的转变即在倾刻,有力地表现出手足之情出于天然、发自由衷。

第五章为第三层,忽然反跌一层,感叹和平环境中兄弟反不如朋友。此章为承上启下之词。前四章诗人赞颂的是理想的兄弟之情,这一层由理想返回现实,由赞叹"死丧祸乱"时的"莫如兄弟",转而叹惜"安宁"时的"不如友生"。"虽有兄弟,不如友生"的叹惜是沉痛的,也是现实的真实写照。多数学者认为这里叹惜的是西周初年,周公的兄弟管叔和蔡叔的叛乱,作者为成王时的周公。《毛序》:"燕兄弟也。闵管、蔡之失道,故作《常棣》焉。"还有学者认为是厉王时期的召穆公所作。西周末年,统治阶级内部骨肉相残、手足相害的事更是频频发生。《左传·僖公二十四年》:"召穆公思周德之不类,故纠合宗族于成周,而作诗曰:'常棣之华,鄂不韡韡。凡今之人,莫如兄弟。'"《常棣》的作者,是周公抑或召穆公,尚难定论,但有一点可肯定,诗人的叹惜是有感而发的,且有警世规劝之意。不过,这是在宴饮的欢乐气氛中所唱之诗,因此,在短暂的低沉后,音调又转为欢快热烈。

末三章为第四层,笔调重新扬起,着力描写举家宴饮时兄弟齐集,妻子好合,亲情和睦,琴瑟和谐的欢乐场面。第七章将"妻子好合,如鼓瑟琴"与"兄弟既翕,和乐且湛"

进行对比，通过对比亲疏关系一目了然，兄弟之情胜于夫妇之情，兄弟和，则家室宁，妻帑乐。末章承上而来，卒章显志，直接告诫人们：兄弟和，方能"宜尔室家，乐尔妻帑"，升华了"凡今之人，莫如兄弟"的主旨。

《常棣》是中国诗史上最先歌唱兄弟友爱的诗作，也是情理相融，富于理趣的明理典范。陆时雍《诗镜总论》曰："叙事议论，绝非诗家所需，以叙事则伤体，议论则费词也。然总贵不烦而至，如《常棣》不废议论，《公刘》不无叙事。"《常棣》的"不废议论，不烦而至"首先体现在诗歌的真挚委婉，感人至深。开篇以常棣比兴，形象且富于理趣；随之围绕诗之主旨"凡今之人，莫如兄弟"，通过"丧乱"与"安宁""良朋"与"妻子"，及历史与现实、正面与反面，寓理于事，多层次地唱叹阐论，既感人亦服人。"全诗笔意曲折，音调也抑扬顿挫，前五章繁弦促节，多慷慨激昂之音，后三章轻拢慢捻，有洋洋盈耳之趣。[①]"委曲深至，一片真诚。其次是主题永恒，历久弥新。兄弟友爱，手足亲情，这是人类的共同情感，也是文学的永恒主题。《常棣》对这一主题作了诗意开拓，因而千古传唱，对后世"兄弟诗文"的

167

---

① 转引自陈俊英、蒋见元：《诗经注析（下）》，中华书局1991年版，第448页。

创作产生了深刻的影响。

辑评：

宋代程颐《伊川经说》卷三："此诗句少而章多，章多，所以极其郑重；句少，则各成一义故也。"

宋代严粲《诗辑》："一章发端，言兄弟之常，而语气抑扬之间，已有感叹不尽之意。"

明代陆时雍《诗镜总论》："叙事议论，绝非诗家所需，以叙事则伤体，议论则费词也。然总贵不烦而至，如《常棣》不废议论，《公刘》不无叙事。如后人以文体行之，则非也。"

七、《小雅·伐木》

伐木丁丁，鸟鸣嘤嘤。出自幽谷，迁于乔木。嘤其鸣矣，求其友声。相彼鸟矣，犹求友声；矧伊人矣，不求友生？神之听之，终和且平。

伐木许许，酾酒有藇。既有肥羜，以速诸父。宁适不来，微我弗顾。于粲洒埽，陈馈八簋。既有肥牡，以速诸舅。宁适不来，微我有咎。

伐木于阪，酾酒有衍。笾豆有践，兄弟无远。民之失德，乾餱以愆。有酒湑我，无酒酤我。坎坎鼓我，蹲蹲舞我。迨我暇矣，饮此湑矣。

《毛诗序》云："燕朋友故旧也。至天子至于庶人，未有不须友以成者。亲亲以睦，友贤不弃，不遗故旧，则民德归厚矣。①"历代学者一般都认为这是一首燕飨诗，诗歌以伐木起兴，表现了友情的可贵。历来的争议在于开篇以"伐木丁丁"起笔，是为了与"鸟鸣嘤嘤"同起兴，还是另有他意？有学者认为，"伐木"就是诗人在伐木之中闻鸟鸣而产生的最初联想；也有学者认为，起笔写"伐木丁丁"，意在借伐木"丁丁"与"许许"的声音来与鸟鸣"嘤嘤"相呼应，为诗经惯用之叠音叠字与比兴的写法，是虚写，但从下文的"伐木于阪"来看，前者说法较为可信。

全诗三章，每章一十二句。首章以伐木声赋起，以鸟鸣求友比兴起思，以鸟与鸟的相求比人和人的相友，以神对人的降福说明人与人友爱相处的必要。诗之开篇，就以幽谷里回荡的"丁丁"伐木声和"嘤嘤"鸟鸣声，营造了一个空阔、寂寥、远离尘世的仙境。在这里，时间仿佛停止，一切自在自为，只有这伐木声和悦耳的鸟鸣在空旷的幽谷里回响。一个孤独的伐木者，一个出谷迁乔去寻找知音的鸟儿，这两个意象在这仙境一般的氛围中被不断地进行视觉和听觉上的

169

---

① （清）王先谦撰，吴格、田吉、崔燕南校点：《诗三家义集疏（一）》，湖湘文库编织出版委员会，岳麓书社2010年版，第593页。

重叠和加强：声音使人联想到形象，形象又赋予声音特殊的内涵。从鸟儿们的鸣唱，和迁升寻友中，伐木者的思绪开始飘荡，他羡慕鸟儿们的友情，感慨人生岂能无友，认为只要有了友情，不管是鸟是人，神明都会赐予和平。

第二章又以伐木声赋起，叙述了主人备办筵席的热闹场面。第二章全然是写人的活动，也就是"求友生"之具体表现。这里仍然由物兴起，但只用"伐木许许"一句，其余如对鸟鸣的描述一概略去。于是出现备办筵席的热闹场面：酒是甘美的，菜肴中有肥嫩羊羔，还有许多其他可口的食物，屋子也打扫得干干净净，可以看出主人的诚心诚意，因为宴请客人，不仅是出于礼仪，更是为了寻求友情。被邀请的客人都是长者，有同姓的"诸父"，也有异姓的"诸舅"。诗人希望他们全都光临。"宁适不来，微我顾弗""宁适不来，微我有咎"这是他的担心。由于希望甚殷，就生怕它落空。这种"患得患失"的情绪是真实的，也是感人的。它表明主人的态度十分诚恳，对友情的追求坚定不移。

第三章仍以伐木声赋起，地点换到一个陡坡上，前半部分是第二章的延续和发展，依然写设宴请客，不过用笔极简，旨在"示异"，以免拖沓。"笾豆有践，兄弟无远。"这次邀请是兄弟，但酒菜之丰盛，礼节之周到不减于前。联系前面的有关描述，它明确地表达了这样的观点：无论长幼和亲疏，即诗中所谓"诸父""诸舅"和"兄弟"，都应互相有爱。这种类似博爱的思想充斥整个诗篇，可以说是总的命意所在。后半部分是尾声，似乎由众人合唱，表达了欢乐的情绪与和睦亲善的愿望。众宾朋酒酣兴致"坎坎鼓我，蹲蹲舞我"，随着鼓点翩翩起舞，团结一致，气氛和谐，令人鼓舞。郑笺："及（趁）我今之闲暇，共饮此湑酒。欲其无不醉之意。①"《伐木》反映了古代社会人们对友情的重视和对美好生活的向往，是文学史上描写友情的最早作品，影响深远。

关于此诗的艺术特色，除了《诗经》惯用的赋比兴、重章叠句外，对偶、排比修辞手法的运用也独具匠心。"诗中'伐木丁丁，鸟鸣嘤嘤'、'出自幽谷，迁于乔木'等对偶句，结构齐整，句法和谐，虽然处于对偶的初级阶段，但是由此也显得更加朴实自然。李翱答朱载言书说：'古人能极于工而已，不知其词之对与否也'很中肯地说出了诗经对偶句情趣天然、不假雕琢的优点。此外，诗中还使用了排比的手法，三章'有酒湑我，无酒酤我；坎坎鼓我，蹲蹲舞我'，两句一排，一共两排，在整齐中又有参差错落之致，将亲朋欢宴的气氛渲染得很热闹。汉代辞赋家贾谊的《鹏鸟赋》、祢衡的

---

① 转引自陈俊英、蒋见元：《诗经注析（下）》，中华书局1991年版，第457页。

《鹦鹉赋》便运用这种手法，不过表现得更加精致了。①"

名家辑评：

黄中松《诗疑辨证》曰："细玩此诗，专言友声之不可求，求字乃一篇大主脑。"

《诗集传》（朱熹）："（首章）兴也。故以伐木之丁丁，兴鸟鸣之嘤嘤，而言鸟之求友。遂以鸟之求友，喻人之不可无友也。人能笃朋友之好，则神之听之，终和且平矣。（二章）兴也。……诸父，朋友之同姓而尊者也。……诸舅，朋友之异姓而尊者也。先诸父而后诸舅者，亲疏之杀也。……言具酒食以乐朋友如此，宁使彼适有故而不来，而无使我恩意之不至也。孔子曰：'所求乎朋友，先施之未能也。'此可谓先施也。……（三章）兴也。……兄弟，朋友之同侪者也。……先诸舅而后兄弟者，尊卑之等也。……言人之所以至于失朋友之义者，非必有大故，或但以干糇之薄不以分人，而至于有怨耳。故我于朋友不计有无，但及闲暇，则饮酒以相乐也。"

第四节 征 役 诗

征役诗亦称征戍诗、行役诗、兵役诗、历代学者对这类

---

① 转引自陈俊英、蒋见元：《诗经注析（下）》，中华书局1991年版，第454页。

诗歌的称谓和划分不尽相同。学界对于征役诗的界定研究基本分为两派意见：一派认定《诗经》中存在征役诗，并指出具体篇目。代表人物是裴斐，他在其主编的《中国古代文学史》中认为，"《诗经》中有不少描写征战生活和从事各种徭役的诗篇。当时诸侯兼并，战乱频仍，统治者驱使人民背井离乡服役征战，以致田园荒芜，妻离子散，遭受着深重的灾难。《豳风·东山》《小雅·采薇》《唐风·鸨羽》《魏风·陟岵》等都是有代表性的作品。①"他在书中提到的征役诗共九首，包括：战争诗：《秦风·无衣》《小雅·出车》《小雅·六月》；徭役诗：《豳风·东山》《唐风·鸨羽》《魏风·陟岵》《卫风·伯兮》《王风·君子于役》《小雅·采薇》。他划分了战争与徭役诗的界限但没有明确列出它们所包含的具体篇目。

赵明在其主编的《先秦大文学史》中提到："《诗经》中以战争和徭役为主要题材的诗作有 30 余篇，占《诗经》诗篇总数的 10% 左右。"他认定的战争诗包括《风》十三首：

《秦风·无衣》《豳风·东山》《豳风·破斧》《邶风·北门》《邶风·击鼓》《邶风·式微》《王风·君子于役》《王风·扬之水》《卫风·伯兮》《郑风·清人》《齐风·东方未

---

① 裴斐主编：《中国古代文学史》，中央民族大学出版社 1995 年版，第 20~25 页。

明》《魏风·陟岵》《唐风·鸨羽》。

《雅》十五首：

《小雅·六月》《小雅·采薇》《小雅·出车》《小雅·采
芑》《小雅·四牡》《小雅·四月》《小雅·北山》《小雅·小
明》《小雅·杕杜》《小雅·鸿雁》《小雅·大东》《小雅·渐
渐之石》《小雅·何草不黄》《大雅·江汉》《大雅·常武》。

徭役诗三首：

《周南·卷耳》《召南·殷其雷》《召南·小星》，共三十
一首①。他的划分基本涵盖了《诗经》中所有提到或涉及战
争徭役的诗歌，概括得较为全面。褚斌杰先生的《〈诗经〉
与楚辞》一书中的观点与此相似。

另一派将战争徭役诗划归历史叙事诗或者史诗性歌德诗
之中。这类划分侧重从史诗角度分析战争徭役诗，将它们与
周代历史事件结合起来进行理解，并未把它们列为《诗经》
中的独立题材之一。代表学者是张西堂，他在其所著的《诗
经六论》中提到"在二雅中还有出车、采芑、江汉、六月、
常武五首诗也可以当作史诗来看。但这五首诗不能与生民等
篇一样看待，这些诗的内容，赞美他们的战功多于叙述他们
战事的经过。……这五首诗夹带着一些叙事，比起周颂的昊

---

① 赵明主编：《先秦大文学史》，吉林大学出版社1993年版，第211~223页。

天有成命、武、酌、桓、赉、般，所谓大武六章，只是歌颂他们的武功也不同，所以还可以当作史诗看待。[①]"他将这类描写战争的诗歌划归史诗一类，但又区别于周颂中的史诗，由于它们的内容叙述了反抗侵略战争的经过，并赞美歌颂了其中的英雄人物，故应归于广义史诗一类。

持相同观点的还有刘大杰。他在其所著《中国文学发展史》一书中同样把这类诗歌归于历史叙事诗。"……《小雅》中也有几篇具有史诗叙事性质的诗歌，大都是记述当日战事的。如《出车》记厉王时南仲征伐猃狁；《采芑》《六月》诸篇，大都是记述宣王时代同蛮荆、猃狁征战的事迹，比起《大雅》中那些诗来，是时代较后的作品。其中《出车》一诗，艺术上较有特色。如果把这些诗篇有次序地排列起来，那么东迁以前的周族历史就可以理出一个线索来。[②]"

另外刘毓庆在其所著的《古朴的文学》一书中划分了兵役徭役诗、战士之歌和史诗性歌德诗三类，共二十二首。其中的第三类，史诗性歌德诗包括：《大雅·崧高》《大雅·韩奕》《大雅·烝民》《大雅·江汉》《大雅·常武》《小雅·出

---

① 张西堂：《诗经六论》，商务印书馆 1957 年版，第 48 页。
② 刘大杰：《中国文学发展史》，上海人民出版社 1973 年版，第 42 页。

车》《小雅·采芑》《小雅·六月》。他认为："这些史诗性的歌德诗是史诗的衰落，时代的大动乱惊破了诗人的思旧梦想，加之以散文的冲击，史诗思潮很快衰落，其余波则变为夹杂情理的叙事诗而干预时政。在这些诗篇中，生活的具体内容减少了，空洞的颂语增多了；形象的描写减少了，抽象的说理增多了……比之史诗，是退化了的第二代。①"

目前，学术界大多认同第一种划分法，这种划分方法把《诗经》中所有提到或涉及战争徭役的诗歌作为独立的题材之一进行研究。本书对于征役诗的界定也遵从第一类学者的划分方法，从广义的角度，把《诗经》中直接或间接以战争和徭役为主要题材的叙事和抒情诗视为征役诗，并从中选出十首进行赏析。

一、《周南·卷耳》

采采卷耳，不盈顷筐。嗟我怀人，寘彼周行。

陟彼崔嵬，我马虺隤。我姑酌彼金罍，维以不永怀。

陟彼高冈，我马玄黄。我姑酌彼兕觥，维以不永伤。

陟彼砠矣，我马瘏矣。我仆痡矣，云何吁矣。

《周南·卷耳》是一篇抒写怀人情感的名作。关于诗歌的

---

① 刘毓庆：《古朴的文学》，北岳文艺出版社 1988 年版，第 98~101 页。

主旨，历代有不同说法。《毛诗注疏》曰："《卷耳》，后妃之志也，又当辅佐君子，求贤审官，知臣下之勤劳。内有进贤之志，而无险诐私谒之心，朝夕思念，至于忧勤也。^①"戴震《诗经补注》："《卷耳》，感念于君子行迈之忧劳而作也。^②"陈子展《诗三百解题》说："《卷耳》，当是岐周大夫于役中原，其妻思念之而作。"高亨《诗经今注》说："作者似乎是个在外服役的小官吏，叙写他坐着车子，走着艰阻的山路，怀念着家中的妻子。"无论是"后妃怀文王""文王怀贤""妻子怀念征夫""征夫怀念妻子"等诸说，都把诗中的怀人情感解释为单向的；另外，日本的青木正儿和中国的《诗经》研究专家孙作云还提出过《周南·卷耳》是由两首残简的诗合为一诗的看法。这些看法都未能反映出此诗通过匠心独运的布局谋篇表达的双向怀人的主旨。

诗之首章是以思念征夫的妇女的口吻来写的，写思妇怀念服役的丈夫；后三章则是以思家念归备受旅途辛劳的男子的口吻来写的，极力铺写他苦难的征役生活和思妻念子的心情。犹如一场表演着的戏剧，男女主人公各自的内心独白在同一场景同一时段中展开。让男女主人公"思怀"的内心感

177

---

① （清）王先谦撰，吴格、田吉、崔燕南校点：《诗三家义集疏（一）》，湖湘文库编织出版委员会，岳麓书社 2010 年版，第 39 页。

② 转引自陈俊英、蒋见元：《诗经注析（下）》，中华书局 1991 年版，第 9 页。

受交融合一。首章女子的独白呼唤着远行的男子，"不盈顷筐"的卷耳被弃在"周行"——通向远方的大路的一旁。顺着女子的呼唤，备受辛苦的男子满怀愁思地出现。

后三章采用《诗经》惯用的重章叠句的手法反复吟唱，强有力地增加了抒情的效果，开拓补充了意境，稳定地再现了音乐的主题旋律。"陟彼崔嵬，我马虺隤""陟彼高冈，我马玄黄""陟彼砠矣，我马瘏矣"，通过地点的转换和马匹的疲病来表现旅途的艰难险阻。第二三章的后两句"我姑酌彼金罍，维以不永怀""我姑酌彼兕觥，维以不永伤"，借酒浇愁，正面抒发行者怀人思归的惆怅。诗歌以"我仆痡矣，云何吁矣"作结，它既是对前两章"不永怀""不永伤"的承接，也是以一"吁"字对全诗进行的总结，点名"愁"的主题，堪称诗眼。

此诗除了章法独特，语言也优美自然。诗人能够熟练地运用当时的民谣套语。《周易·归妹三·上六》："女承筐，无实；士刲羊，无血。""女承筐，无实"正与《周南·卷耳》首句"采采卷耳，不盈顷筐"对应。把民谣用作套语，放在诗章句首，为诗奠定韵脚、句式的基础和情感思绪的习惯性暗示，这是《诗经》中起兴手法的一例。

通过想象，跨越时空传情是此诗的另一特点。刘勰《文心雕龙》谈想象，有"寂然凝虑，思接千载；悄焉动容，视通万里"之言。"《卷耳》诗人的感情均通过想象摆脱时空的限制，'思接千载''视通万里'，曲折传达。想象越丰富，感情越深切，尽管想象的景致是虚构的，但传达出人物的情感却是真挚的，虽然诗中没有直接抒发思念之情，但思念之情却如桃花潭水，越见深长。后世名篇如杜甫《梦李白二首》、李白《寄东鲁二稚子》、柳永《八声甘州》等均脱胎于此。①"

辑评：

春秋《孔子诗论》："《卷耳》不知人。"

战国《荀子·解蔽》："倾筐易满也，卷耳易得也。然而不可以贰周行。"宋代朱熹："后妃以君子不在而思念之，故赋此诗。托言方采卷耳，未满顷筐，而心适念其君子，故不能复采，而置之大道之旁也。"

清代方玉润《诗经原始》："故愚谓此诗当是妇人念夫行役而悯其劳苦之作。圣人编之《葛覃》之后，一以见女工之勤，一以见妇情之笃。""（一章眉批）因采卷耳而动怀人念，故未盈筐而'置彼周行'，已有一往情深之概。""（二三四章眉批）下三章皆从对面着笔，历想其劳苦之状，强自宽而不能宽。末乃极意摹写，有急管繁弦之意。后世杜甫'今夜鄜

---

① 转引自陈俊英、蒋见元：《诗经注析（下）》，中华书局1991年版，第9页。

州月'一首脱胎于此。"

二、《邶风·击鼓》

击鼓其镗，踊跃用兵。土国城漕，我独南行。

从孙子仲，平陈与宋。不我以归，忧心有忡。

爰居爰处，爰丧其马。于以求之？于林之下。

死生契阔，与子成说。执子之手，与子偕老。

于嗟阔兮，不我活兮！于嗟洵兮，不我信兮！

《邶风·击鼓》是一首典型的征役诗。是一位背井离乡，长期远征在外的戍卒唱出的怨战思乡之歌。关于诗歌的创作背景，《毛序》《郑笺》及三家诗都认为是春秋鲁隐公四年夏，卫公子州吁联合宋、陈、蔡三国共同伐郑的事；清代姚际恒《诗经通论》则认为："此乃卫穆公背清丘之盟救陈，为宋所伐，平陈宋之难，数兴军旅，其下怨之而作此诗也。①"

全诗五章，每章四句。首章诗人从"击鼓其镗，踊跃用兵"写起，因为鼓声最能体现战争氛围，开篇就将读者带入兵荒马乱的战争场景中。接下来的"土国城漕，我独南行"

---

① 转引自陈俊英、蒋见元：《诗经注析（下）》，中华书局1991年版，第77~79页。

两句交代了主人公怨怼而又无奈的心情。关于"土国城漕"者，《鄘风·定之方中》毛诗序云："卫为狄所灭，东徙渡河，野居漕邑，齐桓公攘夷狄而封之。文公徙居楚丘，始建城市而营宫室。①"文公营楚丘，这就是诗所谓"土国"，到了穆公，又为漕邑筑城，故诗又曰"城漕"。"土国城漕"虽然也是劳役，犹在国境内，南行救陈，其艰苦则更甚。朱熹《诗集传》："卫人从军者自言其所为，因言卫国之民或役土功于国，或筑城于漕，而我独南行，有锋镝死亡之忧，危苦尤甚也。②"

次章"从孙子仲，平陈与宋"，承首章"我独南行"为说。假使南行不久即返，犹之可也。诗之末两句云"不我以归，忧心有忡"，归期无望，戍卒内心难以承受。

第三章写丧马归林，失伍离次。王先谦集疏："今於何居乎？於何处乎？如何丧其马乎？求不还者及亡其马者，当于山林之下。军士散居，无复纪律。③"队伍离散，毫无斗志。明叙营中他人，实叙诗人一己之情，蓄足了行役的艰难和愁

---

① （清）王先谦撰，吴格、田吉、崔燕南校点：《诗三家义集疏（一）》，湖湘文库编织出版委员会，岳麓书社2010年版，第255页。

② 转引自陈俊英、蒋见元：《诗经注析（下）》，中华书局1991年版，第77～79页。

③ （清）王先谦撰，吴格、田吉、崔燕南校点：《诗三家义集疏（一）》，湖湘文库编织出版委员会，岳麓书社2010年版，第171页。

苦及士卒的怨愤叛离之状。

第四章写昔日的海誓山盟。"死生契阔，与子成说。执子之手，与子偕老。"闻一多《诗经通义》："死生契阔，犹言生则同居，死则同穴，永不分离也。"追叙昔日执手相誓，以期偕老的美好场景，与前章的战乱实景相对照，虚实相对，愈加突出当日情况的可悲。

末章叹息夫妻远隔久别，对兵役无已深表怨恨。"于嗟阔兮"的"阔"，就是上章"契阔"的"阔"。"不我活兮"的"活"，应该是上章"契阔"的"契"。所以"活"是"佸"的假借，"佸，会也。""于嗟洵兮"的"洵"，应该是"远"的假借，所以指的是"契阔"的"阔"。"不我信兮"的"信"，应该是"信誓旦旦"的"信誓"，承上章"成说"而言的。两章互相紧扣，一丝不漏。

全诗共五章。前三章征人自叙出征情景，承接绵密，已经如怨如慕，如泣如诉；后两章转写征人与家人别时信誓，不料归期难望，信誓无凭，上下紧扣，词情激烈，更是哭声干霄。写士卒长期征战之悲，无以复加。清乔億言此诗乃"征戍诗之祖"，特别是末二章的情境对后世诗歌创作影响很大。如陈琳的《饮马长城窟行》、杜甫《新婚别》等写征人与家人的别离之恨深得其意。

此诗在写法的独特之处主要体现在两个方面：一是基本

按时间顺序叙事，写出一个被迫南征的兵士在出征和出征后的复杂心理，通过插入回忆，形成往事与现实的强烈对比，在结构上形成顿宕。其二是在叙事之中又间以抒情，在情感上又形成波澜。尤其是末章，完全是直抒其情，以"于嗟"开头，皆以"兮"字结尾，仿佛一个涕流满面的征夫在异乡的土地上，对着苍天大声呼喊，对着远方的亲人诉说着内心的思恋和苦痛。

辑评：

宋代朱熹《诗集传》："卫从军者，自言其所为，因言卫国之民，或役土功于国，或筑城于漕，而独南行，有锋镝死亡之忧，危苦尤甚之。"

清代陈仅《读风臆补》引：

清末陈继揆《读风臆补》："起语极豪。……玩两'于嗟'句，鼓声高亮，人生酸楚矣！"

三、《卫风·伯兮》

伯兮揭兮，邦之桀兮。伯也执殳，为王前驱。

自伯之东，首如飞蓬。岂无膏沐，谁适为容？

其雨其雨，杲杲出日。愿言思伯，甘心首疾。

焉得谖草，言树之背。愿言思伯，使我心痗。

这是一首写妻子思念远征丈夫的诗。《毛序》："刺时也。言君子行役，为王前驱，过时而不反焉。"《笺》云："卫宣公之时，蔡人、卫人、陈人从王伐郑。为王前驱久，故家人思之。[1]"

全诗四章，每章四句，诗歌以思妇的口吻来叙事抒情。开篇四句，思妇并无怨思之言，而是自豪地、兴高采烈地夸赞其夫之才之美。"伯兮朅兮，邦之桀兮"，"伯"本是兄弟间排行的老大，这里转用为妻子对丈夫的称呼，口气中带着亲切感和自豪感。"伯"不但长得英武伟岸，是国中的豪杰，且"伯也执殳，为王前驱""'殳'与矛、戈等同为'五兵'，《周礼·夏官·司右》云：'凡国之勇士，能用五兵者属焉。'[2]"诗称伯为"邦之桀"，是因为他能执五兵之殳，是国之勇士，所以充当了君王的先锋。这也是女子夸夫的原因。

后三章集中描写女子的相思之苦。

次章写丈夫出征后，妻子不再梳妆打扮。头发是女性身体最富装饰性的部分，但"自伯之东，首如飞蓬"，自从丈夫出征后，女子的头发凌乱得像蓬草一样。紧接着交代了原因，"岂无膏沐，谁适为容？"不是没有洗头膏和润面油，而是没

---

[1] 转引自（清）王先谦撰，吴格、田吉、崔燕南校点：《诗三家义集疏（一）》，湖湘文库编织出版委员会，岳麓书社2010年版，第327页。

[2] 袁行霈主编，李山解读：《诗经》，国家图书出版社2017年版，第106页。

有心情，没有了自己要取悦的人。这种表现手法对后世闺怨诗产生了很大的影响。如徐幹《室思》"自君之出矣，明镜暗不治"、杜甫《新婚别》"罗襦不复施，对君洗红妆"、柳永《定风波·自春来》"终日恹恹倦梳裹"、李清照《凤凰台上忆吹箫》"起来慵自梳头"等，不胜枚举，均化用于此。第三章进一步描述思妇对征夫的思念之情。首二句"其雨其雨，杲杲出日"直抒对丈夫迫切的盼归之情，三四句"愿言思伯，甘心首疾"，盼夫不得以致心口和头都痛起来了。第四章承上两章而来，思妇一而再、再而三地倾诉出她对丈夫的深切思念。因为思夫心切，所以"愿言思伯，使我心痗"。

方玉润《诗经原始》："始者首如飞蓬，发已乱矣，然犹未至于病也。继则甘心首疾，头已痛矣，而心尚无恙也。至于使我心痗，则心更病矣。其忧思之苦何如哉!①"说出了诗歌抒情的层递手法。

对于古代妇女来说，家庭是生活的全部，是幸福的唯一来源。家庭被破坏了，她们的人生也就被彻底破坏了。而等待远征的丈夫，这与一般的相思别离是不同的，其背后有很深的忧惧。潘岳《寡妇赋》用本诗为典故，有云："彼诗人之攸叹兮，徒愿言而心疼……荣华晔其始茂兮，良人忽已指

185

---

① （清）方玉润：《诗经原始》，中华书局1986年版，第186页。

背。"正是揭示了诗中未从正面写出，而又确实隐藏在字面背后的恐怕丈夫最终不能归来的忧惧。知道这一点，我们才能真正理解第三、四两章所描写的女主人公的期待、失望与难以排遣的痛苦。她甚至希望自己能够"忘忧"，因为这"忧"已经使她不堪负担了。

全诗以赋为主，采用叙事和抒情相结合方法，以一个"思"字结构全诗。思妇先由夸夫转而引起思夫，又由思夫而无心梳妆到因思夫而头痛，进而再由头痛到因思夫而患了心病，从而呈现出一种抑扬顿挫的跌宕之美。描述步步推进，抒情层层加深，主人公的内心冲突辗转递升。诗歌脉络清晰，人物的心理变化符合逻辑，人物形象饱满。由于《卫风·伯兮》所涉及的社会背景在中国历史上是长期存在的，所以此诗的感情表现也就成为后世同类型诗歌的典范。其中的"女为悦己者容"已成为中华民族核心精神内涵之一。

辑评：

朱熹《诗集传》："言其君子之才之美如是，今方执殳，而为王前驱也。""（二章）言我发乱如此，非无膏沐可以为容。所以不为者，君子行役，无所主而为之故也。传曰：女为悦己者容。""（三章）冀其将雨，而杲然日出，以比望其君子之归而不归也。是以，不堪忧思之苦，而宁苦心于首疾也。""（四章）言焉得忘忧之草？树之北堂以忘吾忧乎？然终不忍忘也。是以，宁不求此草，而但愿言思伯，虽至于心痗，而不辞。心痗则其病益深，非特首疾而已也。"

牛运震《诗志》："媚情奇趣。"

牛运震《诗志》："女为悦己者容，翻得新妙。"

四、《王风·君子于役》

君子于役，不知其期，曷至哉？鸡栖于埘，日之夕矣，羊牛下来。君子于役，如之何勿思！

君子于役，不日不月，曷其有佸？鸡栖于桀，日之夕矣，羊牛下括。君子于役，苟无饥渴！

关于《君子于役》的诗旨，《毛诗序》云："《君子于役》，刺平王也。君子行役无期度，大夫思其危难以风焉。"王先谦《诗三家义集疏》："按据诗文，鸡栖日夕、羊牛下来，乃家室相思之情，无僚友讽讬之谊。所称君子，妻谓其夫，《序》说误也。[①]"近现代学者一般认为这是一首写妻子怀念远出服役的丈夫的诗。"君子于役"的"役"，不知其确指，一般解为边地戍防。"君子"在当时统指贵族阶层的人

---

① （清）王先谦撰，吴格、田吉、崔燕南校点：《诗三家义集疏（一）》，湖湘文库编织出版委员会，岳麓书社2010年版，第338页。

物，但诗中"君子"家中养着鸡和牛羊之类，地位又不会很高，大概只是一位武士。

全诗二章，每章八句，结构上采用重章叠句的艺术形式，语言朴素简练，状景言情，真实纯朴，描绘了一个真挚动人的生活画卷。

诗之开篇，"君子于役，不知其期，曷至哉？""君子于役，不日不月，曷其有佸？"，用"赋"的手法点明所要吟咏的事，极言役期之长，直抒胸臆，亟盼丈夫归来。这里最让人烦心的是"不知其期"和"不日不月"，好像每天都有希望，结果每天都是失望。正是在这样的期盼中，女主人公带着叹息地问出了"曷至哉？曷其有佸？"这样的问题。

接下来的四五六句"鸡栖于埘，日之夕矣，羊牛下来""鸡栖于桀，日之夕矣，羊牛下括。""埘"指鸡窝，墙壁上挖洞做成，冬用。"桀"指栖木，夏用，这两个字喻示的是冬夏之别。两字之变就可以知道这位妇人是如何经年累月地等待了。另外，日夕鸡栖、羊牛下来的乡村景色从侧面烘托了女子的内心感受，家畜尚且出入有时，而人外出却无归期。诗歌没有正面描写妻子思念丈夫的哀愁乃至愤怨，只是淡淡地描绘出一幅乡村晚景图：在夕阳余晖下，鸟儿相鸣着举翼归巢，牛羊从村落外的山坡上缓缓地走下来。这里的诗人着笔无痕，然而这画面却很感人，因为它们是有情绪的，透过画面，读者好像能看到那凝视着鸡儿、牛儿、羊儿，凝视着村落外蜿蜒延伸、通向远方的道路的落寞妇人，她在感动着读者。农作的日子是辛劳的，但每到黄昏来临之际，一切即归于平和、安详。牛羊家禽回到圈栏，炊烟袅袅升起，灯火温暖地跳动起来，农人和他的妻儿们聊着闲散的话题。黄昏，在大地上出现白天未有的温顺，农人以生命珍爱着的东西向他们身边归聚，这便是古老的农耕社会中最平常也是最富于生活情趣的时刻。可是在诗里，那位妇人的丈夫却犹在远方，她的生活的缺损在这一刻也就显得最为强烈了，满满的乡村烟火气似乎与她无关，所以她只能如此怅惘地期待着。这就从一个侧面反映了战争给民众带来的痛苦。

最后两句"君子于役，如之何勿思""君子于役，苟无饥渴！"直接抒情，极言思念之深，不能自已。从"如之何勿思"到"苟无饥渴"，细腻地传达了这位妇女的心理变化，由对丈夫的思念和期盼转变为对丈夫的牵挂和祝愿：不归来也就罢了，但愿他在外不要忍饥受渴吧。朴素的话语里，包含女子的善良和对丈夫深沉的爱。

《王风·君子于役》开创的日暮怀人的典型环境，对后世诗歌创作有很大影响。后人无数的诗词歌赋都采用其手法，如三国时代曹植的《赠白马王彪》："原野何萧条，白日忽西匿。归鸟赴乔林，翩翩厉羽翼"；以及晋朝潘岳的《寡妇赋》："时暖暖而向昏兮，日杳杳而西匿。雀群飞而赴楹兮，鸡登栖而敛翼"。唐代李白、白居易，宋代李清照等诗人都有同样风格的诗词作品。

辑评：

清代姚际恒《诗经通论》："日落怀人，真情实境。"

清代方玉润《诗经原始》："此诗言情写景可谓真实朴至，宣圣虽欲删之，亦有所不忍也。况夫妇远离，怀思不已，用情而得其正。"

清代许瑶光《再读〈诗经〉四十二首》："鸡栖于桀下牛羊，饥渴萦怀对夕阳。已启唐人闺怨句，最难消遣是昏黄。"

五、《魏风·陟岵》

陟彼岵兮，瞻望父兮。父曰：嗟，予子行役，夙夜无已。上慎旃哉，犹来无止！

陟彼屺兮，瞻望母兮。母曰：嗟，予季行役，夙夜无寐。上慎旃哉，犹来无弃！

陟彼冈兮，瞻望兄兮。兄曰：嗟，予弟行役，夙夜无偕。上慎旃哉，犹来无死！

《魏风·陟岵》是一首征人思亲之作，抒写行役之少子对父母和兄长的思念之情。《毛诗序》曰："《陟岵》，孝子行

役，思念父母也。国迫而数侵削，役乎大国，父母兄弟离散，而作是诗也。①"基本点明了诗旨。

全诗三章，每章六句，皆为赋体，采用重章叠句的写法。每章开首两句直接抒发思亲之情："陟彼岵兮，瞻望父兮"；"陟彼屺兮，瞻望母兮"；"陟彼冈兮，瞻望兄兮"。方玉润《诗经原始》云："人子行役，登高念亲，人情之常"②。远望当归，长歌当哭。诗之开篇，登高远望之旨便一意三复：登上山顶，远望父亲；登上山顶，远望母亲；登上山顶，远望兄长。直抒思父思母又思念兄长之情。开首两句，把远望当归之意、长歌当哭之情，抒发得痛切感人。

接下来每章的后四句从对面设想亲人念己之情状，这是《魏风·陟岵》的巧妙和独特之处。方玉润《诗经原始》云："若从正面直写己之所以念亲，纵千言万语岂能道得尽？诗妙从对面设想，思亲所以念己之心与临行勖己之言，则笔以曲而愈达，情愈婉而愈深，千载读之，犹足令羁旅人望白云而起思亲之念，况当日远离父母者乎？③"方的分析，点出了其中三昧。钱钟书先生称之为："分身以自省，推己以忖他；写

191

---

① （清）王先谦撰，吴格、田吉、崔燕南校点：《诗三家义集疏（一）》，湖湘文库编织出版委员会，岳麓书社2010年版，第426页。
②③ 转引自陈俊英、蒋见元：《诗经注析（下）》，中华书局1991年版，第296页。

心行则我思人乃想人必思我。^①"此时抒情主人公进入了这样的一个幻境：在他登高思亲之时，家乡的亲人此时此刻也正登高念己，并在他耳旁响起了亲人们体贴其艰辛、提醒其珍重、祝愿其平安的声声嘱咐和叮咛。"父曰：嗟，予子行役，夙夜无已。上慎旃哉，犹来无止！""母曰：嗟，予季行役，夙夜无寐。上慎旃哉，犹来无弃！""兄曰：嗟，予弟行役，夙夜无偕。上慎旃哉，犹来无死！"在这一声声亲人念己的设想语中，包含了多少嗟叹，多少叮咛，多少希冀，多少盼望，多少爱怜，多少慰藉。真所谓笔以曲而愈达，情以婉而愈深。千载读之，仍足以令羁旅之人望白云而起思亲之念。诗人从一个侧面反映了当时劳役生活的痛苦和劳动人民对统治者征役无度的极度憎恨。

此诗在艺术上主要有两个特色：一是幻境的创造，想象与回忆的融会。汉唐的郑笺孔疏把"父曰""母曰"和"兄曰"，解释为征人望乡之时追忆当年临别时亲人的叮咛。其实，从文本来看，诗人造境不只是追忆，而是想象和追忆的融合。钱钟书《管锥编》指出："然窃意面语当曰：'嗟女行役'；今乃曰：'嗟予子（季、弟）行役'，词气不类临歧分手

192

① 转引自陈俊英、蒋见元：《诗经注析（下）》，中华书局1991年版，第296页。

之嘱，而似远役者思亲，因想亲亦方思己之口吻尔。"这种别具匠心的体会，也符合思乡人的心理规律，因而为历代思乡诗不断承袭。如杜甫的《梦李白》："三夜频梦君，情亲见君意。告归常局促，苦道来不易。"白居易《望驿台》："两处春光同日尽，居人思客客思家。"韦庄《浣溪沙》："夜夜相思更漏残，伤心明月泪阑干，想君思我锦衾寒。"均脱胎于《陟岵》。

其二，亲人的念己之语，体现出鲜明的个性。《毛传》在各章后曾依次评曰："父尚义""母尚恩""兄尚亲"，从这里可见此诗人物语言的个性特点。父亲的"犹来无止"，嘱咐他不要永远滞留他乡，这语气纯从儿子出发而不失父亲的旷达；母亲的"犹来无弃"，叮咛这位小儿子不要抛弃亲娘，这更多地从母亲这边出发，表现出难以割舍的母子之情，和"娘怜少子"的深情；兄长的"犹来无死"，表现强烈了手足深情，表现了对青春生命的爱惜和珍视。在篇幅短小、语言简古的《诗经》中，写出人物的个性，极为不易，而能从对面设想的幻境中，写出人物的特点，更是难能可贵。

辑评：

明末贺贻孙《诗筏》："四句中有怜爱语，有叮咛语，有慰望语。低徊宛转，似只代父母作思子诗而已，绝不说思父母，较他人作思父思母语，更为凄凉。"

清代牛运震《诗志》："格调高，意思真，词气厚。"

六、《唐风·鸨羽》

肃肃鸨羽，集于苞栩。王事靡盬，不能蓺稷黍，父母何怙？悠悠苍天，曷其有所！

肃肃鸨翼，集于苞棘。王事靡盬，不能蓺黍稷，父母何食？悠悠苍天，曷其有极！

肃肃鸨行，集于苞桑，王事靡盬，不能蓺稻粱，父母何尝？悠悠苍天，曷其有常！

《唐风·鸨羽》是一首反徭役剥削和压迫的诗作，写农民长期服役，不能耕种以养活父母的痛苦生活。关于诗之主旨，古今各家认识比较一致。《毛诗序》云："《鸨羽》，刺时也。昭公之后，大乱五世，君子下从征役，不得养其父母，而作是诗也。"朱熹《诗集传》云："民从征役而不得养其父母，故作是诗。"方玉润《诗经原始》云："《鸨羽》，刺征役苦民也""始则痛居处无定，继则念征役之何极，终则念旧乐之难复。民情至此，咨怨极矣。[1]"

---

① 转引自陈俊英、蒋见元：《诗经注析（下）》，中华书局1991年版，第322～323页。

　　全诗三章，每章七句，采用《诗经》惯用的重章叠句手法，三章语言大同小异。为了便于押韵，三章只变换了几个词语，反复吟咏歌唱，控诉繁重的徭役给人民带来的痛苦。

　　每章的首二句用"肃肃鸨羽，集于苞栩"起兴。《郑笺》："兴者，喻君子当居安平之处，今下从征役，其为危苦如鸨之树止然。①""鸨，鸟名，似雁而大，无后趾。"因为鸨鸟是属于雁类的飞禽，其爪间有蹼而无后趾，生性只能浮水，奔走于沼泽草地，不能抓握枝条在树上栖息。而今鸨鸟居然飞集在树上，比喻成群的农民长期在外服役而不能安居务农奉养父母的反常生活。

　　三四五句交代了鸨鸟栖树的原因和结果。"王事靡盬，不能蓺稷黍，父母何怙？"王室的差事没完没了，回家的日子遥遥无期，大量的田地荒芜失种。老弱妇孺饿死沟壑，这正是春秋战国时期各国纷争、战乱频仍的现实反映。

　　末两句"悠悠苍天，曷其有所！"诗人以极其怨愤的口吻向苍天呼告，对统治者提出强烈的抗议与控诉。清末陈继揆《读诗臆补》评曰："一呼父母，再呼苍天，愈质愈悲。读之令人酸痛摧肝。"

---

　　① （清）王先谦撰，吴格、田吉、崔燕南校点：《诗三家义集疏（一）》，湖湘文库编织出版委员会，岳麓书社2010年版，第450页。

《诗经》及其婚恋习俗研究

辑评:

宋代朱熹《诗集传》:"比也。言:鸨之性不树止,而今天乃飞集于苞栩之上,如民之性本不便于劳苦,今乃以从征役,而不得耕田以供子职也。悠悠苍天,何时使我得其所乎?"

明代戴君恩《读风臆评》:"亦平平敷叙耳,中间缩'父母何怙'一句,咏'悠悠苍天'二句,而音响节奏俱妙矣。故知诗文全在吞吐伸缩中得趣。"

清代牛运震《诗志》:"音节妙,顿挫悲壮。"

七、《秦风·无衣》

岂曰无衣?与子同袍。王于兴师,修我戈矛。与子同仇!
岂曰无衣?与子同泽。王于兴师,修我矛戟。与子偕作!
岂曰无衣?与子同裳。王于兴师,修我甲兵。与子偕行!

《秦风·无衣》是一首充满爱国主义情感的军中战歌。由于作品年代久远,文字叙述简略,故而后代对于它的创作背景、写作旨意说法不一。归纳起来,主要有三种意见:第一,认为《秦风·无衣》是讽刺秦君穷兵黩武、崇尚军力的作品,如《毛诗序》说:"《无衣》,刺用兵也,秦人刺其君好攻战,亟用兵而不与民同欲焉。"第二,认为《秦风·无衣》乃是秦哀公应楚臣申包胥之请,出兵救楚抗吴而作,是哀公征召秦民从军，士卒相约之歌。据《左传》记载，鲁定公四年（公元前506年），吴国军队攻陷楚国的首府郢都，楚臣申包胥到秦国求援，"立依于庭墙而哭，日夜不绝声，勺饮不入口，七日，秦哀公为之赋《无衣》，九顿首而坐，秦师乃出。"于是一举击退了吴兵。第三，认为《秦风·无衣》是秦人攻逐犬戎时，兵士间团结友爱、同仇敌忾、偕作并行、准备抵御外侮的歌声。据今人考证，秦襄公七年（周幽王十一年，公元前771年），周王室内讧，导致戎族入侵，攻进镐京，周王朝土地大部沦陷，秦国靠近王畿，与周王室休戚相关，遂奋起反抗。此诗似在这一背景下产生。

诗共三章，采用了《诗经》典型的重章叠句形式，使诗意在回环往复中不断递进，不断发展。

每章的首二句都采用设问的句式，豪迈的语气，表现出奋起从军、慷慨自助的精神。"岂曰无衣?"是说军情紧急，征衣一时难以齐备。但是，这点儿困难算得了什么，我们可以"与子同袍""与子同泽""与子同裳"，无论是战袍、内衣还是战裙我们都可以共享。生动地表现出大敌当前，战士们克服困难、团结互助的精神。

第三句"王于兴师"领起的数句，将一二句的慷慨之气尊崇为天经地义。四句"修我戈矛""修我矛戟""修我甲兵"的描述，正反映出将士们那种摩拳擦掌、积极奋战的高

昂的战斗热情。

而每章的末句"与子同仇""与子偕作""与子偕行"等语，则由共同对敌的仇恨，写到共同奋起、同赴战场，表现出一种团结一心、同仇敌忾、誓死保卫疆土的义愤。

《诗经》"国风"中，反战的诗篇很多，但那是反对统治阶级穷兵黩武、给人民带来深重苦难的不义之战。至于对抵御外侮、保卫家园的正义战争，人民群众还是竭诚拥护并踊跃参加的。每当国难当头之时，人民群众总是表现出一种高度的爱国热忱和英勇献身精神，这正是一个民族生生不息的根本。《秦风·无衣》正是表现了这种誓死抵御外侮、英勇卫国的精神。《诗经》中的这类诗篇，不仅真实地反映出人民群众在保家卫国的斗争中所表现出的精神风貌，而且也标志着崇高的爱国主义思想，一开始就进入了我国进步文学创作领域。这类诗歌，必将以它特有的光辉、巨大的魅力，照耀诗坛，教育和鼓舞后人。

辑评：

宋代朱熹《诗集传》："赋也。秦俗强悍，乐于战斗。故其人平居而相谓曰：岂以子之无衣，而与子同袍乎？盖以王于兴师，则将修我戈矛，而与子同仇也。其欢爱之心足以相死如此。苏氏曰：秦本周地，故其民犹思周之盛时，

而称先王焉。或曰：兴也。取'与子同'三字为义。后章放此。"

清末吴闿生《诗义会通》："英壮迈往，非唐人出塞诸诗所及。"

清末陈继揆《读风臆补》："开口便有吞吐六国之气，其笔锋凌厉，亦正如岳将军直捣黄龙。"

八、《豳风·东山》

我徂东山，慆慆不归。我来自东，零雨其濛。我东曰归，我心西悲。制彼裳衣，勿士行枚。蜎蜎者蠋，烝在桑野。敦彼独宿，亦在车下。

我徂东山，慆慆不归。我来自东，零雨其濛。果臝之实，亦施於宇。伊威在室，蟏蛸在户。町畽鹿场，熠燿宵行。不可畏也，伊可怀也。

我徂东山，慆慆不归。我来自东，零雨其濛。鹳鸣於垤，妇叹於室。洒扫穹窒，我征聿至。有敦瓜苦，烝在栗薪；自我不见，於今三年。

我徂东山，慆慆不归。我来自东，零雨其濛。仓庚於飞，熠燿其羽。之子於归，皇驳其马。亲结其缡，九十其仪。其新孔嘉，其旧如之何？

199

　　《豳风·东山》以周公东征为历史背景，以一位普通戍卒的口吻，叙述东征结束，归家途中复杂真实的内心感受，以此表达对战争的厌恶和对和平的向往之情。关于此诗的创作背景，历代学者的观点不一：《毛诗序》说："《东山》，周公东征也。周公东征三年而归，劳归士。大夫美之，故作是诗也。"朱熹《诗集传》以为"此周公劳归士词，非大夫美之而作"。从诗作文本来看，应该是一首征人解甲还乡途中抒发思乡之情的诗，诗的背景或与周公东征相关，但不一定是周公所作，很可能是还乡士卒所作。

　　全诗四章，每章的首四句采用重章叠句的写法，将叙事、写景、抒情交融一体，回环往复地吟诵，一方面推进了情节与情感的发展，另一方面加重了哀伤的气氛。"我徂东山，慆慆不归。我来自东，零雨其濛。"四句犹如电影的长镜头，将细雨蒙蒙中一位长期离家的征人历尽艰辛踽踽独行于归途的情状呈现在读者面前。

　　首章主要写行军作战的艰苦生活。诗人首先抓住着装的改变这一细节，写战士复员，解甲归田之喜，反映了人民对战争的厌倦，对和平生活的渴望。其次诗人通过"蜎蜎者蠋，烝在桑野。敦彼独宿，亦在车下"四句触物起兴，描写了风餐露宿，晓战夜住的行军作战生活的艰辛。

　　第二章写途中想象家园荒芜、民生凋敝，倍增思乡之情。诗中所写的家园杂草丛生、野兽昆虫出没、磷火闪烁的景象，与汉乐府民歌《十五从军征》及曹操《蒿里行》所写类似，从这里可见战争持续时间之长，战争对人民生产和生活的破坏。想到这些，诗人的心境变得更加复杂。一方面是"近乡情更'切'"，另一方面却是"近乡情更怯"。所以诗人说出了"不可畏也，伊可怀也"自相矛盾的话。

　　第三章通过写遥想家中妻子对丈夫的思念，更加突出了丈夫思归之情的急切。通过"鹳鸣於垤，妇叹於室"起兴，引出"有敦瓜苦，烝在栗薪"即苦菜的薪柴上久久地结着苦瓜，以此象征戍卒的妻子三年来苦苦支撑着家庭，又苦苦地盼夫归来。

　　末章回忆当年举行婚礼的情景，以此衬托即将重逢的喜悦，从另一个侧面表达戍卒思归之急切。诗以"仓庚於飞，熠燿其羽"起兴，在一派莺歌燕舞，欢快热烈的气氛中，迎娶自己心仪的新娘。"亲结其缡，九十其仪"是古代的风俗，母亲亲自给出嫁的女儿结帨，叮咛女儿到夫家要遵循做媳妇的规矩。崔述《读风偶识》："此当写夫妇重逢之乐矣，然此乐最难写，故借新婚以形容之……凡其极力写新婚之美者，皆非写新婚言之也，正以极力形容旧人重逢之可乐

耳。新者犹且如此，况于其旧者乎！①"结尾"其新孔嘉，其旧如之何？"一句点破，极写当日新婚之乐是为了表达旧人久别重逢之喜。使前三章之意至此尽出，这是诗歌结构布局的巧妙之处。

此诗的艺术特色，首先是章首"我徂东山，慆慆不归。我来自东，零雨其濛。"的重章叠句的反复咏叹，这种咏叹除了营造感伤的气氛，还为诗人感情的起伏、思绪的游荡设置了特殊的氛围。这咏叹就像一根红线，将诗中所有追忆和想象的片段串联起来，形成浑融完美的艺术整体。其次，丰富的想象和联想也是此诗的一大特色。诗中有再现、追忆式的想象，如"仓庚於飞，熠燿其羽。之子於归，皇驳其马。亲结其缡，九十其仪"，再现追忆的是当年举行结婚典礼的美好情景；也有幻想、推理式的想象，如"果臝之实，亦施於宇。伊威在室，蟏蛸在户。町畽鹿场，熠燿宵行。"是对家园残破的推理想象，于"道途之远、岁月之久、风雨之凌犯、饥渴之困顿、裳衣之久而垢敝、室庐之久而荒废、室家之久而怨思"（朱善），皆有情貌无遗的描写。再次是比兴手法的运用使戍卒的思归之情更加哀婉动人。

① 转引自陈俊英、蒋见元：《诗经注析（下）》，中华书局1991年版，第425页。

辑评：

清代牛运震《诗志》："此诗曲体人和比兴手法的运用，情，无隐不透，直从三军肺腑，扪搋一过，而温挚婉恻，感激动人。"

清代方玉润《诗经原始》："诗中所述，皆归士与其家室互相思念，及归而得遂其生还之词，无所谓美也。盖公与士卒同甘共苦者有年，故一旦归来，作此诗以慰劳之。因代述其归思之切如此，不啻出自征人肺腑也，使劳者闻之，莫不泣下，则平日之能得士心而致其死力者，盖可想见。"

清末吴闿生《诗义会通》："果嬴六句，写凄凉景况，《芜城赋》之祖。"

九、《小雅·采薇》

采薇采薇，薇亦作止。曰归曰归，岁亦莫止。靡室靡家，猃狁之故。不遑启居，猃狁之故。

采薇采薇，薇亦柔止。曰归曰归，心亦忧止。忧心烈烈，载饥载渴。我戍未定，靡使归聘。

采薇采薇，薇亦刚止。曰归曰归，岁亦阳止。王事靡盬，不遑启处。忧心孔疚，我行不来。

彼尔维何？维常之华。彼路斯何？君子之车。戎车既驾，四牡业业。岂敢定居？一月三捷。

驾彼四牡，四牡骙骙。君子所依，小人所腓。四牡翼翼，象弭鱼服。岂不日戒？猃狁孔棘。

昔我往矣，杨柳依依。今我来思，雨雪霏霏。行道迟迟，载渴载饥。我心伤悲，莫知我哀。

《小雅·采薇》是一位久戍归来的士兵在归途中所作的诗。毛序认为是文王遣戍役之诗。《毛诗序》："《采薇》，遣戍役也。文王之时，西有昆夷之患，北有猃狁之难。以天子之命，命将率，遣戍役，以守卫中国。故歌《采薇》以遣之。"清代崔述、姚际恒、方玉润都反对此说，认为从诗的语言风格和内容来看不似周初的作品。三家诗认为是周懿王时诗，《史记·周本纪》："懿王之时，王室遂衰，诗人作刺。"《汉书·匈奴传》："周懿王时王室遂衰，戎狄交侵，暴虐中国，中国被其苦。诗人始作，疾而歌之曰：'靡室靡家，猃狁之故。''岂不日戒，猃狁孔棘。'"崔述认为，说是周懿王时事，"经传皆无明文"①。王国维认为"《采薇》《出车》实同叙一事""《出车》亦宣王时事""从现代出土青铜器铭文看，凡记猃狁事者，皆宣王时器"②。方玉润《诗经原始》认为：

---

① 转引自陈俊英、蒋见元：《诗经注析（下）》，中华书局1991年版，第463页。

② 袁行霈：《中国文学作品选注》，中华书局出版社2007年版。

"至作诗世代，或以为文王时，或以为宣王时，更或谓季历时，都不可考。大抵遣戍时世难以臆断，诗中情景不啻目前，又何必强不知以为知耶？[①]"《小雅·采薇》就是三千年前一位久戍之卒在归途中的追忆唱叹之作。

全诗六章，可分三个部分。第一部分为前三章，追忆思归之情，叙述难归之因。第一部分章首四句采用重章叠句的形式，通过薇菜自然生长的三个阶段"薇亦作止""薇亦柔止""薇亦刚止"，循序渐进，形象地刻画了薇菜从破土发芽，到幼苗肥嫩，再到茎叶老硬的生长过程，它同下文"岁亦莫止"和"岁亦阳止"一起，喻示了时间的流逝和戍役的漫长，而随着时间的推移，思归之情越发让人难以承受。首句以采薇起兴，兴中兼赋。因薇菜可食，戍卒正采薇充饥。所以这随手拈来的起兴之句，反映了戍边士卒的生活艰辛。岁初而暮，物换星移，"曰归曰归"，却久戍不归，这对时时有生命之虞的戍卒来说，不能不"忧心烈烈"。后四句交代了戍役难归的原因：远离家园，是因为玁狁之患；戍地不定，是因为战事频繁；无暇休整，是因为王差无穷。其根本原因，则是"玁狁之故"。国家有难，匹夫有责，这样，一方面是怀

---

① 转引自陈俊英、蒋见元：《诗经注析（下）》，中华书局 1991 年版，第 463 页。

乡情结，另一方面是战斗意识。前三章同时交织着恋家思亲的个人情和为国赴难的责任感，这是两种互相矛盾却又真实的思想感情。构成了全诗的情感基调，只是思归的个人情和战斗的责任感，在不同的章节有不同的表现。

第二部分为四、五两章，追述行军作战的紧张生活，写出了装备之强、军容之壮、戒备之严，全篇气势为之一振。其情调，也由忧伤的思归之情转而为激昂的战斗之情。第四章以棠棣之花兴起"君子之车"，棠棣之花大而艳丽，这里的起兴兼有比的意思，形容君子之车的宏伟和壮观，也表现出军人特有的自豪之情，接着描写紧张激烈的战斗生活："戎车既驾，四牡业业。岂敢定居，一月三捷。""驾彼四牡，四牡骙骙。君子所依，小人所腓。"最后，由战斗场面又写到将士的装备："四牡翼翼，象弭鱼服。"战马强壮训练有素，武器精良而战无不胜。"岂不日戒，玁狁孔棘"，写将士们天天严阵以待，只因为玁狁扰边紧急，结尾反映了当时边关的形势，又再次说明了久戍难归的原因。这两章也体现了中国古典文学中描写战争的特点。战争是残酷的，孟子曰："争城以战，杀人盈城。争地以战，杀人盈野。"但《诗经》战争诗中，更多强调道德感化和军事力量的震慑，不具体描写战场的厮杀、格斗，这是我国古代崇德尚义、注重文德教化、使敌人不战而服的政治理想的体现。表现出与世界其他民族战争诗的不同风格——希腊史诗《伊利亚特》、印度史诗《玛哈帕腊达》等，其中对战争场面都有浓墨重彩的描写。

末章为最后一部分，戍卒从追忆中回到现实，随之陷入更深的悲伤之中。"昔我往矣，杨柳依依。今我来思，雨雪霏霏。"这是写景记时，更是抒情伤怀。这种久戍生归的悲伤，汉乐府民歌《十五从军征》可以作它最好的注解。十五岁从军，八十岁返乡，青春不在，家园荒芜，亲人已变成累累坟冢，所有的美好都不复存在。抚今追昔，却是"物是人非事事休，欲语泪先流"。以"昔我往矣"和"今我来思"之时间与空间的比较，写出了忧时之感。时光最珍贵，家园最美好，但家园不得居，好时光都耗费在了边地，这全是"玁狁之故"，敌国扰乱了祖国的安宁，自然要奋起守卫，这是一种牺牲。但战争毕竟是残酷的，时不我予，在残酷的战争中度过极宝贵的时光，这是令人不甘心的，所以此戍士有极深的对家园的思念。而这对家园的思念，可以解读出对和平的向往。这种向往，集中在末章写出，那种昔我今来的不同；那种"行道迟迟，载渴载饥"的企盼；那种一别经年，"靡使归聘"，生死存亡，两不可知而产生的"近乡情更怯，不敢问来人"的忧惧心理；那种"我心伤悲，莫知我哀"的对和平、对家园的那一份深沉的关怀，真是善于写物态、慰人情的，是《诗》三百中极佳的句子。

综观全诗，"《小雅·采薇》主导情致的典型意义，不是抒发遣戍役劝将士的战斗之情，而是以王朝与'蛮族'的战争冲突退隐为背景，将从属于国家军事行动的个人从战场上分离出来，通过归途的追述集中表现戍卒们久戍难归、忧心如焚的内心世界，从而表现周人对战争的厌恶和反感。因此此诗堪称千古厌战诗之祖。①"

辑评：

刘义庆《世说新语》："谢公问诸子弟：'《毛诗》何句最佳？'玄：'昔我往矣，杨柳依依。今我来思，雨雪霏霏。圣经若论佳句，譬诸九天而较其高也。'"

十、《小雅·出车》

我出我车，于彼牧矣。自天子所，谓我来矣。召彼仆夫，谓之载矣。王事多难，维其棘矣。

我出我车，于彼郊矣。设此旐矣，建彼旄矣。彼旟旐斯，胡不旆旆。忧心悄悄，仆夫况瘁。

王命南仲，往城于方。出车彭彭，旂旐央央。天子命我，城彼朔方。赫赫南仲，玁狁于襄。

---

① 姜亮夫等：《先秦诗鉴赏辞典》，上海辞书出版社1998年版，第331～335页。

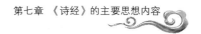

　　昔我往矣，黍稷方华。今我来思，雨雪载途。王事多难，不遑启居。岂不怀归，畏此简书。

　　喓喓草虫，趯趯阜螽。未见君子，忧心忡忡。既见君子，我心则降。赫赫南仲，薄伐西戎。

　　春日迟迟，卉木萋萋。仓庚喈喈，采蘩祁祁。执讯获丑，薄言还归。赫赫南仲，玁狁于夷。

　　《小雅·出车》是以一位武士的口吻，写他跟随统帅南仲出征及凯旋的诗。关于诗的创作背景，三家诗集疏认为是宣王时诗，"鲁说曰：周宣王命南仲吉甫攘玁狁，威蛮荆。又曰：玁狁攘而吉甫宴。齐说曰：懿王曾孙宣王，兴师命将以征伐之，诗人美大其功，曰：'薄伐玁狁，至于太原'，'出车彭彭，城彼朔方'。是时四夷宾服，称为中兴。①"《汉书·古今人表》又将南仲列于宣王世。王国维通过出土的钟鼎文考证，亦认为是宣王时诗，其在《观堂集林·鬼方昆夷玁狁考》云："《出车》咏南仲伐玁狁之事"②。当时西周王朝面临的敌人，北有玁狁，西有昆夷，为了王朝的安定，周王朝曾多次派兵征讨。以南仲为统帅的这次征讨，取得了辉煌

　　① （清）王先谦撰，吴格、田吉、崔燕南校点：《诗三家义集疏（一）》，湖湘文库编织出版委员会，岳麓书社2010年版，第609页。
　　② 转引自陈俊英、蒋见元：《诗经注析（下）》，中华书局1991年版，第469页。

的战果。此诗可谓是这场战争的实录。

此诗通过对周宣王初年讨伐玁狁胜利的歌咏，满腔热情地颂扬了统帅南仲的赫赫战功，表现了中兴君臣对建功立业的自信心。全诗六章，每章八句，描绘了受命点兵、建旗树帜、伐玁狁、征西戎、途中怀乡、凯旋献俘六个不同时空的典型画面，借助情感的抒发糅合贯通，描绘了一幅真实广阔的古时征战图，虽然没有战争场面的直接描写，但收到了虚实相生、以虚胜实的效果。

诗的前三章描写了出征前的准备情况及北伐玁狁的结果。三章均采用了画面描绘与心理暗示相叠加的手法来突出战事的紧急与将士出征前内心的紧张和焦虑。首章写"我出我车，于彼牧矣；自天子所，谓我来矣"，以"出车""到牧""传令""集合"四个在时空上逼近，时间上极具连贯性的动作，烘托出一个战前紧急动员的氛围。末二句"王事多难，维其棘矣。"交代了紧急动员的原因，同时"多难"和"棘"二词也暗示出主帅和士卒们心理上的凝重和压抑。

次章以牧野苍穹下陈列的"旟""旐""旂""旟"之"旆旆"，写行军出征的浩大声势。末二句"忧心悄悄，仆夫况瘁"，写出了在开赴前线的急行军中将帅的忧虑和士兵们紧张恐惧的心理。

第三章以"出车彭彭、旂旐央央"再叙军容之盛。在正确部署战斗的同时，末二句用"赫赫南仲，玁狁于襄"，写威名赫赫的南仲平定了玁狁之祸。第三章虽歌颂赫赫武功的南仲带领士卒，取得了战争的胜利，但并没有正面描写战场的激烈厮杀、格斗，这是周人崇德尚义、注重文德教化、使敌人不战而服的政治理想的体现。

前三章既描写了恢宏廓大的郊牧誓师、野外行军之壮观及出征的结果，同时又描写了细致入微的人物心理活动，做到了整体与细节、客观与主观的巧妙组合。

诗的后三章，略过北伐玁狁的具体过程，写途中怀乡、转征西戎、凯旋献俘的情景。

第四章"昔我往矣，黍稷方华。今我来思，雨雪载途"，交代了戍役时间之久。"黍稷方华"句，形容黍稷作物花开正盛，则时间应为盛夏。归怀之时"雨雪载涂"，则时间应为冬春之时，雨雪消逝于泥土之中，由此可见征役时间之久，士卒产生思归之情是自然而然的事情。但因为"王事多难，不遑启居"，所以只能压抑内心思亲念家的个人情。对于玁狁之患，匹夫有戍役之责。这样，一方面是怀乡情结，另一方面是战斗意识。诗歌同时交织着恋家思亲的个人情和为国赴难的责任感，这是两种互相矛盾又同样真实的思想感情。所以才有了末章末句"岂不怀归，畏此简书"。其实，这也构成了全诗的情感基调，只是思归的个人情和战斗的责任感，在不

211

同的章节有不同的表现。

诗歌的第五章以"喓喓草虫，趯趯阜螽"起兴，将笔触转入对戍卒室家的描写。看见平安归还的将士，之前对他们的牵挂，担忧，犹如一直悬挂在心头的石头终于落地了。郑玄《毛诗笺》："草虫鸣，阜螽跃而从之，天性也。喻近西戎之诸侯，闻南仲既征险犹，将伐西戎之命，则跳跃而乡望之，如阜螽之闻草虫鸣焉。草虫鸣，晚秋之时也。此以其时所见而兴之。①"

末章"春日迟迟，卉木萋萋。仓庚喈喈，采蘩祁祁。执讯获丑，薄言还归。赫赫南仲，险犹于夷"，一扫前三章出征时的紧张、焦虑、低沉和忧心忡忡，第四章长久戍役，不得不将思念家人的个人情从属于保家卫国的责任感的压抑之情，比第五章得胜归还的雀跃之情更多了一层国家的荣耀感，国家拥有南仲这样的大将是何其幸事的荣耀感。

《小雅·出车》在材料的选择上体现了中国古典文学作品描写战争的共同特点，不具体描写战场的激烈厮杀，即诗人紧紧抓住了战前准备和凯旋这两个关键性的典型场景，高度概括，把一场历时较长、空间地点转换较为频繁的战争浓缩在一首短短的诗里。

① （汉）毛亨传、郑玄笺，（西汉）郑玄：《毛诗笺》，（清）阮元较刻：《十三经注疏》，中华书局1980年版，第416页。

诗人把精拣出的点兵建旗、伐玁狁、征西戎、凯旋献俘等主要情节巧妙组合，一统纷杂头绪，构筑成篇，并选取不同角度叙述，以主带次，避实就虚。既有条不紊地展现事件发展全过程，又避免了罗列事件之弊。这种结构使诗章布局严整，凸显主题的同时使诗歌曲折动人。

辑评：

汉代申培《诗说》："宣王之世，既驱猃狁，劳其还师之诗，前四章皆兴也，下二章皆赋也。"

南朝宋代刘义庆《世说新语·文学》："谢公因子弟集聚，问：'《毛诗》何句最佳？'遏称曰：'昔我往矣，杨柳依依；今我来思，雨雪霏霏。'公曰：'訏谟定命，远猷辰告。'谓此句偏有雅人深致。"

明末清初王夫之《姜斋诗话》卷一："'昔我往矣，杨柳依依；今我来思，雨雪霏霏。'以乐景写哀，以哀景写乐，一倍增其哀乐。"

清代方玉润《诗经原始》："此诗之佳，全在末章，真情实景，感时伤事，别有深意，不可言喻，故曰'莫知我哀'。不然凯旋生还，乐矣，何哀之有耶？"

第五节　怨　刺　诗

怨刺诗是《诗经》中最富有批判性和战斗性、也是现实主义精神体现得最集中的作品。它取材于现实生活，抒情言志都是基于对社会生活的认知与感悟。它关注民生疾苦，反映统治阶级的腐朽、贪婪及对人民的残酷剥削，触及周代社会矛盾的最深层，在一定程度上揭示了当时政治生活的本质。但对怨刺诗概念的界定和认知长期以来说法不一。

《诗经》的篇目中没有出现"怨刺"一词，但"怨""刺"二字单独却出现多次，"怨"在《诗经》中共出现了九次[①]：

及尔偕老，老使我怨。（《卫风·氓》）

不惩其心，覆怨其正。（《小雅·节南山》）

亦云可使，怨及朋友。（《小雅·雨无正》）

忘我大德，思我小怨。（《小雅·谷风》）

尔肴既将，莫怨具庆。（《小雅·楚茨》）

民之无良，相怨一方。（《小雅·角弓》）

惠于宗公，神罔时怨，神罔时恫。（《大雅·思齐》）

无怨无恶，率由群匹。（《大雅·假乐》）

女炰烋于中国。敛怨以为德。（《大雅·荡》）

这些诗中的"怨"字，《毛传》皆无释，郑玄多释为

---

① 何春雷：《〈诗经〉政治怨刺诗研究》，首都师范大学 2005 年硕士论文，第 2~3 页。

"怨憎"或"怨恚"。许慎《说文》释"怨"为"恚也"①，与郑玄所释一致。

"刺"字《诗经》中共两例：

维是褊心，是以为刺。（《魏风·葛屦》）

天何以刺？何神不富？（《小雅·瞻卬》）

前一句《毛传》《郑笺》均无释。后一句《毛传》释曰："刺，责"；《郑笺》释为："王之为政既无过恶，天何以责?②"都释"刺"为"责"。《说文》中释"刺"字有两个意思："君杀大夫曰刺；刺，直伤也。"段玉裁认为："'直伤也'当为正义，'君杀大夫曰刺'，当为别一义。③"

以"怨"论诗，始于孔子。孔子曰："诗可以兴，可以观，可以群，可以怨。"（《论语·阳货》）《论语注疏》引孔安国语，释"怨"为"刺上政"④。由此可见，诗可以"怨"，亦即谓诗可以"刺"，"怨"与"刺"字异而义同。

以"刺"论诗，始于司马迁。《史记·周本纪》："懿王之时，王室遂衰，诗人作刺。"司马迁道出了这一类诗歌产生

---

① （清）段玉裁：《说文解字注》，上海古籍出版社1981年版，第511页。

② （汉）毛亨传、（汉）郑玄笺、（唐）孔颖达疏：《毛诗正义》，见于《十三经注疏》，中华书局1979年影印世界书局阮元校刻本，第578页。

③ （清）段玉裁：《说文解字注》，上海古籍出版社1981年版，第182页。

④ （魏）何晏注、（宋）邢昺《论语注疏》，见于《十三经注疏》，中华书局1979年影印世界书局阮元校刻本，第2525页。

的社会原因。

明确把"怨刺"二字连用，专门指《诗经》中的某一类诗始于东汉班固，其《汉书·礼乐志》载："周道始缺，怨刺之诗起。王泽既竭，而诗不能作，王官失业，雅颂相错见。"明确提出了"怨刺之诗"是《诗经》中的一类诗，并说明了"怨刺之诗"的产生原因是"周道始缺""王泽既竭"。

其后，郑玄《诗谱序》中亦云："自是而下厉也、幽也，政教尤衰，周室大坏，《十月之交》《民劳》《板》《荡》勃尔俱作，众国纷然，刺怨相寻。"

在这里，郑玄指出了怨刺诗的产生时代是厉王、幽王时，产生原因是"政教尤衰，周室大坏"，并列举了几首怨刺诗。

孔颖达正义曰："大率变风之作，多在夷厉之后，故云众国纷然，刺怨相寻。《击鼓》序云'怨州吁'，怨亦刺之类，故连言之。[①]"在《击鼓》一诗孔颖达又云："怨与刺皆自下怨上之辞，怨者情所患恨，刺者责其愆咎，大同小异耳。怨谓刺上政。[②]"孔颖达也认为"怨"与"刺"义同，故连用。可见，以上各家都认为"怨"与"刺"意义相近而合用，

---

① （汉）毛亨传、（汉）郑玄笺、（唐）孔颖达疏：《毛诗正义》，见于《十三经注疏》，第263页。

② （汉）毛亨传、（汉）郑玄笺、（唐）孔颖达疏：《毛诗正义》，见于《十三经注疏》，第299页。

"怨刺"即"刺怨"。

近现代以来，对于《诗经》"怨刺诗"称谓不一，篇目的界定也不尽相同。

1918 年，谢无量著《中国文学史》称这一类诗为"讽刺之诗"或"诽议之作"①。

冯沉君、陆侃如 20 世纪 30 年代著《中国诗史》称之为"讽刺诗"②。

刘大杰 1941 年出版的《中国文学发展史》，从主题学的角度把"诗三百"分为宗教诗、史诗、宴猎诗、社会诗、民间抒情诗五大类，怨刺诗包含在他所说的社会诗之中，但其内涵较广，还包括我们今天所说的农事诗、战争徭役诗。

张西堂 1957 年出版的《诗经六论》中曾说："在二《雅》中，士大夫阶层所作的政治讽刺诗大约有二三十首……关于政治上的诗，一般认为在二《雅》中比《风》诗中多，其实在《风》诗中涉及的也并不少，不惟不少，而且是更有强烈的人民性。③"

1962 年社科院文学所编《中国文学史》，把《诗经》按时代先后划分为"'西周前期'的诗"，'西周后期的'和

217

---

① 谢无量：《中国文学史》，中州古籍出版社 1992 年影印本，第 19 页。
② 冯沉君、陆侃如：《中国诗史》，山东大学出版社 2009 年版，第 42 页。
③ 张西堂：《诗经六论》，商务印书馆 1957 年版，第 35 页。

'东周的'。在介绍西周后期的诗时，把《桑柔》《抑》《十月之交》《正月》《鸿雁》《大东》《邵之华》《隰有长楚》等"不出厉幽两代"的诗称为"怨刺之作"①。

最早明确从主题学角度对《诗经》分类，并且把"怨刺诗"单独分为一类来研究的是赵霖林。他在《诗经研究反思》一书中把《诗经》按内容不同分为"祭祀诗、宴饮诗、史诗、农事诗、战争诗、怨刺诗和情诗七类。并说从数量上看，怨刺诗是三百篇的大宗。②"此后，从主题学角度对《诗经》分类，大多把怨刺诗单独分为《诗经》中的一类诗。

如袁行霈主编的《中国文学史》，把《诗经》分为"祭祀诗、周史诗、农事诗、燕飨诗、怨刺诗、战争徭役诗、婚姻爱情诗七个类"。

洪湛侯著《诗经学史》分为"祭祀诗、颂祷诗、史诗、宴饮诗、田猎诗、战争诗、征役诗、农事诗、怨刺诗、情诗婚姻诗十类"。

也有学者把它与政治颂美诗合划分为一类称为"政治美刺诗"，如赵明主编《中国大文学史》、鲁洪生编著的《诗经学概论》等。

———————

① 社科院文学所：《中国文学史》，人民文学出版社1962年版，第31页。
② 赵沛霖：《诗经研究反思》，天津教育出版社1989年版，第121页。

在这些诗的分类中，祭祀诗、周史诗、农事诗、燕飨诗、征役诗等都是以主题内容为标准分类，唯独怨刺诗不是依其主题来命名的，因为怨刺只是一种情感基调，在征役诗、婚恋诗中等也有怨刺情绪，如《唐风·鸨羽》属于征役诗，但因为"王事靡盬"而致田园荒芜，父母无以养，怨恨之极而向苍天呼告，明显具有怨刺精神，但并非今天我们所言严格意义上的政治怨刺诗。我们所谓的怨刺诗是指反映周王朝的政治黑暗动荡，是对时政、君侯进行讽喻和批判，针砭时弊的作品。因此，从主题学的角度来看，应该把这一类诗称作"政治诗"，或更具体的说是政治怨刺诗。

现在，人们对《诗经》政治怨刺诗的内涵有比较统一的意见，一般把《诗经》中，内容直接指向现实政治，对时政、君侯进行讽喻并寓有强烈的怨愤和不平的诗叫政治怨刺诗。从这一界定出发，参考程俊英、蒋现元的《诗经注析》，统计得出《诗经》中的政治怨刺诗共计三十一首。

《国风》十四首：《召南·羔羊》《邶风·新台》《鄘风·墙有茨》《鄘风·君子偕老》《鄘风·鹑之奔奔》《鄘风·相鼠》《齐风·南山》《齐风·敝笱》《魏风·葛屦》《魏风·伐檀》《魏风·硕鼠》《秦风·黄鸟》《陈风·墓门》《陈风·株林》。

《小雅》十首：《沔水》《节南山》《正月》《十月之交》

《北山》《雨无正》《小旻》《巧言》《青蝇》《角弓》。

《大雅》七首:《民劳》《板》《荡》《抑》《桑柔》《瞻卬》《召旻》七篇。

我们从中选取《国风》四首、《小雅》二首、《大雅》二首,计十首诗歌进行赏析,从中体会怨刺诗的主要思想内容和特点。

一、《邶风·新台》

新台有泚,河水弥弥。燕婉之求,蘧篨不鲜。

新台有洒,河水浼浼。燕婉之求,蘧篨不殄。

鱼网之设,鸿则离之。燕婉之求,得此戚施①。

《邶风·新台》,旧说以为卫人所作,目的在于讽刺卫宣公违背天伦,在黄河边上筑造新台,截娶儿媳。《左传·桓公十六年》:"卫宣公蒸于夷姜,生急子,为之取(娶)于齐而美,公取之。②"司马迁《史记·卫康叔世家》载:"初,宣公爱夫人夷姜,夷姜生子伋,以为太子,而令右公子傅之。右公子为太子娶齐女,未入室,而宣公见所欲为太子妇者好,

---

① 袁行霈主编,李山解读:《诗经》,国家图书出版社 2017 年版,第 78 页。
② 杨伯峻编著:《春秋左传注》(修订本),中华书局 2008 年版,第 145 页。

说而自取之，更为太子娶他女。①"卫宣公是个荒淫的昏君。他先与其后母夷姜乱伦，生子名伋。后又截娶其子伋之新娘，亦即后来的宣姜。卫人不齿卫宣公的乱伦行为，所以作诗讽喻。对此，《毛诗序》也有记载："新台，刺卫宣公也。纳伋之妻，作新台于河上而要之，国人恶之而作是诗也。②"朱熹《诗集传》认同其说。历代学者一般认为这是民众讽刺卫宣公劫夺儿媳（宣姜）的诗歌，后世因此而用"新台"以喻不正当的翁媳关系。

全诗三章，每章四句，前两章叠咏，每章前二句是兴语，但兴中有赋。卫宣公欲夺未婚之儿媳，先造"新台"，来表示事件的合法性，其实是掩耳盗铃。这样的做法，后世也不鲜见。如唐明皇欲夺其子寿王妃即杨玉环为妃，先让她出宫当女道士，然后再迎娶回宫，认为这样一来，一切就合理合法了。然而丑行是欲盖弥彰的。诗之开篇即大赞"新台有泚""新台有洒"，夸耀卫宣公建造的新台是多么富丽堂皇，其下奔流的黄河之水是多么丰盈浩瀚，极力渲染卫宣公的赫赫威势是正言欲反，其兴味在于新台是美的，但遮不住卫宣公干的丑事。所以有了末章的"燕婉之求，蘧篨不鲜""燕婉之

---

① （汉）司马迁：《史记》，中华书局2008年版，第1593页。
② （清）王先谦撰，吴格、田吉、崔燕南校点：《诗三家义集疏（一）》，湖湘文库编织出版委员会，岳麓书社2010年版，第228页。

求，蘧篨不殄"。本来憧憬着燕婉之好，想过上一种郎才女貌、琴瑟和谐的幸福生活，结果求得一只癞蛤蟆。这里是反衬的修辞手法，使美则愈美，丑则愈丑。

第三章用比兴的手法，表现女主人公新婚生活出现的理想和现实的强烈反差。"鱼网之设，鸿则离之。"《传》："言所得非所求也。"《笺》："设鱼网者宜得鱼，鸿乃鸟也，反离焉，犹齐女以礼来求世子，而得宣公。[1]"以此比齐女"燕婉之求，得此戚施。"四句诗两两相对，均以理想和现实的相悖，构成异常强烈的对比，反衬出女主人公郁积心中的怨愤之情。

《邶风·新台》通过对"燕婉之求"与"得此戚施"这一矛盾的揭示，用辛辣的语言、不平的口吻，鞭挞了人世"蘧篨"的丑恶行径，反映了美好愿望的破灭，表现了理想和现实的冲突，对邪恶的事物起到了揭露和批判的作用，开了我国古代讽刺诗的先河。

辑评：

宋代苏辙《诗集传》："国人疾之而难言之，故识其台之所在而已。"

---

① （清）王先谦撰，吴格、田吉、崔燕南校点：《诗三家义集疏（一）》，湖湘文库编织出版委员会，岳麓书社2010年版，第231页。

清代陈震《读诗识小录》："'得此戚施'，承上文两'不'字转落，令读者绝倒。"

二、《鄘风·墙有茨》

墙有茨，不可埽也。中冓之言，不可道也。所可道也，言之丑也。

墙有茨，不可襄也。中冓之言，不可详也。所可详也，言之长也。

墙有茨，不可束也。中冓之言，不可读也。所可读也，言之辱也[①]。

《鄘风·墙有茨》是一首揭露和讽刺卫国统治者荒淫无耻的诗。齐说曰："墙茨之言，三世不安。"《毛序》："卫人刺其上，公子顽通乎君母，国人疾之，而不可道也。[②]"《易林·鲁诗》说："卫宣姜乱及三世，至戴公而后宁。[③]"

根据这些记载国，此诗的讽刺对象应该是卫宣姜。卫宣姜在《邶风·新台》中是一名受害者。她本来要做卫宣公之

---

① 袁行霈主编，李山解读：《诗经》，国家图书出版社 2017 年版，第 82 页。

② （清）王先谦撰，吴格、田吉、崔燕南校点：《诗三家义集疏（一）》，湖湘文库编织出版委员会，岳麓书社 2010 年版，第 236 页。

③ 转引自陈俊英、蒋见元：《诗经注析（上）》，中华书局 1991 年版，第124 页。

子伋的妻子，结果被卫宣公设新台劫为己有。宣公死后，又与她的庶长子顽（即昭伯）私通。根据《左传·闵公二年》的记载："初，惠公之即位也少，齐人使昭伯烝于宣姜，不可，强之。生齐子、戴公、文公、宋桓夫人、许穆夫人。[①]"从中可见，齐国人为了巩固惠公君位，保持齐、卫之间亲密的婚姻关系，便强迫昭伯与后母乱伦。所以昭伯与宣姜的乱伦是外力胁迫促成的，宣姜从始至终都是一名受害者。但百姓不知其理，他们对这种败坏人伦的秽行，当然深恶痛绝，批判的矛头直指宣姜，所以作诗以"疾之"。

全诗三章，每章六句，采用了《诗经》典型的重章叠句的写法，在回环往复一唱三叹，诗意逐步加深，有效地增强了诗歌的讽刺力量。

诗之开篇以"墙有茨，不可埽也"起兴，茨，蒺藜。诗人以墙茨不可扫起兴，有内丑不可扬之意。所以三四句直言主题"中冓之言，不可道也"，宫围中的丑事是不能言说的，自然而然引起读者的兴趣，什么丑事？为什么不能说？最后两句给出了答案："所可道也，言之丑也。"原来卫国宫廷内部荒淫无耻已经到了昭然无忌的程度了。

后二章重章叠句，只改变了几个关键字，但讽刺、批判

---

① 杨伯峻：《春秋左传注》（修订本），中华书局 2008 年版，第 267 页。

的力量却层层加深。由墙茨之"不可埽"到"不可襄"再到"不可束",表面上写墙茨之愈长愈疯,几乎到了不可控制的地步,实际上是比兴卫公子顽与其庶母之私通已经到了无耻糜烂、昭然无忌的程度。诗中之"所可道也""所可详也""所可读也",表明人们对这种宫廷丑事的议论,在步步升级,几乎是尽人皆知了。末句之"言之丑也""言之长也""言之辱也",写人们对于这种宫廷丑闻的感情变化,从最初的羞于启齿到气愤再到感觉耻辱,真有一人之祸、祸及国体的感觉。

此诗除了《诗经》惯用表现手法,如重章叠句、比兴手法的运用外,最大的特点是讽刺尖锐而不直露。如章末的"所可道也,言之丑也",自问自答,戛然而止,到底是怎样的丑恶,丑恶到了什么程度,一切都留给读者去想象。似直实曲,似露实隐,给读者留下了言外得意的驰思空间。

225

辑评:

清代牛运震《诗志》:"正申明不可道之义,却用转语,意味便自深长。"

三、《秦风·黄鸟》

交交黄鸟,止于棘。谁从穆公?子车奄息。维此奄息,百夫之特。临其穴,惴惴其栗。彼苍者天,歼我良人!如可

赎兮，人百其身。

交交黄鸟，止于桑。谁从穆公？子车仲行。维此仲行，百夫之防。临其穴，惴惴其栗。彼苍者天，歼我良人！如可赎兮，人百其身。

交交黄鸟，止于楚。谁从穆公？子车鍼虎。维此鍼虎，百夫之御。临其穴，惴惴其栗。彼苍者天，歼我良人！如可赎兮，人百其身①。

《秦风·黄鸟》是春秋时秦国人讽刺秦穆公以人殉葬，悲悯秦国子车氏三子的挽诗。《毛序》："哀三良也。国人刺穆公以人从死，而作是诗也。"《笺》："三良，三善臣也。谓奄息、仲行、鍼虎。从死，自杀以从死。②"秦国的殉人制度《史记》也有记载："武公卒，……初以人从死，从死者六十六人。……缪公卒，……从死者百七十七人，秦之良臣子舆氏三人名曰奄息、仲行、鍼虎，亦在从死之中。秦人哀之，为作歌《黄鸟》之诗。③"据此可见，诗的写作背景是有史料可考的。"根据近年出土陕西凤翔雍城秦公一号墓的殉葬来看，被殉者竟多达一百八十二人。秦公一号墓的墓主是秦穆

---

① 袁行霈主编，李山解读：《诗经》，国家图书出版社2017年版，第78页。

② （清）王先谦撰，吴格、田吉、崔燕南校点：《诗三家义集疏（一）》，湖湘文库编织出版委员会，岳麓书社2010年版，第476页。

③ （汉）司马迁：《史记》，中华书局2008年版，第183、194页。

公的四世孙，春秋晚期的秦景公。由此可见殉人制度在秦国变本加厉，愈演愈烈。十五《国风》中，只有《秦风》控诉了殉葬的恶习也不是偶然的。[①]"

诗分三章，采用了《诗经》惯用的重章叠句和比兴手法。第一章悼惜奄息，第二章悼惜仲行，第三章悼惜针虎。

首二句用"交交黄鸟，止于棘、止于桑、止于楚"起兴，以黄鸟的悲鸣兴起"三良"被殉之事。据马瑞辰《毛诗传笺通释》的解释，"棘"之言"急"，是语音相谐的双关语，使诗歌笼罩在紧迫、悲哀、凄苦、无奈的氛围中，为全诗定下了哀伤的基调。二章的"桑，指死丧，三章的楚，指痛楚，都是音近取义的双关词。[②]"

中间四句点明"三良"殉葬穆公之事，并指出当权者所殉的是三位才智超群的人。诗歌用"百夫之特，百夫之防，百夫之御"来形容"三良"，"特、防、御"三字音异意同，指奄息、仲行、针虎的个人才德能抵百人。从而表现秦人对"三良"遭殉的无比痛惜。

末六句为第三层，写秦人为"三良"临穴送殉的悲惨惶

---

① 转引自陈俊英、蒋见元：《诗经注析（上）》，中华书局1991年版，第350页。

② 转引自陈俊英、蒋见元：《诗经注析（上）》，中华书局1991年版，第352页。

恐的情状。"惴惴其栗"一语，描写了秦人目睹活埋惨象的惶恐心理。面对惨绝人寰的景象，灭绝人性的行为，目睹者向苍天发出愤怒地呼号，"彼苍者天，歼我良人"。苍天无语，只好用"如可赎兮，人百其身"表达秦人对"百夫之特"的"三良"的悼惜之情。

殉葬的恶习，春秋时代各国都有，相沿成习，不以为非。《墨子·节葬》篇云："天子杀殉，众者数百，寡者数十；将军大夫杀殉，众者数十，寡者数人。①"不过到了秦穆公的时代，人们已清醒地认识到人殉制度是一种极不人道的残暴行为，《黄鸟》一诗，就是一个证据。尽管此诗作者仅为"三良"遭遇大鸣不平，但仍然是历史的一大进步。

此诗在艺术上的特点，除了重章叠句和比兴手法的运用外，运用了谐音双关语的表现手法，增强了诗歌的悲凉气氛，渲染了活人殉葬的悲惨，从而控诉了人殉制度的罪恶。

辑评：

南朝刘勰《文心雕龙》：昔三良殉秦，百夫莫赎，事均夭枉，《黄鸟》赋哀，抑亦诗人之哀辞乎？

清陈继揆《读诗臆补》：恻怆悲号，哀辞之祖。

---

① （先秦）徐翠兰等译注：《墨子》，山西古籍出版社2003年版，第125页。

明顾炎武《日知录集释》卷十九：朱子作诗传，至于秦黄鸟之篇，谓其初特出于戎翟之俗，而无明王贤伯以讨其罪，于是习以为常。则虽以穆公之贤，而不免论其事者，亦徒闵三良之不幸，而叹秦之衰。至于王政不纲，诸侯擅命，杀人不忌，至于如此，则莫知其为非也。

四、《齐风·敝笱》

敝笱在梁，其鱼鲂鳏。齐子归止，其从如云。
敝笱在梁，其鱼鲂鱮。齐子归止，其从如雨。
敝笱在梁，其鱼唯唯。齐子归止，其从如水[1]。

《毛序》："刺文姜也。齐人恶鲁桓公微弱，不能防闲文姜，使至淫乱，为二国患焉。"《齐风·敝笱》是一首讽刺鲁桓公不能约束其妻文姜以及文姜与其兄齐襄公淫乱的诗。

全诗三章，每章四句，重章叠句，为了协韵，也为了逐层意思有所递进，各章置换了少数几个字眼，这是典型的一唱三叹的《诗经》章法。

首二句以"敝笱在梁，其鱼鲂鳏、其鱼鲂鱮、其鱼唯唯"起兴，引出了文姜不守礼法，与其兄乱伦之事。"笱"是捕鱼

---

① 袁行霈主编，李山解读：《诗经》，国家图书出版社2017年版，第146页。

的篓子，"敝笱"就是破漏的鱼篓，把破漏的鱼篓堆筑在河堤中捕鱼，其结果必然是"其鱼鲂鳏、其鱼鲂鱮、其鱼唯唯"。笱坏了，鱼留不住，便大摇大摆，自由出入，毫无阻碍。好比失去夫权的鲁桓公，管不住文姜，任凭她和其兄鬼混。这一比兴的运用，除了讽刺鲁桓公的懦弱，也形象地揭示了鲁国礼制、法纪的敝坏，不落俗套而又耐人寻味。按照闻一多的说法，"鱼"在《诗经》中是隐语，隐射两性关系，"敝笱象征没有节操的女性，唯唯然自由出进的各色鱼类，象征她所接触的众男子。①"所以"敝笱"对制止鱼儿自由来往无能为力，也是兼指"齐子"即文姜的不守礼法。

　　三四句"齐子归止，其从如云、其从如雨、其从如水"写文姜回娘家齐国探亲的宏大场面。"如云""如雨""如水"这三个比喻是递进的因果关系，感情抒发逐层深入。文姜作为鲁国的国母，地位尊贵显赫，她要回娘家齐国探亲，随行场面宏大本在情理之中。但她回到齐国与其兄乱伦的丑行伤风败俗，自然引起人们的憎恶唾弃。这种厌恶之情，在诗中不便直接表露，而是通过描写了她出行场面的宏大，随从众多"如云""如雨""如水"，把文姜回国探亲写得风光旖旎，万众瞩目。这种风光、排场、声势的

---

① 闻一多：《诗经研究》，巴蜀书社 2002 年版，第 86 页。

宏大和她让人不齿的丑恶行径形成强烈反差，讽刺与揭露也就越加入木三分。在这盛大随从的描写中，还另具深意。清代方玉润《诗经原始》："'其从如云''其从如雨''其从如水'，非叹仆从之盛，正以笑公从妇归宁，故仆从加盛如此其极也。①"方玉润独具慧眼，透过字面看出诗中还有鲁桓公在。不仅文姜有过，鲁桓公疏于防闲，软弱无能，也有相当可笑之处。

《齐风·敝笱》最大特点是重章叠句，一唱三叹，含蓄别致，特别是隐语的运用，诗歌用"鱼""云""雨""水"隐喻文姜与其兄齐襄公令人不齿的丑行，揭露了统治阶级的荒淫无耻，语浅情深。

231

辑评：

宋代朱熹《诗集传》："齐人以敝笱不能制大鱼，比鲁庄公不能防闲文姜，故归齐而从之者众也。"

清代方玉润《诗经原始》："'其从如云''其从如雨''其从如水'，非叹仆从之盛，正以笑公从妇归宁，故仆从加盛如此其极也。"

清代牛运震《诗志》："'唯唯'字酷得鱼情。"

---

① （清）方玉润：《诗经原始》，中华书局1986年版，第237页。

清末陈继揆《读风臆补》："'如云'颇习见，'如雨'新，'如水'更新。"

五、《魏风·伐檀》

坎坎伐檀兮，寘之河之干兮，河水清且涟猗。不稼不穑，胡取禾三百廛兮？不狩不猎，胡瞻尔庭有县貆兮？彼君子兮，不素餐兮！坎坎伐辐兮，置之河之侧兮，河水清且直猗。不稼不穑，胡取禾三百亿兮？不狩不猎，胡瞻尔庭有县特兮？彼君子兮，不素食兮！

坎坎伐轮兮，置之河之漘兮，河水清且沦猗。不稼不穑，胡取禾三百囷兮？不狩不猎，胡瞻尔庭有县鹑兮？彼君子兮，不素飧兮！

这是一首讽刺剥削者不劳而获的诗。《毛序》曰："《伐檀》，刺贪也。在位者贪鄙，无功而食禄。君子不得进仕尔。①"《序》说基本反映了诗旨，只是把劳动者与剥削者的对立曲解成贪鄙的在位者与不得进仕的君子之间的冲突，似有不妥。诗中明确指出了剥削者和被剥削者的尖锐矛盾，对封建剥削者的寄生生活表达了强烈不满，劳动成果带来的成

① （清）王先谦撰，吴格、田吉、崔燕南校点：《诗三家义集疏（一）》，湖湘文库编织出版委员会，岳麓书社2010年版，第429页。

就感也给这些伐木者带来了暂时的轻松与欢愉。但由于他们身负沉重压迫与剥削的枷锁，很快由眼前自由自在流动的河水，联想到自己的劳而无获，心中开始愤愤不平。

中四句紧承前三句，愤怒压抑的情绪犹如火山喷薄而出："不稼不穑，胡取禾三百廛兮？不狩不猎，胡瞻尔庭有县貆兮？"诗人连用两组反诘式的设问句，直接宣泄内心的愤怒和不满，控诉剥削者不劳而获的罪行，所以方玉润评曰："四句反衬不素餐，笔极喷薄有力"①。

末两句"彼君子兮，不素餐兮"用反问语式进一步揭露剥削者不劳而获的寄生本质，点明诗旨。

《魏风·伐檀》三章复沓，通过回环往复，反复咏叹的方式，表达了劳动者无休止的劳动，逐步加深的愤怒和反抗情绪。如二、三章的"伐辐""伐轮"紧承第一章点明了"伐檀"是为造车之用的同时，也暗示伐木工人的劳动是无休止的。二三两章谷物数量和猎物名称的变换，也说明剥削者对猎取之物无论是谷物还是兽禽，不论大小多少，一概据为己有，揭露了剥削者的贪婪本性。此诗打破了《诗经》四言为主的句式，句式灵活多变，四言、五言、六言、七言、八言，纵横错落，或直陈、或抒情、或反讽，感情表达自由而充分，

---

① （清）方玉润：《诗经原始》，中华书局1986年版，第248页。

称得上是最早的杂言诗的典型。

辑评：

戴君恩《读诗臆评》谓其："忽而叙事，忽而推情，忽而断制，羚羊挂角，无迹可寻"。

钱钟书《管锥编》谓曰："'坎坎'一语：象物之声，而即若传物之意。达意正亦拟声，声意相宣，斯始难能见巧。……唐玄宗入蜀，雨中闻铃，问黄幡绰：'铃语云何？'答曰：'似谓三郎郎当'。"

六、《陈风·株林》

胡为乎株林？从夏南。匪适株林，从夏南。

驾我乘马，说于株野。乘我乘驹，朝食于株。

《陈风·株林》揭露讽刺了陈灵公君臣与夏姬淫乱的丑行。《毛诗序》曰："《株林》，刺灵公也。淫乎夏姬，驱驰而往，朝夕不休息焉。[①]"朱熹《诗序辨说》云："《陈风》独此篇为有据。[②]"诗中提到的"夏南"，乃春秋时期陈国大夫夏御叔之子夏徵舒，字子南。其母夏姬是郑穆公之女，是闻名遐迩的

---

① （清）王先谦撰，吴格、田吉、崔燕南校点：《诗三家义集疏（一）》，湖湘文库编织出版委员会，岳麓书社2010年版，第501页。

② 王秀梅译注：《诗经（上）：国风》，中华书局2015年版，第279~280页。

美妇，嫁到陈国后，引得陈灵公及其大臣孔宁、仪行父的馋涎，君臣共侍一妇。《左传·宣公九年》载："陈灵公与孔宁、仪行父通于夏姬，皆衷其祖服，以戏于朝。泄冶谏曰：'公卿宣淫，民无效焉，且闻不令。君其纳之。'……遂杀泄冶。"《左传·宣公十年》载："陈灵公与孔宁、仪行父饮酒于夏氏。公谓行父曰：'徵舒似女。'对曰：'亦似君。'徵舒病之。公出，自其厩射而杀之。"《史记·陈世家》对此事亦有详细记载，《序说》与史传记载相吻合，其说可信。

全诗两章，每章四句。全诗运用委婉含蓄、冷峻幽默的独特方式叙说此事，讽刺笔墨极为犀利。

诗人以设问开篇，"胡为乎株林？从夏南。"株，是陈国邑名，是夏姬儿子徵舒的封邑。林，远郊。《说文》："邑外谓之郊，郊外谓之野，野外谓之林。[①]"正当陈灵公及其大臣孔宁、仪行父君臣乘车驾马喜滋滋地驰往株林之时，忽有人明知故问："他们到株林干什么？"另一些人立即心领神会，却又故作神秘地应道："应该是去找夏南的吧！"问者佯装尚未领会其中奥妙，又补充一句："匪适株林，从夏南。"不是去株林找夏南吧。到底找谁呢？诗歌没有明说，但读者从其

---

① 转引自陈俊英、蒋见元：《诗经注析（上）》，中华书局1991年版，第381页。

闪烁其词中明白，其实是淫于夏姬。

第二章，转换笔墨，摹拟陈国君臣的口吻来叙事。清代方玉润《诗经原始》："盖公卿行淫，朝夕往从所私，必有从旁指而疑之者。即行淫之人亦自觉忸怩难安，故多隐约其词，故作疑信言以答讯者，而饰其私。诗人即体此情为之写照，不必更露淫字而宣淫无忌之情已跃然纸上，毫无遁形，可谓神化之笔。①"

辚辚的车马载着陈灵公君臣，奔赴遥遥在望的株邑。陈灵公君臣掩耳盗铃，自认为摆脱了世人的视线，不用再加掩饰，彻底放松下来。所以有了"驾我乘马，说于株野。"这里摹拟的是陈灵公的口吻，驾着我四匹马拉的豪车，到株林停息。到了"株野"就再不需要"从夏南"的掩饰，想到马上就与美貌的夏姬相会，陈灵公能不眉飞色舞地高唱："说于株野！""说"，后作"税"，停息的意思，在这里一语双关，指出陈灵公君臣通夏姬的丑行。"乘我乘驹，朝食于株"，《传》："大夫乘驹"，所以后两句摹拟的是孔宁、仪行父的口吻。对于陈灵公的隐秘之喜，两位大夫是心领神会，所以有了后一句："朝食于株"，即到株野还赶得上朝食解饥呢。"朝食"在当时常用作隐语，暗指男女间的性爱。它与"说

<hr />

① （清）方玉润：《诗经原始》，中华书局1986年版，第289～290页。

于株野"一样，一语双关，成为这班禽兽君臣通淫夏姬的无耻自供了。寥寥四句，恰与首章的矢口否认遥相对应，使这桩欲盖弥彰的丑事，一下变得昭然若揭。

诗歌的讽刺笔墨极为犀利。首章用设问句式。问者，煞有介事，明知故问；答者，极力掩饰，欲盖弥彰欲。在一问一答中使陈灵公君臣的丑行昭然若揭。次章摹拟陈灵公君臣的口吻，使这幕君臣通淫的得意唱和，成了不知羞耻的自供之词。这样的讽刺笔墨，实在胜于义愤填膺的直揭，直指这帮衣冠禽兽的灵魂。双关语的运用也增加了诗歌的讽刺力量。

辑评：

清代陈震《读诗识小录》："事外不添别语，言中自寓微文。"

七、《小雅·十月之交》

十月之交，朔月辛卯。日有食之，亦孔之丑。彼月而微，此日而微。今此下民，亦孔之哀。

日月告凶，不用其行。四国无政，不用其良。彼月而食，则维其常；此日而食，于何不臧。

烨烨震电，不宁不令。百川沸腾，山冢崒崩。高岸为谷，深谷为陵。哀今之人，胡憯莫惩？

皇父卿士，番维司徒，家伯维宰，仲允膳夫，聚子内史，蹶维趣马，楀维师氏，醓妻煽方处。

抑此皇父，岂曰不时？胡为我作，不即我谋？彻我墙屋，田卒汙莱。曰予不戕，礼则然矣。

皇父孔圣，作都于向。择三有事，宣侯多藏。不慭遗一老，俾守我王。择有车马，以居徂向。

黾勉从事，不敢告劳。无罪无辜，谗口嚣嚣。下民之孽，匪降自天。噂沓背憎，职竞由人。

悠悠我里，亦孔之痗。四方有羡，我独居忧。民莫不逸，我独不敢休。天命不彻，我不敢效，我友自逸。①

《小雅·十月之交》是周朝大夫因为不满于当政者皇父诸人在其位不谋其政，不顾社稷安危，只顾中饱私囊的行为而作的政治怨刺诗。《毛序》："大夫刺幽王也。"《笺》："当刺厉王。"阮元在《揅经室集》中对郑玄之说多有驳辩，推定此诗为幽王六年所作。马瑞辰云："《国语》：'幽王二年，西周三川皆震。'又曰：'是岁三川竭，岐山崩。'与此诗'百川沸腾，山冢崒崩'合，仍从《毛诗》刺幽王为是。②"据现

---

① 袁行霈主编，李山解读：《诗经》，国家图书出版社 2017 年版，第 254 ~ 255 页。

② 转引自（清）王先谦撰，吴格、田吉、崔燕南校点：《诗三家义集疏（一）》，湖湘文库编织出版委员会，岳麓书社 2010 年版，第 699 页。

代天文学家考证，此诗中记载的日食发生在周幽王六年夏历十月一日（公元前776年9月6日），且推断是世界上有年代可考的最早的日食记录。诗作于幽王六年无疑。

全诗八章，可分为三部分。

第一部分为前三章，重点写自然现象与自然灾害，将日食、月食、强烈地震等自然灾害同朝廷用人不善联系起来，抒发自己深沉的悲痛与忧虑。古代由于科技不发达，人们对自然灾害产生的原因不了解，他们把日食、月食等自然现象及旱涝、地震等自然灾害的发生归咎于当权者失道，认为这是上天对人类的警告和惩罚，所以开篇先说"十月之交，朔月辛卯。日有食之，亦孔之丑。"十月初一这天发生了日食。《传》曰："月，臣道。日，君道。"《笺》："周之十月，夏之八月也。八月朔日，日月交会而日食。阴侵阳，臣侵君之象。……君臣失道，灾害将起。[①]"因为"彼月而微，此日而微。"所以"今此下民，亦孔之哀"。日而无光，是不祥之兆，是人民的悲哀。

第二章将日月食与国家政治颓败、所用非人联系起来议论。认为日月之食是不祥之兆，是上天对国无善政，天子不

239

———————

① 转引自（清）王先谦撰，吴格、田吉、崔燕南校点：《诗三家义集疏（一）》，湖湘文库编织出版委员会，岳麓书社2010年版，第700页。

善用人的警告，尤以日食最为不祥。

　　第三章通过叙述前不久发生的强烈地震，认为灾害起于恶政。诗人关于这些极度反常的自然现象和自然灾害的描述，表现了他对于国家前途的无比担忧和恐惧。诗中"百川沸腾，山冢崒崩；高岸为谷，深谷为陵"的地震场景的大特写，令两千多年后的今人读起来，仍然感到惊心动魄。诗人的如椽巨笔为我们描绘了一幅历史上少有的巨幅灾变图。

　　第二部分为中三章，重点写当权者，回顾与揭露当今执政者的无数罪行。

　　第四章首先开列了皇父诸党的清单，这些小人位居政要，他们主宰了国家大事。

　　第五六两章列举了皇父诸党的种种罪恶。这些人把持朝政，欺上瞒下。皇父卿士为了建造自己的采邑，强抓丁役，搜括民财，造成土地荒芜，民不聊生，并且还把这种行为说成是合乎礼法的理所当然。"皇父孔圣，作都于向"，他把聪明才智全用在维护自己和家族的利益上，他看到国家岌岌可危，毫无悔罪之心，也没有一点责任感，为了避乱选择位高财丰的官吏随同自己远远迁于向邑，甚至不给周王留下一个有用的老臣。是谁造成今天这样的局面，诗人用"艳妻煽方处"含蓄地指出了始作俑者是无道的周幽王。

　　第三部分为后两章，写诗人在天灾人祸面前的立身态度。

他虽然清醒地看到了周朝的严重危机，但他不逃身远害，仍然兢兢业业、尽忠职守。尽管无罪受谗，但诗人依然以自己的忧国劳累和七子的自求安逸相抗衡，坚持勤勉为国以应天变。在一定程度上，诗人的命运同国家的命运是一致的。在诗中，诗人哀叹个人的不幸，哀叹政治的黑暗腐败，哀叹着国家的命运多舛。诗人从自然、皇父诸党和自身三个角度表达了忧国的主题。

全诗以赋为主，但其中对地震灾害爆发场景的描写十分精彩，"百川沸腾，山冢崒崩；高岸为谷，深谷为陵"今天读来依然惊心动魄。反语的运用也增加了诗歌的讽刺力量，如"艳妻煽方处""皇父孔圣""予不戕，礼则然矣"等语言，有力地表现了皇父诸党的昏聩和强词夺理、蛮横霸道的丑恶嘴脸。

辑评：

宋代朱熹《诗集传》："赋也。十月，以夏正言之，建亥之月也。交，日月交会，谓晦朔之间也。"

明代孙鑛《评诗经》："此章（第七章）语特醒峭。"

八、《小雅·小旻》

旻天疾威，敷于下土。谋犹回遹，何日斯沮！谋臧不从，不臧覆用。我视谋犹，亦孔之邛。

潝潝訿訿，亦孔之哀。谋之其臧，则具是违。谋之不臧，则具是依。我视谋犹，伊于胡厎。

我龟既厌，不我告犹。谋夫孔多，是用不集。发言盈庭，谁敢执其咎？如匪行迈谋，是用不得于道。

哀哉为犹，匪先民是程，匪大犹是经。维迩言是听，维迩言是争。如彼筑室于道谋，是用不溃于成。

国虽靡止，或圣或否。民虽靡膴，或哲或谋，或肃或艾。如彼泉流，无沦胥以败。

不敢暴虎，不敢冯河。人知其一，莫知其他。战战兢兢，如临深渊，如履薄冰。

《小雅·小旻》旨在讽刺周朝昏庸的君主不能采纳善谋，遂致国事不可为，贤良之臣有"临渊履冰"之惧。《毛序》："大夫刺幽王也。"《笺》："所刺列于《十月之交》《雨无正》为小，故曰《旻》，亦当为刺厉王。[①]"按此诗次于《正月》《十月之交》《雨无正》之后，《十月之交》确实是写幽王六年日食的事情，所以此诗应该是幽王时期的作品。

全诗六章，前三章每章八句，后三章每章七句。第一章起句突兀，以怨天的口气发端，直指全诗的主旨："旻天疾

---

① 转引自（清）王先谦撰，吴格、田吉、崔燕南校点：《诗三家义集疏（二）》，湖湘文库编织出版委员会，岳麓书社2010年版，第712页。

威，敷于下土。谋犹回遹，何日斯沮。"接着交代造成这种局面的原因是"谋臧不从，不臧覆用"，批判的矛头直指昏庸无能的最高统治者。结句"我视谋犹，亦孔之邛。"表现出作者对国家命运的深切忧患。

第二章进一步指出造成这种政治上的混乱局面，是由于当政者"潝潝訿訿"，他们党同伐异，当面相互附和，背后相互诋毁。他们"谋之其臧，则具是违；谋之不臧，则具是依"，因而诗人再次发出感叹："我视谋犹，伊于胡厎。"这样下去，不知国家将要走到什么地步！

第三章通过"我龟既厌"这一典型事例再次表示对王朝政治、国家命运的深切忧虑。《郑笺》："猶，图也。卜筮数而渎龟，龟灵厌之，不复告其所图之吉凶。①"从诗人的反复卜筮行为，可见其内心深深的忧虑。诗人问神不得，转而问人，结果是朝廷虽然"谋夫孔多"但"是用不集"，"发言盈庭"，但"谁敢执其咎？""谋事者众而非贤者，是非相夺，莫适可从，故所为不成。谋事者众，讻讻满庭，而无敢决当是非……言小人争知而让过。……君臣谋事如此，与不行而坐图远近，是于道路无进于跬步，何以异乎？"

243

---

① （清）王先谦撰，吴格、田吉、崔燕南校点：《诗三家义集疏（二）》，湖湘文库编织出版委员会，岳麓书社2010年版，第714页。

第四章诗人进一步慨叹当今之君臣，上不遵古圣先贤、下不合固有规范，徒听顺近之言同者，争近言之异者。"如彼筑室于道谋，是用不溃于成"，用比喻的修辞手法说明他们的做法犹如当路筑室，得路人而与之谋所为，路人意见各不相同，所以筑室不成。

第五章诗人劝说周王要择善而从，不要使他们流散、消亡。这是对周王发出的最后的警告。当今诸侯虽无礼，但心性犹有通圣者，有贤者；民虽无法，但犹有智者、谋者、肃者、艾者，周王要择之并置之于位，以明天道。

末章诗人再次表达了自己对国事的深切忧虑。人们都知道暴虎冯河会危及自身，却不知道"谋犹回遹"祸及全国。其中"战战兢兢，如临深渊，如履薄冰"三句，生动形象地写出了自己难挽狂澜、焦虑万状的心态。这三个词广为后世所引用，已成为著名的成语。

诗歌以"谋犹回遹"为诗之主旨，以对国事的忧虑为主线，揭露、讽刺了朝政的黑暗腐败，表达了诗人深厚的爱国感情。全诗以赋为主，兼用议论，特别是比喻修辞手法的运用，极大地丰富了诗歌的内涵，增加了诗歌的形象性和表现力。其中"临渊履冰"的人生哲学已成为中华民族人文思想的核心理念之一。

辑评：

宋代朱熹《诗集传》："赋也。大夫以王惑于邪谋，不能断以从善，而作此诗。言旻天之疾威，布于下土，使王之谋犹邪辟，无日而止。谋之善者则不从，而其不善者反用之。故我视其谋犹，亦甚病也。""苏氏曰：小旻、小宛、小弁、小明四诗，皆以小名篇，所以别其为小雅也。其在小雅者，谓之小；故在大雅者，谓之召旻、大明，独宛、弁阙焉。意者，孔子之矣。虽去其大取其小者，犹谓之小，盖即其旧也。"

清代方玉润《诗经原始》："夫天下不患无谋，患在有谋而弗用；不患在有谋弗用，而患在用非其谋。谋非所用，则好谋实足以误事。又况以邪僻之人议之于前，而以多欲之言听而断之于后也哉！"

245

九、《大雅·民劳》

民亦劳止，汔可小康。惠此中国，以绥四方。无纵诡随，以谨无良。式遏寇虐，憯不畏明。柔远能迩，以定我王。

民亦劳止，汔可小休。惠此中国，以为民逑。无纵诡随，以谨惛恘。式遏寇虐，无俾民忧。无弃尔劳，以为王休。

民亦劳止，汔可小息。惠此京师，以绥四国。无纵诡随，以谨罔极。式遏寇虐，无俾作慝。敬慎威仪，以近有德。

民亦劳止，汔可小愒。惠此中国，俾民忧泄。无纵诡随，

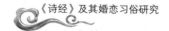

以谨丑厉。式遏寇虐，无俾正败。戎虽小子，而式弘大。

民亦劳止，汔可小安。惠此中国，国无有残。无纵诡随，以谨缱绻。式遏寇虐，无俾正反。王欲玉女，是用大谏。

《毛诗序》云："《民劳》，召穆公刺厉王也。"《郑笺》云："厉王，成王七世孙也，时赋敛重数，徭役繁多，人民劳苦，轻为奸宄，强陵弱，众暴寡，作寇害，故穆公刺之。[①]"周厉王是历史上有名的暴君，他统治的时期，横征暴敛，徭役繁重，政治黑暗，奸佞横行，凶暴肆虐，人民处于水深火热之中。召穆公（召伯虎）此时辅佐厉王，特作歌讽谏，希望厉王能防奸除暴，治国安民。

《大雅·民劳》全诗五章，每章十句，每句四言，全篇采用了重章叠句的结构形式，在回环往复中诗意逐步增强。

每章前四句都强调安民是保国的前提，警戒统治者必须保证民众基本的生存权，才能巩固其统治，且强调安民保国必须从王朝中心做起。五章均以"民亦劳止"开头，反复吟咏，再三强调民众的苦况，由此可见厉王统治时期，民不聊生是一个多么严重而突出的问题。紧接着，用"汔可小康""汔可小休""汔可小息""汔可小愒""汔可小安"，为民众

---

① （清）王先谦撰，吴格、田吉、崔燕南校点：《诗三家义集疏（二）》，湖湘文库编织出版委员会，岳麓书社 2010 年版，第 934 页。

提出最基本的生存要求。"小康""小休""小息""小愒"
"小安"为近义词，在修辞上采用递降格，从文外进一步暗示
厉王的酷虐。随后，进一步指出，保民方能安国，于是有了
"惠此中国，以绥四方""惠此中国，以为民逑""惠此京师，
以绥四国""惠此中国，俾民忧泄""惠此中国，国无有残"。
"中国，京师也"，第四句在五章中稍有变化，但表意大致相
同，使诗歌在复沓之中富有变化。

　　每章中间四句都是强调防奸制暴的重要性，是诗歌的主
体部分。前两句"无纵诡随，以谨……"写防奸。所谓"诡
随"，指的是奸佞小人。严粲说："诡随者，心知其非而诈顺
从之，此奸人也。人见诡随者无所伤拂，则目为良善；不知
其容悦取宠，皆为自利之计，而非忠于所事，实非善良之士
也。苟喜其甘言而信用之，足以召祸乱，致寇虐。但权位尊
重者，往往乐软熟而惮正直，故诡随之人得肆其志，是居上
位者纵之为患也。①""诡随"情状不一而足，或"无良"或
"惛怓"，或"罔极"，或"丑厉"，或"缱绻"。而尤其以第
五种"缱绻"一类，以甜言蜜语、缱绻柔情蛊惑国王，更容
易迷惑君心，难被识破，所以特地放在最后，郑重告诫，务
必要国王深恶痛绝，无使其为患。后两句写制暴。除首章是

---

　　①　转引自（清）方玉润：《诗经原始》，中华书局 1986 年版，第 525 页。

"式遏寇虐，憯不畏明"，其余各章均采用了"式遏寇虐，无俾……"句式。"寇虐"指侵盗暴虐的人，他们倚仗权势，无恶不作。这种人一旦得势，后果极其严重，就能造成"畏明""民忧""作慝""正败""正反"的结果。而"诡随"与"寇虐"又是互为表里、狼狈为奸的，正如朱熹所说："非诡随无以媚上，而为寇虐之本；非寇虐无以威下，而遂诡随之志。诡随者，柔恶之所为；寇虐者，刚恶之所发。①"诗歌采用重章叠句的结构方式，反复申说，务必要厉王防奸制暴，只有这样才能巩固其统治地位。遗憾的是周厉王拒谏。据史书记载，由于厉王凶残暴虐，任用奸人，使人监谤，压制舆论，结果引发了国人暴动，流王于彘。

每章最后两句都是告诫之辞，各章均有变化。首章希望厉王能抚远亲近，永保王位。第二章勉励他切勿前功尽弃，以保福禄。第三章希望厉王谨慎从事，亲近有德之人，才能永保威仪。第四章指出作为一国之主，个人微小，但责任重大，要有担当意识。末章直接点明诗旨，写诗劝谏是为了成就周王。

《大雅·民劳》计五章，每章十句，均为标准的四言句，句式整齐，结构谨严。整首诗以赋为主，通篇采用了重章叠

---

① 转引自（清）方玉润：《诗经原始》，中华书局 1986 年版，第 526 页。

句的表现手法，第五章内容反复申说，希望厉王能防奸除暴，治国安民，意味深长。"小康"一词始见于此。

辑评：

宋代严粲《诗缉》："旧说以此诗'戎虽小子'及《板》诗'小子'皆指王。小子，非君臣之辞，今不从。二诗皆戒责同僚，故称小子耳。""无良、憸恢、罔极、丑厉、缱绻，皆极小人之情状，而总之以诡随。盖小人之媚君子，其始皆以诡随入之，其终无所不至，孔子所谓佞人殆也。"

明代钟惺《评点诗经》："未有不媚王而能虐民者，此等机局，宜参透之。"

清代方玉润《诗经原始》："特各变其义以见浅深之不同，而中间四句尤反复提唱，则其主意专注防奸也可知。盖奸不去，则君德不成，民亦何能安乎？故全诗当以中四句为主。"

十、《大雅·瞻卬》

瞻卬昊天，则不我惠。孔填不宁，降此大厉。邦靡有定，士民其瘵。蟊贼蟊疾，靡有夷届。罪罟不收，靡有夷瘳。

人有土田，女反有之。人有民人，女覆夺之。此宜无罪，女反收之。彼宜有罪，女覆说之。

哲夫成城，哲妇倾城。懿厥哲妇，为枭为鸱。妇有长舌，维厉之阶。乱匪降自天，生自妇人。匪教匪诲，时维妇寺。

鞠人忮忒，谮始竟背。岂曰不极，伊胡为慝？如贾三倍，君子是识。妇无公事，休其蚕织。

天何以刺？何神不富？舍尔介狄，维予胥忌。不吊不祥，威仪不类。人之云亡，邦国殄瘁。

天之降罔，维其优矣。人之云亡，心之忧矣。天之降罔，维其几矣。人之云亡，心之悲矣！

觱沸槛泉，维其深矣。心之忧矣，宁自今矣？不自我先，不自我后。藐藐昊天，无不克巩。无忝皇祖，式救尔后。①

《大雅·瞻卬》是一首讽刺周幽王乱政亡国的诗。《毛诗序》云："《瞻卬》，凡伯刺幽王大坏也。②"这里的凡伯不是周厉王时期作《板》诗的凡伯，应该是其后代。周幽王昏愦腐朽，宠幸褒姒，任用奸人，斥逐贤良，败坏纪纲，倒行逆施，以致政乱民病，天怒人怨，国势濒危。北方犬戎趁机入侵，杀周幽王于骊山下，遂导致西周灭亡。诗人作诗痛斥周幽王荒淫无道，祸国殃民的罪恶，抒发了诗人忧国悯时的情怀和疾恶如仇的愤慨，在一定程度上反映了西周末年的黑暗

① 陈俊英、蒋见元：《诗经注析（下）》，中华书局1991年版，第921～927页。

② （清）王先谦撰，吴格、田吉、崔燕南校点：《诗三家义集疏（二）》，湖湘文库编织出版委员会，岳麓书社2010年版，第1015页。

现实和统治阶级内部的争斗。

《大雅·瞻卬》全诗七章。第一章写周幽王统治时期，时局黑暗动荡，天灾人祸不断，生灵涂炭。

开篇"瞻卬昊天，则不我惠"的"天"，既指自然界的天，也指人类社会的"天"，即高高在上的最高统治者周幽王。《笺》曰："仰视幽王为政，则不爱我下民，甚久矣天下不安，王乃下此大恶，以败乱之……天下骚扰，邦国无有安定者，士卒与民皆劳病。其为残酷痛病于民，如蟊贼之害禾稼然，为之无常，亦无止息时。施刑罪以罗网天下，而不收敛之，亦无常无止息时。此自王所下大恶。①"所以，这里的"灾祸"包括天灾、人祸两方面的因素，而人祸更甚于天灾。

第二章通过两"反"两"覆"的控诉，揭露了虐政的具体表现。夺人田地，夺人劳力，无罪拘捕，有罪赦免。这里的"覆"即"反"。《笺》："此言王削黜诸侯及卿大夫无罪者。覆，犹反也。②"

第三、四章指出了祸乱的根源及杜绝祸乱的方法。第三章的"哲妇倾城"指出了祸乱的根源。女人得宠，而其害人

251

----

① （清）王先谦撰，吴格、田吉、崔燕南校点：《诗三家义集疏（二）》，湖湘文库编织出版委员会，岳麓书社2010年版，第1015页。

② （清）王先谦撰，吴格、田吉、崔燕南校点：《诗三家义集疏（二）》，湖湘文库编织出版委员会，岳麓书社2010年版，第1017页。

的主要手段是谗言和搬弄是非。姚际恒《诗经通论》："此正指谗申后、废太子事，故曰为厉之阶。"郑笺："非有人教王为乱，语王为恶者，是惟近爱妇人，用其言也故。①"第四章围绕"妇祸"，提出杜绝"女祸"的有效方法，"妇无公事，休其蚕织"，那就是让"女人"回归本职，从事女工蚕织，不干朝政。

第五、六章直诉幽王罪状：不忌戎狄，反怨贤臣，致使人亡国殄。面对天灾人祸，抒发了言辞恳切的忧时忧国之心。

第七章自伤生逢乱世，并提出匡时补救的方案以劝诫君王。

诗歌记录的历史事件和史书的记载相互印证，相互补充。周幽王宠幸褒姒，荒淫无度，荒政灭国的主要史实是烽火戏诸侯、重用佞人虢石父、废申后及太子宜臼等，这些史书都有记载。《史记·周本纪》："褒姒不好笑，幽王欲其笑万方，故不笑。幽王为烽燧大鼓，有寇则举烽火。诸侯悉至，至而无寇，褒姒乃笑。幽王曰之，为数举烽火。其后不信，诸侯益亦不至。幽王以虢石父为卿，用事，国

---

① 转引自陈俊英、蒋见元：《诗经注析（下）》，中华书局1991年版，第924页。

人皆怨。石父为人佞巧，善谀好利，王用之。又废申后，去太子也。申侯怒，与缯、西夷犬戎攻幽王。幽王举烽火征兵，兵莫至，遂杀幽王骊山下。①"此诗所反映的内容较史书更为广泛、具体而深刻，诗中列数周幽王的种种恶行：侵占土地，掠夺奴隶；放纵罪人，迫害无辜；罗织罪名，戕害士人；苛政暴敛，民不聊生；政风腐败，纲纪紊乱；罪罟绵密，忠臣逃亡。全面而形象地展现出一幅西周社会崩溃前夕的历史画面。

《大雅·瞻卬》塑造了一位疾恶如仇、悯时忧国的诗人形象。他或是周朝有血性的宗室，或是朝中正直的显要权臣，或者是一个受迫害的谏诤者。他对周幽王统治下的社会黑暗、政治腐败及倒行逆施是深恶痛绝的，所以对幽王的所作所为进行了无情的揭露和严正批判，对贤臣亡故、国运濒危的现实，深感惋惜和痛心疾首。诗人尤为痛切的，是"人之云亡，邦国殄瘁""贤人君子乃国之栋梁，耆旧老成乃邦之元气，今元气已损，栋梁将倾"②，人亡邦瘁，天神俱怒。诗人的感情难以抑制，有如火山熔岩喷薄而出，在第五章劈头两句诘问："天何以刺？何神不富？"真乃呼天抢地，捶胸顿足，悲怆不

253

---

① （西汉）司马迁：《史记·周本纪》，中华书局1959年版，第148~149页。
② （清）方玉润：《诗经原始》，中华书局1986年版，第569页。

已。结尾用"心之忧矣""心之悲矣"直抒自己的痛切之情。诗句就是在这样的回环往复中把一位悯时忧国、满怀爱国之情的人物形象跃然纸上，呼之欲出。

《诗经》四言为主，每章句数大体一致，仅有少数篇幅的章句长短不一。此诗即是其一。诗共七章，首章、第三章及末章每章十句，其余四章每章八句。参差不齐的章句更便于淋漓酣畅地叙事、抒情和议论。

诗的结构，起章极其雄肆，有高屋建瓴之势，纵览无遗。篇中语特新峭，然又有率意处。卒章语尽而意犹未止。

修辞造句，亦颇有特色，或以对比反衬，或以形象的比喻，使诗歌的内涵深入浅出，通俗易懂。如末章的"觱沸槛泉，维其深矣。心之忧矣，宁自今矣？"用泉水沸腾是因为用源头深远来比喻诗人忧心的修长，不是今天才有。如果诗人只是反复吟唱"心之忧矣"，难以给人留下深刻的印象。诗人的国之未亡而忧其亡的忧患意识，不用比喻极难晓之以众。

辑评：

宋代朱熹《诗集传》："此刺幽王任用小人以致饥馑侵削之诗也。"

清代方玉润《诗经原始》："穷形尽相，不遗余力……

诗之尤为痛切者，在'人之云亡，邦国殄瘁'二语……夫贤人君子，国之栋梁；耆旧老成，邦之元气。今元气已损，栋梁将倾，此何如时耶？盖诗必有所指，如箕子、比干之死与奴，故曰：人之云亡，而邦国殄瘁也。倘使其人无足重轻，虽曰云亡，又何足殄人邦国也耶？惜无可考耳。然而痛矣。"

下编 《诗经》婚恋习俗研究

第八章 《诗经》婚恋诗研究概述

两性关系是人类社会的基本关系之一，"一部人类文明史，在一定程度上也是一部两性角色和位置的演变史。[①]"中国古代思想家也认为，两性关系是孕育一切人伦的原生地。《易经》有云："天地絪缊，万物化醇，男女构精，万物化生。"两性角色和位置的演变伴随着人类历史的发展，在一定程度上反映了整个社会的发展状态。《诗经》时代，人类已从茫茫混沌的原始文化阶段进入了文明开化阶段，伴随着人类由群婚制到偶婚制再到一夫一妻制的婚制发展历程，两性关系也走着一条由单纯的生理欲求到负载越来越多的社会文化内涵的道路。《诗经》中关于两性关系及其习俗的描写凝聚和折射着先秦时期人们的价值观和生存状态。

情爱关系是两性关系中最主要的内容，所以《诗经》中的婚恋诗是本书研究的主要对象。在古代，由于《诗经》本

---

① 唐达、赵人俊等：《文化与婚姻演变》，上海文汇出版社1991年版，第34页。

身的经学地位和封建礼制的束缚，在相当长的时期内，《诗经》的婚恋诗没有得到正面的认识和评价。其中的不少诗篇被曲解，甚至比附政治道德，有的甚至被斥为"淫诗"。直到现代，特别是"五四"以后，人们才逐渐还《诗经》婚恋诗的本来面目，逐步揭示出有周一代两性关系的真实状态。

我们以时间为顺序，分四个阶段概述《诗经》婚恋诗的研究状况。

第一阶段，先秦两汉至唐代，《诗经》是正统的政治、道德、伦理的教科书。

此阶段《诗经》研究的突出代表是以《毛诗序》《毛诗训诂传》《毛诗传笺》和《毛诗正义》为代表的《诗经》学研究①。由于受经学的桎梏，他们虽然指明了不少婚恋诗，但又作了政治伦理比附，不能很好地理解和把握《诗经》时代两性关系的真实状态。如《静女》，《诗序》："刺时也。卫君无道，夫人无德。"《毛传》云："既有静德，又有美色……可以配君子也。"《摽有梅》，《诗序》说："男女及时也。"《东方之日》，《诗序》："刺衰也，君臣失道，男女淫奔不能以礼化也。"《毛传》："日出东方，人君明盛……姝者，初婚之貌。"《东门之池》，《毛序》曰："刺时也，疾其君子淫昏，

---

① 洪湛侯：《诗经学史》，中华书局 2002 年版，第 155 页。

而思贤女以配君子也。"《东门之墠》,《毛序》曰:"东门之墠,刺乱也,男女有不待礼而相奔者也。"虽然承认部分作品关涉男女两性情爱之事,但又坚持认为诗人是借此讽刺当时的不良风俗[1]。

第二阶段,宋代至清代,开创了学贵发疑的研究《诗经》的新方法,掀起了疑古潮。

欧阳修的《诗本义》开创研究《诗经》的新方法。对前代《诗经》婚恋诗的研究结论提出了质疑。如他认为《静女》"此乃述卫风俗男女淫奔之诗"。把《野有死麕》的"吉士诱之"解为"吉士遂诱而污以非礼""其卒章遂道其淫奔之状"。这一时期,《诗经》研究成果最丰的就是南宋著名学者朱熹。他的《诗集传》堪称《诗经》研究史的第三个里程碑(第一个里程碑《毛诗传笺》,第二个里程碑《毛诗正义》)[2]。他们侧重对诗本义的解读,对《诗经》的诗旨作了较有新意的探讨,在恢复《诗经》情诗本来面目上作出了显著贡献,但也没有摆脱时代所赋予他们的道学面孔,如《东门之池》,朱熹在《诗集传》中肯定此诗为"男女会遇之

---

① (汉)毛公传,郑玄笺,(唐)孔颖达疏:《毛诗正义》,十三经注疏本,中华书局2003年版。

② 夏传才:《诗经研究史概要》,清华大学出版社2007年版。

词",但在《诗序辨说》中又解此诗为"淫奔之诗"①。他一方面承认"凡诗所谓'风'者,多出于里巷歌谣之作,所谓男女相与歌咏,各言其情者也"。但另一方面,他又将《诗经》的恋歌斥之为"男女淫奔之辞"。这又表现了他作为封建卫道者的陈腐。

在《诗经》诗旨的探求方面取得突出成就的要数清代的独立思考派,代表人物是姚际恒、崔述、方玉润。他们能从学术派别之争,即汉学与宋学、古文学与今文学、考据与义理、旧学与新学的旋涡中脱身出来,独立思考,自由研究探求《诗经》文本的本义。姚际恒的《诗经通论》、崔述的《读风偶识》、方玉润的《诗经原始》打破了门户之见,就诗求义,得出一些可取的见解。如《周南·汉广》篇,《诗序》释为"文王之道被于南国,美化行乎江汉之域"穿凿不通;《诗集传》释为"文王之化…变其淫俗,故其出游,人望见之,而知其端庄静一。"这是朱熹的理学观点,背离了诗之原义。方玉润的《诗经原始》排除了上述的误解,从诗义和形式两方面断为"江干樵唱"之诗,他的解释比较近情。清代的独立思考派能够反潮流而行,不为传统所约束,对各家注疏逐一辨析。他们大胆怀疑,穷委究原,自由立论,开拓了

---

① (宋)朱熹:《诗集传》,上海古籍出版社1980年版。

《诗经》研究的一代新风。但由于他们都是封建地主阶级知识分子，他们也没有完全逾越时代和阶级的局限，把对情歌的正面抒写曲解为反面的讽刺，甚而把纯朴、真挚的恋歌解释为"刺淫之诗、惩淫荡之风"，对一些诗篇的解释也不免穿凿附会。

第三阶段，"五四"到中华人民共和国成立，研究者开始直面《诗经》婚恋诗的爱情主题，两性关系的真实状态开始被复原。

"五四"以后，由于新文化运动的掀起，思想领域发生了变革，批判以封建礼教和封建道德为基本内容的儒家经学成为《诗经》研究界的主要内容。此期郭沫若首先向封建经学发难。他选取《诗经》中四十首反映两性情爱关系的婚恋诗译成白话文，以《卷耳集》命名出版，高声讴歌自由和爱情的欢愉，对幸福的勇敢追求。他说："诗经一书为旧解所淹没，这是既明的事实。旧解的腐烂值不得我们去迷恋，也值不得我们去批评。我们当今的急务，是在从古诗中直接感受它的真美，不在与迂腐的古儒作无聊的讼辩。"① 郭沫若对《诗经》描写两性情爱关系的爱情诗的评价，是《诗经》研

263

---

① 郭沫若：《郭沫若全集》（文学编第五卷），北京人民文学出版社 1984 年版。

究史上划时代的贡献。

继郭沫若之后，在《诗经》研究领域作出突出贡献的是闻一多。闻一多开创了研究《诗经》的新方法。他采用语言学、文字学、民俗学、考古学、历史学、文艺学等综合方法研究《诗经》。他不但能正视《诗经》描写两性关系的婚恋诗，而且公然把《诗经》中以往经学家们闻之变色的性爱关系摆到桌面上。他在《高唐神女传说之分析》和《说鱼》等文中，通过探本求源的考评，指出了"鱼""食"等词语为隐语，在《诗经》中有特定的含义。"鱼"是情侣间互称的隐语，"打鱼""食鱼"是求偶的隐语，"烹鱼"和"食鱼"是两性合欢和结配的隐语；"食"代表情欲，"饥"代表性饥渴，"饱"代表性满足①。明白了这些词语的特殊含义，再读《国风》中的两性情歌就豁然开朗了。

第四阶段，20 世纪 50 年代至今，《诗经》婚恋诗成为人们研究的焦点。

由于文化人类学研究观点和方法的充分运用，《诗经》时代两性关系的真实状态被进一步复原。孙作云是继闻一多之后研究《诗经》两性关系的代表。他于 50 年代发表的

---

① 闻一多：《高唐神女传说之分析》，载于《清华学报》，1935 年第 4 期，第 837～842 页。

《诗经恋歌发微》运用民俗学的理论研究《诗经》婚恋诗。他把这些恋歌当作风化史的一环来处理，充分注意到《诗经》的民俗文化性质，证明当时的许多宗教祭祀节日是诗经时代民间男女两性的恋爱和婚配节，是《诗经》恋歌产生的源头。

恩格斯曾指出："根据唯物主义观点，历史中的决定性因素，归根结底是直接生活的生产和再生产。但是生产本身又分两种。一方面是生活资料即食物、衣服、住房以及为此所必需的工具的生产；另一方面是人类自身的生产，即种的繁衍。"① 之前的人们，由于受几千年封建思想的束缚，只谈恩格斯所说的第一种即物质资料的生产，而人类自身的生产则少有人问津，这是学术史的悲剧，也是人类发展史的悲剧。

十一届三中全会后，随着改革开放的全面展开和深入发展，经济体制的改革也引发了中国人政治思想和文化观念的变革，这也极大地推进了学术研究的发展。该时期对《诗经》两性婚恋诗的研究进入了一个新阶段。

徐华龙的《国风与民俗研究》主要从国风中的诗篇分析出一些民俗的存在，关把这些民俗分为十一类，其中涉及和

---

① （德）恩格斯：《家庭、私有制和国家的起源》，马克思恩格斯选集（第四卷），人民出版社 1972 年版。

两性有关的崇拜、祭祀、婚姻和生殖等问题。由于涉及问题太多，对婚恋习俗的分析失之粗略①。但他提出了对文本的解读要和它所产生的时代统一起来的研究思路。

周蒙的《诗经民俗文化论》是从风俗入手分析考证当时存在的种种民俗，其中也涉及婚恋习俗。但由于以单篇文章结集的形式组成，大都是以《诗经》中的某一篇章为基本点，生发阐述，较为具体深入，但不够全面②。

叶舒宪的《诗经的文化阐释——中国诗歌的发生研究》从意象的角度对《诗经》婚恋诗所反映的两性婚恋习俗进行了探析。其中第八章《风的世界》对"风、雨、雷、云、电、露、虹"等相关意象作出了破解。并对"风"的"牝牡相诱"说从神话说的角度作了进一步的探讨。第九章《斧与媒》，从文化人类学和象征解释原则出发探讨"斧斤"意象的"初开权"象征意义③。在此基础上对《诗经》"析薪母题"和《破斧》从两性婚俗的角度作了新的解释。此书引证极为丰富，资料来源遍及五大洲，扩大了《诗经》研究的视野，使《诗经》研究由中国走向世界。

---

① 徐华龙：《国风与民俗研究》，北京中国民间文艺出版社1988年版。
② 周蒙：《诗经民俗文化论》，黑龙江教育出版社1994年版。
③ 赵沛霖：20世纪《诗经》研究与文化人类学，载于《诗经研究丛刊》（第六辑），中国诗经学会，北京学苑出版社2004年版，第20～55页。

朱炳祥的《中国诗歌发生史》运用文化发生学研究探讨中国诗歌形成的历史，把中国诗歌的历史过程分为四种形态：巫术咒语歌、图腾亲情歌、神话叙事歌和宗教祭祀诗歌。这几种诗歌发展形态都不同程度地在《诗经》中存在着。在图腾亲情歌一章中对《诗经》兴象进行分析研究，总结出和两性关系相连的兴象 132 例。其中的鱼、鸟、水、木等意象在上古初民那里，有着与宗教信仰和生殖崇拜有关的祭祀盛会习俗相关联的文化心理渊源，突破了一直以来把"兴"作为艺术表现方法和修辞手法的局限①。开辟了研究《诗经》婚恋诗的新方向。

这些论著从不同角度对《诗经》两性婚恋诗进行了研究，为我们提供了研究《诗经》婚恋诗的新视角、新思路和新方法。他们的研究"使《诗经》学完成了由传统向现代的转型，驱散了笼罩在《诗经》头上虚假的神圣灵光，把《诗经》归还给它所属的特定时代，恢复其文学的本来面貌。……使《诗经》研究的学术视野由中国走向世界，由文学扩大到文化。②"

除了这些论著外，还涌现出了大批关于《诗经》婚恋诗

---

① 叶舒宪：《诗经的文化阐释》，湖北人民出版社 1994 年版。

② 赵沛林：20 世纪《诗经》研究与文化人类学，载于《诗经研究丛刊》，北京学苑出版社 2004 年版，第 37 页。

的论文。如董雪静的硕士论文《〈诗经〉男女春秋盛会与周代礼俗》，以周代社会礼、俗分合的文化特征为背景，从文学的角度对周代"会男女"的独特现象进行分析研究，认为《诗经》中的男女春秋盛会这一文学现象是周代礼俗文化的一部分。牛晓贞的《诗经婚恋诗的文化分析》，从意象入手，把《诗经》婚恋诗意象分为自然意象和社会意象两大类。从文化史学和文化诗学的双重角度来阐释婚恋诗意象的文化内蕴多元性和独特性，部分还原了当时婚恋风俗文化与婚恋价值观①。黄伦峰在《周代婚俗下的〈诗经〉婚恋诗研究》中把《诗经》婚恋诗分为宫廷婚恋诗和民间婚恋诗两大类进行研究。文章不同前人之处在于指出"违礼"婚恋诗不仅是上古婚俗的遗留，还是春秋礼坏乐崩下贵族男子的唯色是渔、贵族集团的政治需要。文章把民间婚恋诗分为四类，分别为夏朝故地、殷商故地、东夷故地和周王畿之地四类，认为族群、地域、时代等不同条件是造成四类民间婚恋诗不同特色的原因②。曾静蓉的《〈诗经〉性文化研究》，从性文化这一新视角研读《诗经》文本，通过性文化的滥觞时期、爱情燃烧的岁月、克己复礼的伦理时代三个相对独立又交融承接

---

① 牛晓贞：《诗经婚恋诗的文化分析》，西北大学，2007年。
② 黄伦峰：《周代婚俗下的〈诗经〉婚恋诗研究》，广西师范大学，2007年。

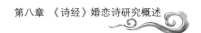

发展的形态来阐述先民们如何从自发到自觉地对个体的"性"进行社会的集体规范，以最终实现整个民族"种"的延续和优化①。

综上所述，近年来研究《诗经》婚恋诗的视角和方法不断开拓和创新，对两性关系之习俗均有涉猎，但缺乏系统性和整体性。鉴于此，本书在前人研究的基础上，立足于《诗经》文本，力求全面梳理诗经时代男女两性之习俗及其渊源，还原此期男女两性真实的生存状态，从两性习俗这样一个侧面了解《诗经》时代的政治、经济、伦理、社会人际、风俗嬗递。

---

① 曾静蓉：《诗经性文化研究》，福建师范大学，2005 年。

第九章　两性审美习俗

　　"亚当和夏娃偷吃了智慧之果，因而能看见光明，知道自己赤身裸体，便有了羞耻之心。于是他们开始采集树叶，缝制兽皮来装扮自己。《圣经》中这则创世神话形象地提示了一个真理：当人脱离自然之人而成为社会之人时，便有了审美的需要，人们的审美意识正是在人的生成及对自然的改造过程中萌芽、发展、完善起来的。"① 弗洛伊德在《创造性作家和昼梦》中曾这样论述："美感肯定是从性感这一领域中延伸出来的，对美的热爱中隐藏着一个不可告人的性感目的。对于性所追求的对象来说，'美'和'吸引力'是它最重要的必备特征。"② 东西方的美学史也都认为两性之间的审美需要和认同是美感产生并不断升华的重要因素之一。

　　《诗经》是我国最早的诗歌总集，以两性审美为题材的作

---

　　① 张吕：《〈诗经〉的两性审美及美学意蕴》，载于《浙江师范大学学报（社会科学版）》，1995 年第 3 期，第 19 页。

　　② 弗洛伊德：《创造性作家与昼梦》，载于《文艺理论研究》，1981 年第 3 期。

品近百篇，约占全部《诗经》的三分之一。通过两性审美诗探索《诗经》时代男女两性的审美习俗，对全面了解《诗经》时代男女两性的生存状态有重要意义。

普列汉诺夫曾指出："审美趣味的发展，总是同生产力的发展携手并进的。因此，无论在这里和那里，审美趣味状况总是生产力状况的准确标志。[①]"《诗经》时代，由于生产力发展水平低下，人类在与自然的斗争中一直处于劣势，为了生存和繁衍，早期人类的审美观中包含有浓重的实用意识。在两性审美中，功利性目的很突出，表现为对自然的人体之美的审视过程中，两性审美都以健壮硕大为美。男性注重孔武、健壮；女性注重硕大、丰满。周代立国后，为了巩固统治，周代统治者建立了一整套规范人们思想和言行的典章制度，礼乐文化随之产生。由于周人礼乐文化的熏陶，《诗经》时代，社会伦理道德美已融入周人的审美意识中，男性崇尚仪态从容仁厚的君子之风。女性崇尚仪态娴雅、温柔贤淑的柔弱美。随着社会的发展，男性在生产生活中逐渐占主导地位，其审美主体地位逐步突出，在自然形体审美方面，女性的貌美也日益受到重视。两性审美不仅要求尽美而且要求尽

271

---

① 普列汉诺夫：《没有地址的信——艺术与社会生活》，商务印书馆 1981 年版，第 148 页。

善。善美统一，成为《诗经》两性审美的重要特征。

第一节　男性审美习俗

一、身材高大、健壮、有力的外表美

《诗经》时代，由于男性逐渐在生产生活中处于主导地位，无论是狩猎、从事农业生产还是从军作战等，皆以男性为主，而身材高大、健壮、有力总是在生产征战中占优势。于是时人从实用目的出发，形成了男性以健壮、硕大为美的习俗[①]。《诗经》的众多诗篇体现了这一审美习俗。《周南·兔罝》是一首赞美猎人的诗。诗人在描述英姿威武的猎人形象时用了"赳赳武夫"一词，"赳赳"一词，《说文》解："赳，轻劲有才力也。"《尔雅》注："赳赳，武也。"所以"赳赳"在此应解为威武有力貌。《邶风·简兮》是写一位女子观看舞师表演万舞，从而心生爱慕之情的诗歌。女子爱恋的焦点是"硕人俣俣，公庭万舞。有力如虎，执辔如组。""硕人"即指身材高大之人。"俣俣"《毛传》释为"容貌大也"，意即身材魁梧貌。"有力如虎，执辔如组"是武舞，传

　　① 普列汉诺夫：《没有地址的信——艺术与社会生活》，商务印书馆 1981 年版，第 148 页。

达出舞师的力和美。而《郑风·大叔于田》则是《简兮》武师舞蹈的实况记录：

叔于田，乘乘马。执辔如组，两骖如舞。叔在薮，火烈具举。袒裼暴虎，献于公所。将叔勿狃，戒其伤女。

叔于田，乘乘黄。两服上襄，两骖雁行。叔在薮，火烈具扬。叔善射忌，又良御忌。抑磬控忌，抑纵送忌。

叔于田，乘乘鸨。两服齐首，两骖如手。叔在薮，火烈具阜。叔马慢忌，叔发罕忌，抑释掤忌，抑鬯弓忌。

《毛序》曰："《大叔于田》，刺庄公也。叔多才而好勇，不义而得众也。""刺庄公"是附会的说法，但"叔多才而好勇"却点明了诗旨。诗的开篇"执辔如组，两骖如舞"交代了女子心仪的"叔"驰骋猎场的英姿。接下来的"袒裼暴虎"特写他赤膊空手伏虎，表现"叔"的强悍勇猛。"叔在薮""火烈具举""火烈具扬""火烈具阜"。通过放火烧草狩猎，火墙翻滚，人喊马鸣，刀响箭发的壮观场面描写来表现男主人公的刚猛和英武①。正因为"叔"的孔武、刚猛、有力，所以才引得女子心生仰慕之情，进而牵挂他的安危，惊惧地喊出了"将叔勿狃，戒其伤女"。叔呀，你要小心，千万

<hr />

①　程俊英：《诗经赏析集》，巴蜀书社1986年版，第128～131页。

不要麻痹大意，小心老虎伤着你。

《诗经》描写男性身材高大、健壮有力的较突出诗篇还有《郑风·丰》，此诗是写女主人公后悔没有随高大健壮的未婚夫结婚的诗。诗言"子之丰兮，俟我乎巷兮，悔予不送兮。子之昌兮，俟我乎堂兮，悔予不将兮"。诗中的"丰"和"昌"皆指男性体貌高大丰满。《郑风·羔裘》中的"羔裘豹饰，孔武有力。彼其之子，邦之司直。"诗人借赞美豹子来赞美大夫的威武而有力量。《齐风·卢令》中的"卢重环，其人美且鬈"。"鬈"，"勇壮"。郑笺"鬈"，当读为权，勇壮也。据马瑞辰考证，是權字之讹，是拳字异体，即"拳勇"之意。还有《齐风·猗嗟》中的"猗嗟昌兮，颀而长兮。""昌"美盛貌，"颀而"即颀然，身材高长貌①。《卫风·伯兮》中的思妇，在首章即夸其夫"伯兮朅兮，邦之桀兮。伯也执殳，为王前驱"。"朅"为壮健英武貌。由此可见，体貌的硕大健壮和有力是诗经时代男性外美的主要特点。

二、德能兼备的本质美

随着社会的发展，特别是周代礼乐文明的出现，人们在注重人外在生理形态上的体貌之美的同时，社会伦理道德的

---

① 俊英、蒋现元：《诗经注析》，中华书局1991年版，第280页。

成分融入其中。以道德、品性为主要内容的"内在美"融入了时人的审美观念中①。对男性美而言，不仅要求外形硕大、健壮，而且要求品德仁厚高洁、德能兼备才是完美。不管是崇文还是尚武，对配偶的要求，既魁梧健壮、骁勇善战又治国有方。《诗经》的众多诗篇体现了这种审美习俗。

《魏风·汾沮洳》就为我们塑造了一位品貌兼备的男子形象：

彼汾沮洳，言采其莫。彼其之子，美无度。美无度，殊异乎公路。

彼汾一方，言采其桑。彼其之子，美如英。美如英，殊异乎公行。

彼汾一曲，言采其藚。彼其之子，美如玉。美如玉，殊异乎公族。

"美无度"中的"度"，即尺寸。陆德明《经典释文》曰："度：丈尺也。"无度，犹不可衡量。《郑笺》："是子之德，美无有度，言不可尺寸。②"第二章的"美如英"之"英"，《毛传》曰："英犹花也"，表现的是男子的容颜之美。

---

① 方英敏：《论〈诗经〉中的人体审美观念》，载于《社会科学家》，2008年第9期，第19页。

② 转引自程俊英、蒋现元：《诗经注析》，中华书局1991年版，第292页。

第三章之"美如玉",用质地优良,色泽柔和,感觉温润的玉来比喻男子,说明男子品德的高洁。

《郑风·叔于田》曰:

> 叔于田,巷无居人。岂无居人?不如叔也。洵美且仁。
>
> 叔于狩,巷无饮酒。岂无饮酒?不如叔也。洵美且好。
>
> 叔适野,巷无服马。岂无服马?不如叔也。洵美且武。

在女子眼里,《叔于田》中的男子"洵美且仁、洵美且好、洵美且武"。"仁"蒋现元解释为"厚道谦让"。王先谦《集疏》引黄山云"《论语》'里仁为美',仁只是敦让意。""武"王先谦《集疏》云:"武者,谓有武容。"意为勇敢英武①。让这位姑娘心仪的男子不仅仪表堂堂,而且有仁爱谦逊的美德、娴熟的射猎技能和威武无畏的精神,以至于使女子觉得"巷无居人、巷无饮酒、巷无服马"。不是巷中无人居住,无人能饮酒,无人能驾马,而是该男子太优秀了,无人能比。他不仅健壮有力,能饮善射,而且德能兼备,天下无双。

《齐风·猗嗟》也反映了这种审美习俗:

> 猗嗟昌兮!颀而长兮,抑若扬兮。美目扬兮,巧趋跄兮。

---

① 程俊英、蒋现元:《诗经注析》,中华书局1991年版,第226页。

射则臧兮！

猗嗟名兮！美目清兮，仪既成兮。终日射侯，不出正兮。展我甥兮！

猗嗟娈兮！清扬婉兮，舞则选兮。射则贯兮，四矢反兮。以御乱兮！

诗中的男子不但健壮勇武"猗嗟昌兮，颀而长兮"，英俊潇洒，风流倜傥"抑若扬兮，美目扬兮""美目清兮""清扬婉兮"，而且仪态从容典雅"巧趋跄兮"，射艺过人"射则臧兮""终日射侯，不出正兮""射则贯兮，四矢反兮"。这种才貌双全、品德高尚的男子是男性审美中的典范。

在《诗经》中，男性审美至善至美的典范要数《卫风·淇奥》中对男主人公的描绘：

瞻彼淇奥，绿竹猗猗。有匪君子，如切如磋，如琢如磨。瑟兮僩兮，赫兮咺兮。有匪君子，终不可谖兮。

瞻彼淇奥，绿竹青青。有匪君子，充耳琇莹，会弁如星。瑟兮僩兮，赫兮咺兮。有匪君子，终不可谖兮。

瞻彼淇奥，绿竹如箦。有匪君子，如金如锡，如圭如璧。宽兮绰兮，猗重较兮。善戏谑兮，不为虐兮。

诗篇以竹起兴，就包含君子风韵。竹在中国人的审美观念中是清纯、高雅、坚贞的君子之风的象征，其最早的审美

意象当源于《淇奥》。诗中的君子不但"如切如磋，如琢如
磨""如金如锡，如圭如璧""充耳琇莹，会弁如星"，而且
"瑟兮僩兮，赫兮咺兮""宽兮绰兮，猗重较兮"，庄严威武，
心胸宽广，宽容温和。切、磋、琢、磨四字，陈奂《傅疏》
曰："皆治器之名。"《尔雅·释器》曰："骨谓之切，象谓之
磋，玉谓之琢，石谓之磨。①"《毛传》曰："金锡练而精，圭
璧性有质，宽能容众。②"正是这种反复砥砺、磨炼使君子达
到了精如金锡，琢磨如圭璧的道德境界。所以令女子"终不
可谖兮"。女子心目中的男子不但外表英俊潇洒、温文尔雅而
且品德高尚。

第二节　女性审美习俗

尼采说："男人为自己创造女性形象，而女性则模仿这个
形象来创造自己。③"这种审美状况在漫长的封建社会中一直
占据主导地位。两性审美是指在社会、他人和自我进行美的
审视过程中，两性既可以作为审美主体，拥有审视和选择的
自主权，也可以作为审美客体，成为被审视选择的对象。《诗
经》时代，对女性的束缚尽管没有后世严重，但已初现端倪，

---

① 程俊英、蒋现元：《诗经注析》，中华书局 1991 年版，第 156 页。
② 王先谦：《诗三家义集疏》，中华书局 1987 年版，第 272 页。
③ （德）尼采：《人性的，太人性的》，中国人民大学出版社 2005 年版。

女性作为审美主体的地位开始被剥夺，女性在两性审美中已处于弱势地位。薛富兴在《〈诗经〉审美观念举例》一文中，把《诗经》审美观分为两类，一类是普遍性审美观，另一类是特殊性审美观。在特殊性审美观中，专言女性之美的词有"淑、婉、佼、倩、娈、姝、静、媚、都"等，而与此形成鲜明对照的是《诗经》中专用于赞美男性之词仅有"彦"①。这一词语统计也显示出了两性审美主体地位的失衡。因此《诗经》中女性审美习俗的形成大多是从男性视角出发逐渐形成并沿袭下来。

一、硕大为美

279

《诗经》时代，"农业、畜牧业、制陶、纺织等手工业相继出现，其中的农业、纺织、制陶和编织均为妇女的发明和创造。当男子在很大程度上还停留在渔猎生产领域时，妇女却在采集、农业和主要手工业中起着主要的、经常性的作用。此外，妇女还是管理住房、保护火种、抚养子女等工作的承担者。②"繁重的劳动任务需要女子有高大健壮的体魄。恩格

---

① 薛富兴：《〈诗经〉审美观念举例》，载于《阴山学刊》，2005年第10期，第5～10页。

② 户晓辉：《中国人审美心理的发生学研究》，中国社会科学出版社2003年版，第55页。

斯说："根据唯物主义观点，历史中的决定性因素，归根结蒂是直接生活的生产和再生产。但是生产本身又分两种。一方面是生活资料即食物、衣服、住房以及为此所必需的工具的生产；另一方面是人类自身的生产，即种的繁衍。①"此时人们的一切行为、意识、思想感情都服从于这一目的，所以硕大为美的审美习俗的形成有着浓重的功利性和观念性因素在内。《诗经》时代，尽管人类已从史前时代进入文明社会，生产力有了较大的发展，人类对自身生命的感受也发生了变化，相应的审美观也发生了变化。但由于对劳动力的需要，种的繁衍的需要依然是当时社会的主要内容，在对女性审美中仍以硕大为美。我们从《诗经》收录的诗篇中可以找到例证。中国文学史上第一篇美人赞《卫风·硕人》就反映了这种审美习俗：

硕人其颀，衣锦褧衣。齐侯之子，卫侯之妻。东宫之妹，邢侯之姨，谭公维私。

手如柔荑，肤如凝脂，领如蝤蛴，齿如瓠犀，螓首蛾眉。巧笑倩兮，美目盼兮。

硕人敖敖，说于农郊。四牡有骄，朱幩镳镳，翟茀以朝。

---

① （德）恩格斯：《家庭、私有制和国家的起源》，载于《马克思恩格斯选集（第四卷）》，人民出版社1972年版，第2页。

大夫夙退，无使君劳。

河水洋洋，北流活活。施罛濊濊，鳣鲔发发，葭菼揭揭。庶姜孽孽，庶士有朅。

诗开篇即言"硕人其颀"，《郑笺》曰："硕，大也"[1]。所以"硕人"意即大人。王先谦《集注疏》曰："大人犹美人，《简兮》咏贤者，称硕人又称美人，《郑笺》以为即一人，是其证也。古人硕、美二字为赞美男女之统词，故男亦称美，女亦称硕。[2]""其颀"和第三章"硕人敖敖"中的"敖敖"、第四章中"庶姜孽孽"中的"孽孽"均指身材高大貌。所以庄姜之美的第一构成要素是身材高大丰满。

《唐风·椒聊》是一首赞美妇女多子的诗，此诗也反映了硕大为美的审美习俗：

椒聊之实，蕃衍盈升。彼其之子，硕大无朋。椒聊且！远条且！

椒聊之实，蕃衍盈匊。彼其之子，硕大且笃。椒聊且！远条且！

诗开篇先用"椒聊"兴多子。椒，是花椒，果实暗红，

---

① 王先谦：《三家诗义集疏》，中华书局1987年版，第277页。
② 参见程俊英、蒋现元：《诗经注析》，中华书局1991年版，第161页。

味辛而香，可以入药。闻一多《风诗类钞》曰："椒聊喻多子，欣妇女之宜子也。①"时人又认为体壮肌丰的女子可以多生孩子，所以在赞美女子体态的时候用了"彼其之子，硕大无朋""彼其之子，硕大且笃"。"无朋"是无比之意，"硕大无朋"合起来意即那位妇人身体肥硕强壮。"笃"是厚实之意，"硕大且笃"是说那位妇人肌体丰满。这是上古时期生殖崇拜和信仰意识的反映。说明《诗经》时代对女性审美中也是以女子身体肥硕，肌体丰满为美。

此外，《小雅·车辖》是诗人在迎娶新娘途中的赋诗，诗人在赞美新娘的时候用了"辰彼硕女，令德来教"。其中的"硕女"也是指身材高大的女子。《陈风·泽陂》让诗人念念不忘，"辗转伏枕，卧而不寐，思之深且久也"②的女子也是一位"硕大且卷、硕大且俨"的女子。由此可见《诗经》时代硕大为美依然是女性审美中的重要内容。

《诗经》时代，对女性硕大为美审美习俗的崇尚还可证于同期的其他资料。《左传》桓公元年，"宋华夫督见孔父之妻于路，目逆而送之，曰：'美而艳'。③""艳"，《说文·丰部》解释为"好而长也。"这也说明当时对女性审美中，确

---

① 闻一多：《风诗类钞》，古籍出版社 1956 年版。
② 朱熹：《诗集传》，上海古籍出版社 1980 版。
③ 杨伯俊：《春秋左传注》，中华书局出版发行 1990 年版，83 页。

以身材高大、肌体丰满为美。

二、以德为美

《礼记·表记》记载孔子曾这样说:"夏道遵命,侍鬼近神而远之,近人而忠焉,先禄而后威,先赏而后罚,亲而不尊;殷人尊神,率民以事神,先鬼而后礼,先罚而后赏,尊而不亲;周人尊礼尚施,事鬼近神而远之,近人而忠焉,其赏罚用爵列,亲而不尊。[①]"由这段记载可以看到,夏商以巫文化为主,周人以礼乐文化为主,周人的尊礼文化开始认识到人的重要性。周人迈出了从神治走向人治的第一步。周人"类的意识"开始觉醒,"人明确意识到自己作为一个独立的族类而存在,再也不是天命的奴隶、神权的仆役和祖先的影子。[②]"周人的礼乐文明规定了君臣父子等级森严的社会制度。周人"类的意识"的觉醒,又使自身自觉主动地服从家国集体的利益与要求。这种伦理道德的要求将男性置于主体主动的地位,为男性提供了广阔的施展才华的天地。而对女性来讲,女性的生活范围缩小,女性逐渐从社会回归家庭,

---

① 袁祖社:《四书五经》,北京线装书书局2002年版。
② 冷金成:《中国文学的历史与审美》,中国人民大学出版社1999年版,第7页。

女性审美的主体地位也逐渐失落①。所以这一时期从社会和男性角度出发的对女性的审美除了看重女子颀长丰满的身材，而且还特别看重女性的德美。所谓的"德美"，除了生育继嗣之外，又增加了温顺、贤惠、勤劳等品德要求，美开始具有伦理品格上的意义。这一习俗在《诗经》的体现最典型的是对"周代三母"的描绘。"周代三母"对《诗经》时代的男性来说，尽管是历史人物，但从现实生活中的男性对她们的颂扬，可以认定现实的审美观对他们品德和行为的认可。从中我们可以看到西周时期对女性审美中对德美的看重。我们可从产生于西周初中期的《大雅》中的几首诗来印证这一审美习俗。

《大雅·大明》中有这样的描述："挚仲氏任，自彼殷商。来嫁于周，曰嫔于京。乃及王季，维德之行。大任有身，生此文王。"诗中的"挚仲氏任"即指大任，她是王季的妻子，周文王的母亲。"维德之行"意即大任的品德与王季相配。接下来写道："大邦有子，伣天之妹""于周于京""缵女维莘，长子维行，笃生武王"说的是文王之妻，武王之母"太姒"。"伣天之妹"是夸赞太姒的貌美，说她好比天上的仙女。"缵女"谓好女，犹言淑女、硕女、静女，皆美德之

---

① 张雪梅：《〈诗经〉时代女性审美论》，青岛大学硕士学位论文 2007 年。

称。从这些描写可见太姒也是一位德色兼备的女性。

《大雅·思齐》开篇即言:"思齐大任,文王之母。思媚周姜,京室之妇。大姒嗣徽音,则百斯男。"齐,端庄。媚,美好,这里指德行美好。徽音,指美好的声誉①。诗句的意思为大任端庄,太姜德行美好,太姒继承先姒的美德则曰"嗣徽音"。这里尽管也提到了"周代三母"的貌美,但没有具体所指,重点强调的是她们的美德。这里的美德除了端庄、温顺外,侧重于她们为人妻、为人母、为周室的繁荣所做的贡献。

我们从后世对三母品德的推崇也可窥见周代对女性德美的看重。刘向《列女传·母仪·周室三母》中还有这样的记载:"大王谋事,迁徙,必与太姜","广于德教"。说太姜不仅是古公亶父的好帮手而且以德垂范天下。"太任之性,端一庄成,维德之行"是说王季之妻太任的品德可以母仪天下。"旦夕勤劳,以进妇道""文王治外,文母治内""教诲十子,自少及长,未尝见邪僻之事……卒成武王,周公之德"。这里说的是文王之妻,武王之母太姒,她的功绩是相夫教子。

从以上资料也可看出西周初期到中期,对女性审美中更

————————

① 参见程俊英、蒋现元:《诗经注析》,中华书局1991年版,第773页。

看重女性的端庄、贤淑和柔顺的品德美。

西周初中期两性审美中对女性端庄、柔顺、贤淑的看重主要是与周礼相呼应对女性施加的影响。除此之外，前朝兴亡的历史教训也影响着周人特别是统治者审美观的形成。

关于夏商亡国，许多古代典籍都把罪责归于夏桀的爱妃妺喜和商纣的爱妃妲己。《列女传·孽嬖》云二女，一个是"美于色，薄于德"；一个是"美而辨，用心邪僻"。这就促使周代统治者在建国之初就总结出"维王不逊声色"（《尚书·商书》）的"女祸论"思想。《大雅·瞻卬》一诗就表现了这种思想。诗三章云："哲夫成城，哲妇倾城。懿厥哲妇，为枭为鸱。妇有长舌，维厉之阶。乱匪降自天，生自妇人。匪教匪诲，时维妇寺。"第四章又云："妇无公事，休其蚕织。"认为女人不能参与社会政治事务，女人参政只会给国家带来灾难。这种思想使女人逐渐从社会政治生活中退出，回归家庭，从事家务劳动，相夫教子。这种思想观念也导致对女性审美中"以德为美"的审美习俗的形成。女性的貌美即"色"美在有意无意中被忽略了。

三、美善有别，善美统一

周王朝经历了几百年的安定繁荣之后，开始走向衰落。至西周末年，周幽王残暴无道，最终导致灭国。平王东迁后，

周天子威信扫地，诸侯争霸局面形成。人类历史上一个伟大变革时代——春秋时代到来。

社会的变革引起了人的意识领域的变化，表现为人的理性意识的初步觉醒。首先，人们由对逝去的历史与祖先的赞美，对整个族类的繁荣昌盛的祈求，转向对世俗现实生活的观照。人们逐渐从"类"的自我走向"个体"的自我，人们能够发现现实社会和自身的美。其次，"中和"的哲学和美学思想形成。"中和"思想体现在现实生活中的各个领域，它的可贵之处在于对事物之间的差别有了更精准的认识，而且主张把彼此间的不同统一起来。

从前面的分析我们知道西周初中期对女性的审美，美善不分，美即善，善即美，伦理道德的意味很浓重，而独立于善的美，特别是女性的容貌之美，却被视为"凶"与"恶"，处于被忽视被排斥的境地。从西周末期开始，对女性的审美习俗发生了很大变化。"善"和"美"开始区分。此时对女性自然人体之美的审视中，除了看重身材的丰硕、健壮，也看重女性的容颜美。当然"善"仍处于此时审美评价的主流地位，此时审美的最高标准是善和美的统一。这一审美特点在《国风》的大部分和《小雅》的小部分诗篇中都有体现。而"《国风》的绝大部分是春秋初期至中期的诗，一小部分

是西周后期的诗。①"

（一） 娇艳如花的容颜美开始凸显

《诗经》中对容颜美的描写最突出的诗篇还数《卫风·硕人》。关于此诗产生的时间，何楷《诗经世本古义》、姚际恒《诗经通论》、崔述《读风偶识》都认为此诗作于庄姜始嫁至卫之时。《史记·卫世家》载："庄公五年，娶齐女为夫人。"据此推算，这篇作品产生于公元前七五二年左右②。是西周末年的作品。诗篇对庄姜容颜之美的描述集中在诗篇的第二章："手如柔荑，肤如凝脂，领如蝤蛴，齿如瓠犀，螓首蛾眉。巧笑倩兮，美目盼兮。"诗人运用了多种喻体对庄姜先作静态描写：其手指如初生的白茅，又白又嫩；其肌肤如冻凝的油脂，柔滑洁净；脖颈有如天牛的幼虫，颀长而洁白；牙齿如葫芦籽一样洁白整齐；额如螓首宽广而方正，眉如蚕蛾之触须，细长而弯曲。紧接着又对其进行了动态的描写：微笑时面露笑靥，双眼顾盼流神。这样一动一静，动静相生，化美为媚，就把一位令人心旷神怡的古典美人呈现在读者面前。

《诗经》对女性容颜美的描写中大多用花作比。用娇艳欲

---

① 夏传才：《诗经研究史概要》，清华大学出版社 2007 年版，第 12 页。
② 参见程俊英、蒋见元：《诗经注析》，中华书局 1991 年版，第 162 页。

滴的鲜花为喻体，状女性容颜之美，开了中国审美传统中美女如花的审美先河①。翻开《诗经》我们可以看到大量的用鲜花喻美女的诗篇。

《周南·桃夭》中有"桃之夭夭，灼灼其华"，用桃花的鲜艳多姿喻新嫁娘容颜的娇美亮丽。清人姚际恒在其《诗经通论》中说："桃花色最艳，故取以喻女子，开千古词赋咏美人之祖。"方玉润也说："（一章）艳艳，开千古词赋香奁之祖。②"《召南·何彼秾矣》中用"何彼秾矣？唐棣之华，何彼秾矣？华如桃李"来形容即将出嫁的王姬容颜艳丽如桃李。关于二南产生的年代，后世学者经考证认为"二南是西周末，东周初，即周王室东迁前后的作品。③"

289

产生于东周至春秋之间的《郑风·有女同车》用"颜如舜华、颜如舜英"来描摹诗人心仪的姑娘的美丽容貌。舜，即木槿，落叶灌木，开淡紫或红色花，今名牵牛花④。华同花。英，《毛传》："英犹花也。"《郑风·出其东门》中有"出其闉阇，有女如荼"，荼，白茅花。如荼，形容城门外层

① 朱荣梅、杨亚丽：《〈诗经〉女性审美传统的文化意蕴》，载于《西北农林科技大学学报（社会科学版）》，2008年第7期，第116页。
② 金启华、朱一清、程自信：《诗经鉴赏辞典》，安徽文艺出版社1990年版，第2页。
③ 参见程俊英、蒋现元：《诗经注析》，中华书局1991年版，第1页。
④ （清）王夫之：《诗经稗疏（四卷）》，皇清经解本。

曲城的女子像白茅花那样美丽众多。

《陈风·东门之枌》中用"视尔如荍"来赞美自己的心上人。荍，亦名锦葵。花紫红色或白色，带深紫色条纹。《陈风·泽陂》有"彼泽之陂，有蒲与荷。彼泽之陂，有蒲与蕳。彼泽之陂，有蒲菡萏。"这是一首怀人诗，男主人公把自己难以忘怀的可爱姑娘比作高雅洁净的荷花。蕳，《鲁诗》作莲，《郑笺》："蕳，当作莲。莲，芙蕖实也①"。因此，诗中用来喻女的荷、蕳、菡萏均指荷花。自此花与女性之美结下了不解之缘，花开色美，花败色衰。而且随着社会的发展，不同的花朵都寓有特定的含义，如牡丹喻富贵，菊花喻隐士，莲花喻君子，梅花喻高洁等。《陈风》除了《株林》一篇有确切年代可考，是春秋中叶的作品，其余篇目多是东周之后的作品②。

（二）外美和内美有机统一

位于整部《诗经》之首的《周南·关雎》的审美对象是"窈窕淑女"。马瑞辰《毛诗传笺通释》解释曰："《方言》：'秦晋之间，美心为窈，美状为窕'。③"由此可见"窈窕"既指形体之美，又指心灵之善。"淑女"的"淑"字，《传笺通

---

① 程俊英、蒋现元：《诗经注析》，中华书局1991年版，第384页。
② 程俊英、蒋现元：《诗经注析》，中华书局1991年版，第361页。
③ 《诗传笺通释（三十一卷）》，皇清经解续编本，十三经注疏本。

释》解为"善"。"窈窕淑女"四字是在重"善"的基础上达到了"善"和"美"的统一。西周末年到春秋时期，尽管女性的自然形体之美较西周初中期凸显，但在审美评价中占主流地位的依然是"善"。前一时期对女性审美的功利性目的仍然存在，特别是紧随其后的四个字"君子好逑"加重了这一功利性目的。对德色兼备的女子的审视只是为了君子能够挑选一个好配偶，建立一个符合伦理规范的家庭，完成周代"合二姓之好，上以事宗庙，下以继后世"的社会任务。

此期对女子德美的要求是西周初中期女子德美的沿袭，主要表现为勤劳、温顺、贤惠、多子等方面。和西周初中期所不同的是要求女子德美的同时，也看重女子的貌美，善和美有机地融为一体①。如《周南·桃夭》：

桃之夭夭，灼灼其华。之子于归，宜其室家。

桃之夭夭，有蕡其实。之子于归，宜其家室。

桃之夭夭，其叶蓁蓁。之子于归，宜其家人。

开篇以茂盛的桃树和艳丽的桃花起兴，"桃之夭夭，灼灼其华"，形容新娘的青春貌美，接着"之子于归，宜其室家"提到了对新娘的品德要求。马瑞辰《通释》曰："宜与仪通，

---

①　金荣权：《论〈诗经〉时代的品貌审美》，载于《中州学刊》，2004 年第 11 期，第 90 页。

《尔雅》'仪,善也',凡《诗》云宜其室家,宜其家人者,皆谓善待其室家与家人尔。"①。第二章用"桃之夭夭,有蕡其实"起兴,于省吾《泽螺居诗经新证》:"《毛公鼎》'蕡,驳',刘心源谓'斑,斑驳是也'。然则'有蕡其实'即'有斑其实'。桃实将熟,红白相间,其实斑然。②"对新娘寄予了婚后多子的期望。整首诗对新娘的审美期待是既青春貌美又柔顺多子,外在美和内在美融为一体。

《郑风·有女同车》:

有女同车,颜如舜华。将翱将翔,佩玉琼琚。彼美孟姜,洵美且都。

有女同行,颜如舜英。将翱将翔,佩玉将将。彼美孟姜,德音不忘。

诗共二章,每章前四句从静态和动态两个方面刻画女子的容颜美和体态美。"有女同车,颜如舜华""有女同行,颜如舜英"。舜为木槿,用木槿花来比喻女子容颜的鲜嫩娇美。"将翱将翔,佩玉琼琚""将翱将翔,佩玉将将"写女子体态的轻盈飘逸。每章的最后二句作结:"洵美且都""德音不忘"。整首诗刻画了一个朱颜娴雅、德音不忘的完

---

① 《毛诗传笺通释(三十一卷)》,皇清经解续编本,十三经注疏本。
② 于省吾:《泽螺居诗经新证》,中华书局1982年版。

美女性形象。

《小雅·车辖》是新郎在迎亲途中所赋的诗：

间关车之辖兮，思娈季女逝兮。匪饥匪渴，德音来括。虽无好友，式燕且喜。

依彼平林，有集维鷮。辰彼硕女，令德来教。式燕且誉，好尔无射。

虽无旨酒，式饮庶几。虽无嘉肴，式食庶几。虽无德与女，式歌且舞。

陟彼高冈，析其柞薪。析其柞薪，其叶湑兮。鲜我觏尔，我心写兮。

高山仰止，景行行止。四牡騑騑，六辔如琴。觏尔新婚，以慰我心。

《左传·昭公二十五年》载："叔孙婼如宋迎女，赋《车辖》。"叔孙婼（卒于公元前 517 年），是春秋时代鲁国的政治家和外交家，由此可推得《小雅·车辖》是春秋中期的作品。诗人用漂亮的长尾锦鸡、青翠的柞叶喻新娘的青春貌美，用"德音来括""令德来教""高山仰止，景行行止"来歌颂季女的品德美，又是一位德色兼备的新娘。

从以上作品的分析我们可以看到，从西周末期开始尽管女性的外在美得到认可并开始凸显，但对女性的审美标准强调的是外表美和心灵美的统一，女性只有外表美是得不到认可的。《召南·何彼秾矣》曰："何彼秾矣，唐棣之华""何彼秾矣，华如桃李"，用鲜嫩的唐棣花和桃李之花来形容王姬之美，表现女子容颜的俏丽。方玉润说："何彼秾矣，讽王姬车服渐侈也。……何彼秾矣是美其色之盛极也；曷不肃雍，是疑其德之未有称耳"①。以此可见，尽管外表美已得到认可和彰显，但无德与其匹配还是立不住脚的。

《鄘风·君子偕老》也反映了这种审美习俗：

君子偕老，副笄六珈。委委佗佗，如山如河，象服是宜。子之不淑，云如之何！

玼兮玼兮，其之翟也。鬒发如云，不屑髢也。玉之瑱也，象之揥也，扬且之皙也。胡然而天也？胡然而帝也？

瑳兮瑳兮，其之展也。蒙彼绉絺，是绁袢也。子之清扬，扬且之颜也。展如之人兮，邦之媛也？

《毛序》曰："《君子偕老》，刺卫夫人也。夫人淫乱，失事君子之道。"《郑笺》："夫人，宣公夫人，惠公之母也。②"卫宣公是卫国第十五代国君，公元前718～公元前700年在位，由此可知，此诗的产生年代应是春秋前期。诗人对宣姜

---

① 转引自程俊英、蒋现元：《诗经注析》，中华书局1991年版，第55页。
② 转引自程俊英、蒋现元：《诗经注析》，中华书局1991年版，第126页。

之美从皮肤、秀发、体态、举止、服饰等多个方面进行描绘，诗中宣姜是何等的漂亮迷人、何等地雍容华贵，"真是静如高山巍巍，动如河水潺潺①"，所以诗人情不自禁地赞叹道："胡然而天也，胡然而帝也。"为什么美若天仙，为什么美若帝子？然而遗憾的是如此貌美却没有厚德与之相配，所以诗人发出了质疑："展如之人兮，邦之媛也？"，这个人真是国家最美丽的人吗？如果说第一章的结尾"子之不淑，云如之何？"是一种直接的指斥，那么后两章的惊问和惋惜却"辞益婉而意益深矣！②"诗人对宣姜"善"和"美"的不和谐、不统一，表示遗憾并给予强烈的谴责。这些诗篇从反面印证了此时对女性的审美要求是善和美的统一。

从以上分析我们可以发现西周末年到春秋时期，尽管两性的外在美得到认可并适度彰显，但我们从男女两性的审美习俗中还是可以发现这一时期两性审美的核心意蕴是以善为美，以是否符合周礼的规范为第一要素。对女性审美而言，"妇德、妇言、妇容、妇功"排在首位。于男性而言，首言其仁。孔子曰："《诗三百》一言以蔽之，思无邪。"一语破的，道出当时审美的主要趋向。"思无邪"意即伦理道德上的尽善

---

① 张吕：《诗经的两性审美及美学意蕴》，载于《浙江师大学报》，1995年第3期。
② 程俊英：《诗经赏析集》，巴蜀社1986年版，第73~75页。

尽美①。由于诗经时代已建立了以血缘为纽带的家国一体制，男性在社会生产和生活中已占主导地位，体现在《诗经》两性审美诗中，便是大量的从男性视角出发的对女性审美的诗篇。正因为如此，所以才有了《卫风·伯兮》的"自伯之东，首如飞蓬。岂无膏沐？谁适为容！"女人形成了"女为悦己者容"的自弱心态和顺从意识，以迎合男性社会的审美需要。这种审美观一直为后世所沿袭。直到今天，尽管妇女的社会地位已大大提高，但这种审美习俗依然在起作用。

① 赵宏：《〈诗经〉女性形象的审美价值》，载于《沈阳农业大学学报（社会科学版）》，2006 年第六期，第 389 页。

第十章　会男女习俗

　　《诗经》的渐次生成是西周王朝"制礼作乐"的文化产品①。王国维在《制度论》中认为周革殷命后所作的第一件事情就是制度的变革："一曰立子立嫡制……二曰庙数之制……三曰同姓不婚之制。此数者，皆周之所以纲纪天下者，其旨则在纳上下于道德，而合天子、诸侯、卿、大夫、庶民以成一道德团体，周公制作本意即在于此。②"伴随着政治制度的变革，与之相适应的意识形态观念不会骤然被新的意识形态所取代，它是一个从逐渐积淀、渗透、消融到新的文化形态的过程。

　　西周时期，由于地域辽阔，人口稀少，生产力水平低下，战争又频繁发生，所以统治者为了发展生产，增强国力，人口的繁殖成了第一要务，这一要务理所当然地落到民间男女的肩上。在这种情况下，统治者不得不顺俗而治，对上古遗

---

① 李山：《诗经的文化精神》，东方出版社1997年版，第1页。
② 王国维：《观堂集林》，中华书局1959年版。

风进行合理的改造和利用，于是就有了《周礼·地官·媒氏》的记载："仲春之月，令会男女。于是时也，奔者不禁，若无故而不用令者罚之。""奔"，《国语·周语》韦昭注为："不由媒氏。①"这就是说仲春二月民间男女的恋爱是自由的。这是统治者为了减少因战争而带来的旷夫怨女的不满情绪，更为了繁育人口的需要，在民间男女两性恋爱婚姻关系中所作的让步。这种规定的实质是对聘娶婚的补充。这种特殊的规定为《国风》中民间婚恋诗的产生提供了肥沃的土壤。

《诗经·国风》中的不少诗篇就反映了这种会男女的习俗。笔者在前人婚恋诗归类的基础上仔细梳理认为，《诗经》中明确反映会男女习俗的恋歌近 30 首。这些诗篇"乃是男女相与歌咏，各言其情"（《诗集传》）的情歌。这些情歌内容丰富，精彩纷呈，表现了基·瓦西列夫在《情爱论》中对爱情的定义，即"在传宗接代的本能基础上产生于男女之间，使人获得特别强烈的肉体和精神享受的这种综合的互相爱慕的交往之情。②"

第一节　仲春会男女习俗产生的文化背景

《诗经》时代仲春会男女习俗的产生和沿袭既有农业文化

---

① 转引自山乡：《论"仲春之月·令会男女"》，载于《广播电视大学学报（哲学社会科学版）》，2005 年第一期，第 28 页。

② 基·瓦西列夫：《情爱论》，北京三联书店 1984 年版，第 3 页。

的背景，也有上古巫术文化的遗存。周朝是以农业立国的，农业生产是有季节性限制的，所谓"春耕、夏耘、秋获、冬藏"。农人的生活节律也就由农业生产的时序所规定。这样农夫们的生活就分为两大季节。从旧历二月起开始下地直到九月收场完毕后，才能结束他们的野外生活回归室内。这样许多生产之外的活动、风俗习惯由农业节律决定，逐渐凝固为一种固定的典礼或节日。《豳风·七月》对农业生产的节律和农人的生产生活的两大季节有明确的描述。

　　"会男女习俗"定于仲春二月除了受农业生产节律的影响外，还有古人巫术观念的作用。郑玄注《周礼》曰："仲春阴阳交，以成婚礼，顺天时也。"《白虎通·嫁娶篇》曰："嫁娶必以春，何？天地交通万物始生，阴阳交接之时也。据此疑自古婚姻本以春为正时，故《诗经》中所见的婚期，春时为最多。①"根据弗雷泽交感巫术中的"相似律"，巫术施行者通过"模仿"实现他想做的事。先民们模拟自然，男女两性的结合也被认为是阴阳交接。先民认为，仲春二月为万物复苏的季节，自然界的节律是春种秋收，男女两性的婚姻和自然界是同理。闻一多曾说："初民根据其感应魔术原理，以为行夫妇之事，可以助五谷繁育，故嫁娶必于二月农事作

299

①　闻一多：《诗经研究》，巴蜀书社2002年版，第233页。

始之时行之。①"仲春之月是男女婚配的最佳时机。如果至此
适龄男女还没有成婚配，这在重视民人人口繁育的周人来讲
是极严重的问题，所以就有了政府的"仲春之月，令会男女。
于是时也，奔者不禁，若无故而不用令者罚之"的明文规定。
这样仲春之月的各种节日、宗教祭祀活动就成为会男女的最
佳时机。正如法国学者格拉耐所说的："《诗经》歌谣也是季
节祭的宗教情感产物。在其经典的正统性背后表现了隐蔽的
古代习俗，这种习俗分别对应春天的'性的大飨食'和秋天
的'食的大飨食'。②"

第二节　高禖祭祀与会男女

"高禖"，《辞源》解为："禖神，帝王祀以求子。"根据
《礼记·月令》所记："仲春之月，是月也，玄鸟至，至之日
以大牢祠于高禖。天子亲往，后妃帅九嫔御；乃礼天子所御，
带以弓韣，授以弓矢，于高禖之前。"其中提到的有身孕的嫔
妃受到特殊的礼敬，给她挂上弓套，授给她弓箭，因为弓箭
是男子所用的物品，这又印证了原始的巫术观念。这样做的
目的是希望她将来能生男孩。高禖神就是生殖神，高禖祭祀

---

① 闻一多：《诗经研究》，巴蜀书社 2002 年版，第 233 页。
② 格拉耐：《中国古代的祭礼与歌谣》，上海文艺出版社 1989 年版。

是一种祈子的祭祀仪式。

　　关于祭高禖的崇拜对象，毛忠贤在《高禖崇拜与〈诗经〉的男女聚会及其渊源》一文中认为：从远古至周代作为偶像崇拜的禖神经历了三个阶段：第一阶段为蒙昧的血缘家庭时代，禖神的崇拜对象是开辟神女娲。第二阶段为母系氏族社会时期，此期世界各地都盛行图腾信仰，于是各族的图腾神被赋予繁衍的职能。商人信仰的图腾神是鸟，周人信仰的图腾神是熊。第三阶段是母系社会末期到阶级社会初期。此期图腾崇拜风微，媒神的地位逐渐被各族先妣所代替。夏族的高媒神是禹妻涂山氏，周族的高禖神是姜嫄，商族的高禖是简狄①。

　　诗经文本对毛先生所谓的第二、三阶段的高禖祭祀情况均有所反映。产生于西周初期的《大雅·生民》在追述周人始祖后稷的事迹时有姜嫄"履帝武敏歆"乃生后稷的描述。实际上叙述的是姜嫄在高禖祭祀的宗教仪式上怀孕生子的经过。据孙作人等人的考证，周人的图腾神为熊，故祭祀仪式上神尸所装扮的就是似人似熊的庞然大物。周的祖先后稷神奇的诞生经过正是图腾授子观念的反映。《商颂·玄鸟》在追

---

　　① 毛忠贤：《高禖崇拜与〈诗经〉的男女聚会及其渊源》，载于《江西师范大学学报（哲学社会科学版）》，1988年第四期，第16～18页。

述商人始祖事迹时有"天命玄鸟，降而生商。"的说法。《史记·殷本纪》说："殷契母曰简狄，有娀氏之女，为帝喾次妃，三人行浴，见玄鸟遗卵，简狄取而吞之，因孕生契。"玄鸟即燕子，是商人信仰的图腾神的化身。玄鸟遗卵，简狄生契，也是图腾授子观念的反映。商周二族第一位男始祖神奇的诞生过程，正反映了商周二族祖先生活时代高禖祭祀的情况，此时高媒神就是各族的图腾神，高媒祭祀的主要内容是集体婚配和乞子。《鲁颂·閟宫》是歌颂鲁僖公能兴祖业、复疆土、建新庙的诗。诗的第一章在追叙姜嫄时有"閟宫有侐，实实枚枚，赫赫姜嫄，其德不回"的描述。《毛传》曰："閟，闭也。先妣姜嫄之庙。"又引孟仲子的话说："是禖宫也。"閟宫是专管人间生殖的神庙。这里的描述正反映了在母系氏族社会末期和阶级社会初期高媒祭祀的情况。

从《诗经》文本和同期相关资料的记载，我们还可以发现，"高媒祭"的仪式带有"淫邪"的色彩。《诗经》中多次提到的"万舞"就是高媒祭祀仪式中重要的一个环节。这种舞蹈就具有性挑逗，性诱惑的色彩。《周礼·大司乐》说："乃奏《夷则》，歌小吕，舞《大濩》以享先妣。"《大濩》即《閟宫》中的"万舞洋洋"的"万舞"。《邶风·简兮》应该是先妣崇拜时期高禖祭祀情况的反映。夏传才认为"《国风》的绝大部分是春秋初期至中期的诗，一小部分是西

周后期的诗。①"所以此诗产生最早不过西周末年。它对"万舞"的情况有较详细的描述：

简兮简兮，方将万舞。日之方中，在前上处。

硕人俣俣，公庭万舞。有力如虎，执辔如组。

左手执龠，右手秉翟。赫如渥赭，公言锡爵。

山有榛，隰有苓。云谁之思？西方美人。彼美人兮，西方之人兮！

诗歌描述的是高媒祭仪上祭祀生育女神的歌舞情况。闻一多认为："夫万舞为祭高媒时所用之舞，而其舞富于诱惑性，则高媒之祀，颇涉邪淫，亦可想见也。②"《左传》庄公二十八年亦载："楚令尹子元欲蛊文夫人，为馆其宫侧，而振万舞焉。③""万"即"万舞"，是说楚文王死后，其弟子元想追求寡嫂，就在其嫂宫室旁边用跳"万舞"的形式挑逗她，引诱她。由此可见，"万舞"具有强烈的性刺激，性诱惑色彩。所以《大雅·生民》所载的："厥初生民，时维姜嫄。生民如何？克禋克祀，以弗无子。履帝武敏歆，攸介攸止。载震载夙，载生载育，时维后稷。"正好是高媒祭祀仪式的复

① 夏传才：《诗经研究史概要》，清华大学出版社2007年版，第12页。
② 闻一多：《高唐神女传说之分析》，载于《闻一多全集》第一册，开明书店1948年版，143页。
③ 杨伯峻：《春秋左传注》，中华书局1990年版，第241页。

原。众人跟着装扮成熊的神尸载歌载舞，姜嫄正好跟在神尸之后，由于她歆于神尸的吸引力，休息时和他发生了性关系，于是怀有身孕，生下后稷。

所以高媒祭祀活动既神圣，又"淫邪"。祭祀仪式结束后，青年男女便在閟宫幽会。所以高禖祭祀应该为诗经时代"会男女"的渊起。

第三节　临水祓禊与会男女

祓禊是古代于春秋两季在水边举行的祭祀仪式。"祓"，《说文》云："除恶祭也。"是一种除灾祈福的宗教祭祀活动。和《大雅·生民》所云"克禋克祀，以弗无子"应该是同类型的宗教仪式。所谓"禊"，《广雅》解作："祭也。"《集韵》曰："除恶疾。"由此可知"祓"与"禊"义同。"祓禊"合言，即指一种除邪恶求福佑的宗教活动。孙作云认为："祓"字本是"拔"字，言拔除、拂除病气之意；"禊"字就是"潔"字，言修潔、净身之意；二字都从"示"，表示这种行为都属于迷信，与郑玄所说的"变媒言禖，神之也"同义①。《大平御览》卷886引《韩诗内传》说："郑国之俗，三月上

① 孙作云：《诗经恋歌发微》，载于《诗经与周代社会》，中华书局1966年版，第300页。

已之日，于两水上（溱洧）招魂续魄，拂（祓）除不祥。"《史记正义·郑世家》引《韩诗外传》说："郑俗，二月桃花水出时，会于溱洧上，以自祓。"由这些记载可见，前者提到的三月上已祓除和后者提到的二月桃花水出时自祓应该是同一宗教仪式，只不过这种仪式不是固定在某一天，而是凝固为一段时间。就如同我们现在的旧历春节，从旧历腊月二十三过小年这天算起，直到正月十五这一段都是年节是一样的。

这样，三月上已临水祓禊就和周令"仲春二月，令会男女"相合。后世学者把仲春二月称为周代男女的恋爱月。那么，上已临水祓禊就成了周代青年男女的恋爱节日之一。宗教仪式结束后，接下来要上演的节目就是青年男女自由的择偶欢会。这样，《诗经》中会男女恋歌多在水边发生就容易理解了。笔者在前人归类整理的基础上，认为《诗经》水边恋歌大概有 14 首：

江汉：《周南·汉广》《周南·关雎》《召南·江有汜》

淇水：《鄘风·桑中》《卫风·淇奥》《卫风·氓》《卫风·有狐》

汝水：《周南·汝坟》

溱洧：《郑风·褰裳》《郑风·溱洧》

汾水：《魏风·汾沮洳》

其他水边：《秦风·蒹葭》《陈风·东门之池》《陈风·泽陂》

其中，最能体现这一节日特色的诗歌是《郑风·溱洧》，诗歌描绘了一群群青年男女欢乐唱和，轻歌曼舞的集体欢会场面：

溱与洧，方涣涣兮。士与女，方秉蕳兮。女曰："观乎？"士曰："既且。""且往观乎？洧之外，洵訏且乐。"维士与女，伊其相谑，赠之以勺药。

溱与洧，浏其清矣。士与女，殷其盈矣。女曰："观乎？"士曰："既且。""且往观乎？洧之外，洵訏且乐。"维士与女，伊其将谑，赠之以勺药。

诗中交代男女相会的地点是溱与洧，这是郑国的二水名。"方涣涣兮"是水流盛大貌。《郑笺》："仲春冰释，水则涣涣然。"《韩诗》谓："三月桃花水下之时，至盛也。"交代了时间是在春天二三月间桃花水盛之时。《韩诗》曰："《溱洧》说人也。郑国之俗，三月上巳之辰，于两水上招魂续魄，拂除不祥，故诗人愿与所说者俱往观也。"《汉书地理志》引此诗，颜师古注曰："谓仲春之月，二水盛流，而士与女执芳草于其间，以相赠遗；信大乐矣，惟以戏谑也。""士与女，殷其盈矣""洧之外，洵訏且乐"交代游人极众，男女杂沓，

狂欢极乐，场面盛大，表明这是一个节日。最后，"维士与女，伊其将谑，赠之以勺药。"男女赠物定情，喜结良缘。

《郑风·褰裳》也是在此期吟唱的爱情恋歌：

子惠思我，褰裳涉溱。子不我思，岂无他人？狂童之狂也且！

子惠思我，褰裳涉洧。子不我思，岂无他士？狂童之狂也且！

此诗也提到了溱洧二水，女主人公性格爽朗干脆，她说你如爱我，赶紧渡河和我相会，你不爱我也没关系，好青年多的是。诗中的女子泼辣多情而又自尊自信，在此期的两性关系中，这种思想性格是很可贵的。

另外，《卫风·淇澳》写的是一位女子在淇水边上爱上了一位"如切如磋，如琢如磨，瑟兮僩兮，赫兮咺兮。……终不可谖兮"的君子。《周南·汉广》表达的是汉水北岸的男青年对对岸的"汉之游女"的思慕和爱恋之情。他向对方表白说如果你愿意嫁给我，那么我愿意"言刈其楚……言秣其马"亲自去迎娶你。这些恋歌都应是在上巳袚禊这一节日期间吟唱的。

第四节　社稷祭祀与会男女

周民族是以农业立国的，土地是农业的根本，是先民们所拥有的最基本的生产资料。《诗经》时代由于科学技术不发达，生产力水平低下，先民们把农作物生长的茂盛，果实的丰收都寄托于神的庇佑。卡纳曾指出："对于那些开始以农业生产为主要生活来源的原始部落来说，除了上天的神灵外，土地就成为最重要的崇拜对象。①"《说文》曰："社，地之主也。"《孝经纬》曰："社，土地之主也。土地阔，不可尽祭，故封土为社，以报功也。"社神即土地神，祭社的产生是与土地作为培植五谷，养育人民的衣食之本而受到崇拜的，它是上古时期宗教崇拜的重要内容。社神之祭源于夏朝，流行于商朝，到周代依然一仍其旧。周人把他们所尊奉的五谷神"弃"即"稷神"与"社神"融合在一起进行祭拜，社稷就这样产生了。

有神就有庙宇。《墨子明鬼》曰："三代圣王，其始建国营都日，必择国之正坛，置以为宗庙，必择木之修茂者，立以为丛位。""位为社字之误。②"古代建社必须栽种社木或建社于茂树之下。《晋书》曰："修字宣子……伐社树，或止之。修曰：'若社而为树，伐树则社移；树而为社，伐树则社亡也。③'"从中可见树对社的重要性。《说文》中"社"字的

---

① 卡纳：《性崇拜》，湖南文艺出版社1988年版，第30页。
② 孙贻让：《墨子闲诂》，中华书局2007年版，第146页。
③ 房玄龄：《晋书〈二十五史〉影印本》，上海古籍出版社1986年版。

古字为"壝"，闻一多认为"社"字从示从土从木（《说文》的写法），表示在树林中积土为祭坛之意。关于社树的种类，孔颖达引《无逸》说："大社唯松，东社唯柏，南社唯梓，西社唯栗，北社唯槐。[①]"这种说法未免绝对。《周礼·地官·大司徒》曰："设其社稷之而树之田主，各以其野之所宜木，遂以名其社与其野。[②]"由此可知，当时的实际情况是根据当地的气候特点和土质，适宜什么树生长就种什么树，而且根据树种来为社命名，这样就有了古书上的"桑林之社""栗社""栎社"等。

关于社祭的时间，《周礼·春官》载："祭社有二时，谓春祈秋报。[③]"以农业立国的周王朝春秋社祭自然是很重要的典礼。关于春祭《礼记·月令》曰："仲春，择元日，命民社。"郑玄注云："礼，后土也，使民祀焉。神其农业也。"由此可知，仲春二月的春社祭仪典礼是规模盛大的一次宗教庆典，也为政府的"仲春会男女"提供了很好的机会。

关于社祭的内容，首先要进行的是庄严肃穆的整套祭礼。正如《礼记·效特牲》所说："社祭土而主阴气也。君南向

① 郑玄、孔颖达：《礼记正义》，中华书局1980年版。
② 郑玄、贾公彦：《周礼注疏》，中华书局1980年版。
③ 郑玄、贾公彦：《周礼注疏》，中华书局1980年版，第770页。

于北墉下，答阴之义也。①"君主的言行举止都要纳入礼制的程序。站立南向而背临社墙北垣，恭敬虔诚。大祭仪式进行完毕，就是名为娱神实为娱人的歌舞活动。在古代，舞蹈是祭祀的重要形式。

《礼记·祭法》曰："王为群姓立社曰大社，王自立为社曰王社；诸侯为百姓立社曰国社，诸侯自立为社曰侯社；大夫以下成群立社，曰置社。②"这里的"大社""国社""置社"为公社，"王社""侯社"为私社。后来在分封的过程中，随着土地所有权的分化和下放，从国王、诸侯到卿大夫直至庶民都拥有不同数量的土地，社祀制度逐渐由宫廷走向民间。百姓也纷纷立社，族有族社，党有党社，州有州社，乡有乡社，各地都有土地庙，社庙由周王室的保护神逐渐演变为诸侯各国乃至每个家族和每个家庭的保护神。社稷祭已不再是对神的祈报，而是成了人民欢会的一个机会③。《墨子·明鬼下》曰："燕有祖，当齐之有社稷，宋有桑林，楚有云梦，此男女交所属观也。"其中的"属"字，孙诒让《墨子闲话》引《周礼·州长》郑玄注云："属，犹合也，聚

① 郑玄、孔颖达：《礼记正义》，中华书局 1980 年版，第 1449 页。
② 郑玄、孔颖达：《毛诗正义》，中华书局 1980 年版，第 1589 页。
③ 董雪静：《诗经男女春秋盛会与周代礼俗》，河北大学 2003 年硕士学位论文。

也。"即男女交合之意。祖、社稷、桑林、云梦是诸国的社庙，也是会男女的场地。关于齐之社稷，《春秋》记鲁庄公23年："夏，公如齐观礼。""三传"都以为是非礼行为。《国语·鲁语上》也认为此举"弃太公之法"。《谷梁传》斥之为"以是为尸女也。"[①]郭沫若引《释文》说："尸，陈也，象卧之形。"说"尸女"就是通淫。祭祀结束后，参加社祀的男女可以自由交往，这样祭祀活动就和会男女合二为一了。桑林本是商社所在地。商亡，其地为宋卫，故卫国的社址也称桑林、桑间。

《鄘风·桑中》就应该是于祭社活动中产生的情歌：

爰采唐矣？沬之乡矣。云谁之思？美孟姜矣。期我乎桑中，要我乎上宫，送我乎淇之上矣。

爰采麦矣？沬之北矣。云谁之思？美孟弋矣。期我乎桑中，要我乎上宫，送我乎淇之上矣。

爰采葑矣？沬之东矣。云谁之思？美孟庸矣。期我乎桑中，要我乎上宫，送我乎淇之上矣。

诗歌写的是一个男子在采摘时回想起他和恋人参加完大型的社祭典礼后，在桑中、上宫幽会的情景而情不自禁吟唱

---

① 范宁、杨士勋：《春秋谷梁传注疏》，中华书局1980年版，第2386页。

的歌曲。前面我们已论及古代建社必须栽种社木或建社于茂树之下，所以诗中的"桑中"应是卫地的桑林之社。"上宫"即指祭祀社神的社庙，也被称为"滕宫"或"桑台"。

《毛诗序》曰："《桑中》刺奔也。卫公室之淫乱，男女相奔。"《诗序》的说法，虽有道德说教的嫌疑，但"男女相奔"还是切中诗旨的。《汉书·地理志》亦云："卫地有桑间、濮上之阻，男女亦亟聚会，声色生焉，故俗称正卫之音。""阻"，颜师古注说："言其隐厄得肆淫僻之情也。"道出了其地是男女自由欢会之地。钱钟书先生在《管锥编》中亦曰："桑中，上宫，幽会之所也。"所以三章反复吟唱的"期我乎桑中，要我乎上宫，送我乎淇之上矣"表达了一对恋人在桑林幽会的激动、幸福和难以忘怀之情，令人神往。

《周南·汝坟》也生动地再现了在这样一个全民性的宗教祭典中，男女谈情说爱、热烈狂欢的场面：

> 遵彼汝坟，伐其条枚。未见君子，惄如调饥。
> 遵彼汝坟，伐其条肆。既见君子，不我遐弃。
> 鲂鱼赪尾，王室如毁。虽则如毁，父母孔迩。

诗开篇即言"遵彼汝坟"，遵，沿着。汝，汝水。坟，《方言》曰："坟，地大也。青幽之间，凡土而高且大者谓之坟。"从人们聚集在汝水边的山包上这样的情景可见这里在举

行某种宗教庆典。诗中的"鲂鱼赪尾，王室如毁"中的"王室"三家诗皆指商纣王的朝廷。孙作云认为："'王室'即《桑中》诗的'上宫'，皆禖社神庙之意。'王'有'大'义。《广雅·释诂》曰：'王，大也。'……至于'室'则有'庙宇之训'。①""王室"就是汝水旁的大庙，即社祭之社庙。"鲂鱼赪尾"是指春天。"如毁"指神庙前人山人海，热闹非凡。"未见君子，惄如调饥""既见君子，不我遐弃"，闻一多认为《诗经》中的"鱼"和"饥"都是性隐语，"鱼"指配偶，"饥"指性欲。女主人公十分渴望和心仪的君子恣意调笑，但由于父母就在旁边，所以觉得颇为遗憾②。

313

第五节　东门朝日与会男女

前面我们已提到，《诗经》时代由于受生产力发展水平的制约，先民们对自然界的各种自然现象诸如日、月、风、雨、雷、电和火、山、石、泽等的变化无端既好奇又恐惧，他们不能解释也无力控制，认为这一切都是神灵在操控，于是就产生了自然崇拜。大约在周代，上古先民就用"天、地"来概括整个自然界，形成了"天地六宗"的信仰体系。《尚

---

① 孙作云：《诗经与周代社会研究》，中华书局1966年版，第311页。
② 闻一多：《高唐神女传说之分析》，载于《清华学报》，1935年第四期，第837～842页。

书·舜典》："肆类于上帝，禋于六宗，望于山川，遍于群神。"贾逵注"六宗"曰："天宗三：日、月、星也；地宗三：河、海、岱也。[①]"《礼记·祭义》："郊之祭，大报天而主日，配以月。夏后氏祭其暗，殷人祭其阳，周人祭日，以朝及暗。"由此可见，自夏及周，日神一直被作为重要的天神而祭。《礼记·郊特牲》曰："大报天则主日也。"郑注："天之神，日为尊。"孔颖达正义曰："天之诸神唯日为尊，故此祭者日为诸神之主，故云主日也。"既然日被认为是天之最高神，必定有规模盛大的宗教祭祀活动。

《仪礼·觐礼》载："天子乘龙，载大旂，象日月，开龙、降龙。出，拜日于东门之外，反祀方明。"

《礼记·玉藻》亦载："天子玉藻，十有二旒，前后邃延，龙卷以祭。玄端而朝日于东门之外。"

《周礼注疏》曰："小宗伯之职，掌建国之神位，右社稷；左宗庙，兆五帝于四郊。"郑注："兆，为坛之营域。……兆日于东郊，兆月与风于西郊，兆司中、司命于南郊，兆西师于北郊。"

从以上资料，我们可以得出这样的结论：周代祭日活动

---

① 詹鄞鑫：《神灵与祭祀——中国传统宗教论》，江苏古籍出版社 1992 年版，第 187 页。

在东门附近举行。《礼记·月令》载："立春之日，天子亲帅三公、九卿、大夫以迎春东郊。""是月也…命田舍东郊。"根据《明史卷49》的记载："周代祭祀日月之法主要有六种情形，而比较正规的祭祀是在春分祭日，秋分祀月。"所以每年春分之日，在城东门外举行的朝日活动是周代祭祀的重要典礼，明白了这一祭祀习俗，那么东门恋歌的产生和解读就迎刃而解了①。

《诗》中关涉东门城楼的诗篇有7篇，分别是：《郑风·出其东门》《郑风·东门之墠》《郑风·子衿》《陈风·东门之池》《陈风·东门之杨》《陈风·东门之枌》《邶风·静女》。最能表现出在东门一带集体欢会场面的诗歌是《郑风·出其东门》：

出其东门，有女如云。虽则如云。匪我思存。缟衣綦巾，聊乐我员。

出其闉阇，有女如荼。虽则如荼，匪我思且。缟衣茹藘，聊可与娱。

诗中的"如荼""如云"透露出来的是群体活动的特征，不是日常生活中常见的情景。陈启源《稽古编·附录》曾云：

---

① 董雪静：《诗经男女春秋盛会与周代礼俗》，河北大学2003年硕士学位论文。

"意此门（东门）当国要冲，为市廛之墟欤！故诸门载于《左传》，亦为东门则数及第一。盖师之屯聚，宾客之往来，无不由是，其为郑之孔道可知。"王先谦认为："郑城西南门为溱洧二水所经，故以东门为游人所集。"李炳海说："周代存在着东吉西凶的观念，受这种观念的支配，城市的东西门也有吉凶之别，东门一带往往是人们的主要居住地，是城市的繁华区，人们经常在那里接待来宾，举行娱乐活动，男女之间的交往也主要在东门一带进行。①"这些说法固然可以作为东门繁华的原因，但更主要的原因则是东门朝日庆典的举行。这样我们再看《出其东门》中的有女"如云""如荼"，人山人海，热闹非凡的场面就恍然大悟了。原来这是青年男女们在观看朝日大典，同时借此机会来寻觅自己理想的伴侣。

《陈风·东门之池》：

> 东门之池，可以沤麻。彼美淑姬，可与晤歌。
>
> 东门之池，可以沤纻。彼美淑姬，可与晤语。
>
> 东门之池，可以沤菅。彼美淑姬，可与晤言。

《毛诗正义》曰："'出其东门，有女如云'，是国门外见

---

① 李炳海：《〈诗经〉中的空间方位词分析》，载于《中州学刊》，1991年第二期。

女也。'东门之池，可以沤麻，是国门之外有池也。'又言：'池，城池也，……以池系门言之，则此池在门外，诸诗言东门皆是城门，故池为城池。①"《孟子》云："凿斯池也，筑斯城也。"所以池即护城河，这就说明《东门之池》中的男主人公爱慕思恋浸麻姑娘的爱情故事也发生在东门外。

《陈风·东门之枌》，《毛传》曰："国之交会，男女之所聚。"朱熹曰："此男女聚会歌舞，而赋其事以相乐也。②"诗中提到的"宛丘"，王先谦《诗三家义集疏》引《水经渠水注》："宛丘在陈城南昌道东。"又说："宛丘盖地近东门，陈国之城门也。③"《汉书地理志》云："陈本太昊之虚，周武王封舜后妫满于陈，是为胡公，妻以元女大姬。妇人尊贵，好祭祀，用史巫，故其俗巫鬼。"《陈诗》曰："'坎其击鼓，宛丘之下，亡冬亡夏，值其鹭羽。'又曰：'东门之枌，宛丘之栩，子仲之子，婆娑其下'，此其风也。④"这就说明地处东门的宛丘，是陈国的一个传统宗教祭祀场所。在春光融融的好日子里，青年男女们放下手中的活计去参加在宛丘附近举

---

① （汉）郑玄：《毛诗正义》，载于《孔颖达正义》，中华书局1980年版，第344、377页。

② （宋）朱熹：《诗集传》，中华书局1992年版。

③ （清）王先谦：《诗三家义集疏》，中华书局1987年版，第463~464页。

④ 程俊英、蒋见元：《诗经注析》，中华书局1991年版，第366页。

行的各种祭祀大典。所以就有了"越以鬷迈"，屡次去聚会处游玩。开篇的"东门之枌，宛丘之栩"交代了男女相会的地点是在东门，由此我们可以推测此诗可能是在东门朝日祭祀大典期间产生的恋歌。在这一过程中，诗人爱慕子仲家像锦葵花一样的姑娘，因为"越以鬷迈"屡次去聚会处游玩，所以"视尔如荍，贻我握椒"赠物定情。

《东门之杨》描写的是男女约会久候不至。双方约定黄昏后相见于东门之外，但直到夜明星闪烁，长夜将尽却未见情人的影子。诗人用自然景物的变化来暗示时间推移，巧妙地表现出主人公由希望转为焦急、惆怅、失落的心态。

《东门之墠》也是一首男女相唱和的民间恋歌。"墠"平坦的广场，《毛传》曰："墠，除地町町者。"陈乔枞《三家诗遗说考》"町町，除地使之平坦。"除地，指在郊外治地除草①。"东门之墠"交代了故事发生的地点是东门之外平坦的广场。既言广场，即众人聚集的地方，从中可推测，男女主人公之间的故事是和大型的宗教祭祀活动有关的，根据前面的分析，最可能就是东门朝日大典。

《邶风·静女》和《郑风·子衿》虽然没有直言东门，但诗言"静女其姝，俟我于城隅"和"挑兮达兮，在城阙

---

① 转引自程俊英、蒋现元：《诗经注析》，中华书局1991年版，第250页。

兮"。城隅，指城之角楼；城阙，城门两边的观楼。从中也可看出这两首恋歌也是和东门附近的宗教庆典有关的。

从以上分析中，我们可以得出这样的结论："周礼"所规定的"仲春之月，令会男女"和仲春之月举行的"高媒祭祀""临水祓禊""社祭""东门朝日"等宗教典礼仪式是密切相关的。这些祭祀活动正好为仲春男女欢会提供了很好的时机和场所，所以后世学者把这些宗教节日称为周代青年男女的恋爱节。于是一首首清新、自由、平等、无拘无束的恋歌伴随着大型的宗教祭祀欢会产生了。从这一幅幅美妙生动的青年男女聚会歌舞、自由择偶的欢乐场面中，我们可以看到周礼在这一规定中体现出的顺乎自然和人性的光芒。这些恋歌的产生，正如格拉涅在其所著《中国古代祭祀与歌谣》中所说的那样，形成国风的大部分恋爱诗，是古代农民社会的季节祭时，青年男女们竞争喧哗、交互合作时所作的。

第十一章　赠物定情习俗

　　《诗经》两性恋歌中还表现了诗经时代男女两性的另一个重要习俗，即赠物定情习俗。《诗经》中涉及赠物定情的诗篇共有八篇。根据所赠之物，我们从四个方面来分析此种习俗的渊源与特点。

第一节　花　草　结　情

　　在《诗经》中明确写到赠花草结情的诗篇有《郑风·溱洧》《邶风·静女》。我们知道《溱洧》描述的是郑国三月三日上巳节临水祓除乞子的盛大欢快的节日场面。青年男女手执香兰祓除不祥，喜笑游玩，最后"维士与女，伊其将谑，赠之以勺药。"男女互赠芍药定情。唐苏鹗《苏氏演义》卷下："牛亨问曰：'将离别，赠之芍药者何?'答曰：'芍药一名将离，故临别以赠之'。"王先谦《诗三家义集疏》："韩说：'勺药，离草也，言将离别赠此草也。'又古代勺与约同

声，恋人借此结恩情、结良缘之意。^①"所以男女以芍药互赠，一方面寄予了离情，另一方面表达了男女结恩情之意。

《邶风·静女》是写一对青年男女在城门附近的隐蔽处约会的诗。诗歌除了对恋人间互相戏谑的心理进行了描写，而且描写了男子对女子赠送的物品的大加赞美。我们看一下女子所赠之物……"彤管"和"荑"。彤管，一说是一种红色管状的草。朱熹说："彤管，未祥何物，盖相赠以结殷勤之意耳。"荑，指初生的嫩白茅，以白茅为信物，除表示爱情纯洁外，主要取其根。《易经·泰卦》说："初九，拔茅茹，以其汇，征吉，"注云："茅之为物，拔其根以相牵引者也。茹，相牵引之貌。"根据《易经》注疏的解释，女子以白茅馈男，是以茅根相牵引，象征男女情绵意合，多育根荄。

321

第二节　子实传情

果实是植物生命的结晶和延续，上古先民受巫术思想的影响，把植物的果实和人类生生不息，血脉相承比附联想，于是子实就成了先民两性交往中重要的传情媒介。《木瓜》堪称是子实传情的典范：

投我以木瓜，报之以琼琚。匪报也，永以为好也！

---

① 齐慎：《诗经植物与周人礼俗研究》，苏州大学 2006 年硕士学位论文。

投我以木桃，报之以琼瑶。匪报也，永以为好也！

投我以木李，报之以琼玖。匪报也，永以为好也！

闻一多《古典新义·诗经通义》云："古俗于夏季果熟之时，会人民于林中，士女分曹而聚，女各以果实投其所悦之士，中焉者或以佩玉相投，即相约为夫妇也。①"此期的男女们，从眉目传情、肌肤相接到最后赠物盟誓"匪报也，永以为好也"。

《召南·摽有梅》也是一首投抛果实择偶的诗篇：

摽有梅，其实七兮。求我庶士，迨其吉兮。

摽有梅，其实三兮。求我庶士，迨其今兮。

摽有梅，顷筐塈之。求我庶士，迨其谓之。

前人经过考证认为"摽"就是古代的"抛"，"梅"和"木瓜""木李"一样都是果实，所以"摽有梅"是女求士之诗。和其他赠物传情诗篇所不同的是，其他诗篇是有求有应，最后赠物定情。此诗是有求无应，表达的是女主人公的焦灼和渴望之情，但"梅"在这里同样是爱情的信物。

另外，《陈风·东门之枌》也写到了子实传情：

东门之枌，宛丘之栩。子仲之子，婆娑其下。

---

① 闻一多：《诗经研究》，巴蜀书社2002年版，第120页。

谷旦于差，南方之原。不绩其麻，市也婆娑。

谷旦于逝，越以鬷迈。视尔如荍，贻我握椒。

从前面的分析我们明白，此诗是在仲春之月盛大的宗教祭祀活动中，诗中的男女主人公放下手中的活计前去参加盛会。因为多次跳舞游乐见面，所以男女主人公由相识到相恋，最后男子赞美女子说"视尔如荍"，你美得就一朵像锦葵花。女子对男子的回应是"贻我握椒"，送他一把花椒表示愿意和他"永以为好也"。女子以花椒为礼物赠男子是取其香味和子实繁盛。这种寓意在《唐风·椒聊》也有体现。"椒聊之实，蕃衍盈升。彼其之子，硕大无朋。椒聊且，远条且。"意即用一串串难以计数的红红的花椒来赞美那位身材肥硕的女子像花椒一样多子多孙，德馨远播。所以诗经时代的男女把它作为爱情的信物赠给了对方。

第三节 赠玉表爱

古代男子赠给女子的定情物品一般是玉佩之类。古人认为，玉是亘古以来就有的产物，玉因其质地高雅、温润，被视为圣洁之物，为王公贵族所喜爱。《周礼·春官·大宗伯》载曰："以玉作六瑞，以等邦国。王执镇圭，公执桓圭，侯执信圭，伯执躬圭，子执谷璧，男执蒲璧。"玉成为贵族等级和职务的标志①。《玉藻》又载："天子佩白玉，诸侯佩山玄玉，大夫配苍玉，世子配瑜玉，士佩瓀玖玉。"对佩玉的等级有严格的规定②。从这些记载可见，无论是执玉还是佩玉都是贵族阶层的特权，执玉佩玉也是周礼所规定的内容。但到了礼坏乐崩的西周末年和春秋时期，持玉者的身份发生了变化，这在《诗经》同期的文献中有记载。"鲁庄公使世妇觐见文姜时执玉，即表明被认为'周礼尽在鲁矣'的诸侯国有意对周代礼法的破坏，所以受到鲁御孙'今男女同执，是无别也'的指责，这在《国语·鲁语》和《春秋谷梁传》中均有记载。③"

在这种社会风气的影响下，持玉者身份下移是很自然的事情。

随着玉不再是上层贵族的专有物，民间也开始用玉作为礼仪交往中的馈赠之物，进而演变成青年男女传递爱情的信物。闻一多说："凡男女之诗言赠玉佩者，皆赠之者男，被赠者女。④"《诗经》明确写到赠玉表爱的诗篇有《卫风·木瓜》

---

① 陈茂国：《礼记校注》，岳麓书社2004年版。
② 陈茂国：《礼记校注·玉藻》，岳麓书社2004年版，第221页。
③ 宋英慧：《〈诗经〉中玉描写及文化内涵研究》，首都师范大学2009年硕士学位论文。
④ 闻一多：《诗经研究》，巴蜀书社2002年版，第184页。

"报之以琼琚""报之以琼瑶""报之以琼玖";《王风·丘中有麻》"彼留之子，贻我佩玖";《郑风·女曰鸡鸣》"知子之来之，杂佩以赠之。知子之顺之，杂佩以问之。知子之好之，杂佩以报之。"。而这些诗篇均产生于西周末年到春秋中期。《木瓜》，《毛序》云："美齐桓公也。卫人有狄人之败，出处于漕，齐桓公救而封之，遗之车马器服焉。卫人思之，欲厚报之而作是诗也。[①]"由此可推测《木瓜》的产生年代大约在春秋前期。《王风》共计十篇全部是平王东迁之后的作品，在学界已成共识。郑国建于宣王之后，所以《郑风·女曰鸡鸣》最早不过西周末年，由此可见这些诗作产生于礼崩乐坏之后。平民男子佩玉是完全可能的。在这些诗歌中青年男子把象征自己身份、地位的玉佩赠予女子，表达的是永结同心的美好情意。

第四节 送鹿求婚

《诗经》明确写到送鹿求婚的诗只有一首，那就是《召南·野有死麕》：

野有死麕，白茅包之。有女怀春，吉士诱之。

林有朴樕，野有死鹿。白茅纯束，有女如玉。

---

① 转引自程俊英、蒋现元：《诗经注析》，中华书局1991年版，第191页。

舒而脱脱兮，无感我帨兮，无使尨也吠。

"麝"，小獐，鹿一类的兽。李善《文选注》："今江东人呼鹿为麝。"古代多以鹿皮作为送给女子的纳征礼，纳征是古代婚礼六礼的重要一环。

《礼仪·士昏礼》载："纳征：玄纁、束帛、儷皮。"郑玄注："皮，鹿皮。"

在《诗经》所处的先秦时代，人们结成婚姻除了要履行《仪礼·士昏礼》所记载的婚姻六礼以外，还要遵守一些特定的礼制和习俗的规定。

我们从《野有死麝》可以看出，男女双方欲结成婚姻，需要有前期的求婚过程。诗歌第一章云："野有死麝，白茅包之。有女怀春，吉士诱之。"《毛传》释"怀春"曰："怀，思也。春，不暇待秋也。"《笺》云："有贞女思仲春以礼与男会。[①]"《孔颖达疏》："传以秋冬为正婚……笺以仲春为昏时……"由于毛、郑对昏时的理解不同，而有不同的训释，但他们以"怀春"为思昏之词则基本一致，而且从诗义来看这样解释无疑是正确的。

诗之第二章描述了这一对情人仲春幽会时的情景。

---

① （清）王先谦撰，吴格、田吉、崔燕南校点：《诗三家义集疏（二）》，湖湘文库编织出版委员会，岳麓书社2010年版，第129～130页。

"林有朴樕，野有死鹿。白茅纯束，有女如玉"《毛传》曰："朴樕，小木也。野有死鹿，广物也。纯束，犹包之也。"《笺》："朴樕之中，及野有野鹿，皆可以白茅裹束以为礼。①"诗人在这里为我们展示了一幅具有原始气息的古代爱情生活画卷：在辽阔的林中草地上，一个青年男子捆束好砍来做柴薪的小树，还把自己狩猎得来的猎物用白茅裹束着给纯洁如玉的姑娘做见面礼。

诗歌末章"舒而脱脱兮，无感我帨兮，无使尨也吠"，写了如玉般纯洁美丽的姑娘被吉士的勇敢和真诚感动，答应了吉士的求婚，但必须以礼从之。《毛传》云："舒，徐也。脱脱，舒迟也。感，动也。帨，佩巾也。尨，狗也。非礼相陵则狗吠。""《士昏礼》'母施衿结帨'，是女事人所用之佩巾，始生设之，嫁时母为结之，事舅姑用之。物虽微而礼至重，故以为词，谓礼不可犯，意不专重帨也②"。

《笺云》："贞女欲吉士以礼来，脱脱然舒也。"孔颖达疏"此贞女思以其威仪舒迟而脱脱兮，无动我之佩巾兮，又无令狗也吠，但以礼来我则从之。"女子许婚的同时提出了自己的

---

①　（清）王先谦撰，吴格、田吉、崔燕南校点：《诗三家义集疏（二）》，湖湘文库编织出版委员会，岳麓书社 2010 年版，第 129～130 页。

②　（清）王先谦撰，吴格、田吉、崔燕南校点：《诗三家义集疏（二）》，湖湘文库编织出版委员会，岳麓书社 2010 年版，第 131 页。

要求，要求吉士礼仪齐备讲究威仪、以礼迎娶，不可非礼强暴苟合成婚。

《野有死麕》所反映的周代这种求婚习俗，就相当于汉代的议婚。杨树达先生考证汉代议婚的几种形式：有夫家或介者先请于女家者；有发议自女子之亲族者；又有由女子自主之者；有不待父母之命而私奔者等几种情况。议婚得许后则举行婚仪，即行六礼。这反映出在当时社会，男女婚姻中也存在着一定程度的自由选择因素，并从一定程度上反映了当时婚姻本质的纯粹性①。

第五节 赠物传情习俗的文化渊源

赠物在男女之间要表达的是"永以为好也"的意愿，是上古男女两性之间的一种表爱风俗。所赠之物不外乎两类，女子赠男子以植物类，即花草瓜果籽实；男子赠女子为玉制品。女子赠物为何热衷于花草瓜果类呢？从"女贽不过榛栗枣修"② 和"妇人之贽，椇榛脯修枣栗"③ 的记载可见，女子

---

① 吴晓峰：《〈诗经·野有死麕〉所反映的婚恋礼俗》，载于《时代文学》，2007 年第八期。

② （晋）杜预集解，（唐）孔颖达正义：《春秋左传正义（卷十）》，中华书局 1980 年版，第 77 页。

③ （汉）郑玄注，（唐）孔颖达正义：《礼记正义（卷五)》，中华书局 1980 年版，第 42 页。

赠物以植物为主是长期生产生活中形成的一种礼仪习俗。其产生的原因应归之于此期的社会分工特点和上古的生殖崇拜。闻一多曾说："原始社会之求致食粮，每因两性体质之所宜，分工合作，男任狩猎，女任采集，故蔬果之属，相沿为女子所有。……果实为女之所有，则女之求士以果为贽，固宜。然疑女子以果实为媒介，亦取其繁殖性能之意。掷人果实，即寓贻人嗣胤之意，故女欲事人者，即以果实掷其人以表诚也。①"

确如闻一多所说，女子以花草瓜果籽实赠男，除了社会分工的原因外，还有一个重要原因那就是上古的生殖崇拜。上古先民的生存环境极为恶劣，为了生存和发展，人类自身的繁衍是当时的第一要务。由于认识不到男性在生殖过中所起的作用，他们认为人和植物一样就是从女性身体里生长出来的。花是植物的生殖器官，自然界的植物年年生根发芽，岁岁开花结果，而女阴又是人类繁育后代的主要器官，它们的功能是相似的，于是前者就成为后者的象征物。花草瓜果象征女性身体的一部分，进而象征女性，后来又进一步发展为爱情的象征物。女性把瓜果籽实投男是"示愿以身相许之意"②。

329

① 闻一多：《闻一多全集（第4卷）》，三联书店1982年版，第74页。
② 闻一多：《诗经研究》，巴蜀书社2002年版，第120页。

再则，在上古那个万物有灵的时代，先民们的巫术意识很浓，瓜果类籽实繁盛，是他们的崇拜物。赵国华《生殖崇拜文化论》中认为"象征女性生殖器的植物中，树木叶片茂密、果实丰满，最能体现远古人类祈求生殖繁盛的愿望，因而最受初民的崇拜。①"以此物相赠，也表达了他们结婚后相亲相爱、儿孙满堂的愿望。这种巫术意识在《诗经》中多有表现。如《周南·桃夭》用"桃之夭夭，灼灼其华""桃之夭夭，其叶蓁蓁"来象征女子容颜的俏丽。用"桃之夭夭，有蕡有实"祝贺女子婚后子孙繁盛，带来家族的繁荣昌盛。还有《周南·芣苢》，陆疏："芣苢，今药中车前子是也，其子治妇人难产。②"先民们在实践生活中验证了"芣苢"这种草药的疗效。治疗难产自然有益子的功效。闻一多考证："芣苢"即胚胎。再加上在先民生活中所流传的"禹母吞芣苢而孕禹的故事"。所以《芣苢》一诗寓含着浓重的宗教意识，表面上描写的是妇女们在采摘"芣苢"，实际上它是一种乞子的宗教仪式，表达的是一种强烈的祈求子孙繁盛的愿望。

男子为何回赠女子玉制品呢？首先，在父系社会，玉是上古先民的崇拜物，是男根的象征。考古发掘已证实了这一

---

① 赵国华：《生殖文化崇拜论》，中国社会科学出版社1990年版，第246页。
② 吴陆机：《毛诗草木鸟兽虫鱼疏》，上海商务印书馆1936年版，丛书集成初稿。

点。在山东日照出土的玉蟠上有两根男根纹样，就是这种崇拜的遗存。《易经·说卦》中的"乾为玉"，玉是阳性的象征，显然是男根崇拜在理论上的升华①。随着社会的进步和发展，如同花草籽实象征女性一样，玉先成为男性的饰品，进而演变为男性身份和地位的象征。玉由贵族的专有物品发展到民间礼仪交往中的馈赠之物和爱情信物。玉吸日月之精华，以其质地优良、色泽丰富柔和、感觉温润的特点，在上古成为仁、知、礼、忠、信、天、地、德等的结晶。它是人们喜爱的珍品，所以有"古之君子必配玉""君子无故，玉不去身"这在《诗经》文本可找到例证。《卫风·淇奥》中的"有匪君子，如切如磋，如琢如磨""有匪君子，充耳琇莹""有匪君子，如金如锡，如圭如璧"即以玉比君子，赞美君子人品的高洁。还有《齐风·著》中，新娘眼中的新郎之所以光彩照人，与新郎的玉饰"充耳以素乎而，尚之以琼华乎而""充耳以青乎而，尚之以琼莹乎而""充耳以黄乎而，尚之以琼英乎而"是分不开的。男子把象征自己品德和身份地位的玉饰赠予女子，表达的也是以身相许"永以为好也"之意。

331

---

① 柯伦：《〈诗经〉〈楚辞〉中若干婚俗的起源与性质》，载于《湖北师范学院学报（哲社版）》，1993年第四期，第12页。

综上所述，《诗经》时代的赠物传情习俗，是上古先民们纯朴、自然的求爱方式。从这一习俗中，我们看到了诗经时代民间男女自由、平等、和谐的两性关系。这种习俗表现了对个体生命和情感需求的尊重。时至今日，实现两性关系的自由、平等、和谐依然是我们所追求的目标。

第十二章　婚　　俗

第一节　原始婚俗的遗响

一、知母不知父，母系婚俗的遗留

"在那些帮助我们按迹探求世界文明的实际进程的证据中，有一广泛的事实阶梯。我用这个术语来标示这些事实。仪式、习俗、观点等从一个初级阶段转移到另一个较晚的阶段，它们是初级阶段的生动的见证或活的文献。①"《诗经》时代的婚俗也经历了一个逐步形成并积淀成固定习俗的过程，其婚俗中即有上古婚俗的遗留。《大雅·生民》中姜嫄"履帝武敏歆"生后稷的记载，反映的就是母系氏族社会的婚俗。陈子展认为："姜嫄履大人迹，感天地而生后稷，知有母而不知有父，这是原始社会母系制的反映。②"

---

① 泰勒：《原始文化》，上海文艺出版社1992年版，第157页。
② 陈子展：《诗经直解》，复旦大学出版社1983年版，第306页。

闻一多在《姜嫄履大人迹考》中，从文化人类学的角度进行考释，认为"姜嫄履大人迹"的实质是上古祭祀中的一种象征性的舞蹈。所谓"帝"实际上是代表天帝的神尸，神尸舞于前，姜嫄尾随其后，践神尸之迹而舞，舞毕相携止息于幽闭处，因而有孕。当时的实情只是与人野合而有身孕。"后人讳言野合，则曰履人之迹，更欲神异其事，乃曰履帝迹。①"再如《商颂·玄鸟》，"天命玄鸟，降而生商。"《史记·殷本纪》说："殷契母曰简狄，有娀氏之女，为帝喾次妃，三人行浴，见玄鸟遗卵，简狄取而吞之，因孕生契。"实际情况是有娀氏部族的女族长与族内的一群男子结合，生下商祖契，所以知母不知父。商族后人为了抬高自己的身世，有意神化其先祖，把氏族图腾神玄鸟说成是契的父亲。和周人的"履帝武敏歆"实质是相同的。商周二族第一位男始祖的降生都是上古知母不知父的母系婚俗的遗留。

二、长女不嫁，兄妹相淫

《齐风·南山》《齐风·敝笱》等就是这种婚俗的反映。
《诗序》说："《南山》刺襄公也。鸟兽之行，淫乎其妹。

---

① 闻一多：《闻一多全集（第一册）》，三联书店1983年版，第73～80页。

大夫遇是恶，作诗而去之。"

顺着《诗序》的说法，从文本看也确有讽刺之意，诗的第一章：南山崔崔，雄狐绥绥。鲁道有荡，齐子由归。既曰归止，曷又怀止？是讽襄公纵淫，不应当自淫其妹。诗的第二章：葛屦五两，冠緌双止。鲁道有荡，齐子庸止。既曰庸止，曷又从止？是从文姜的角度讲，既已嫁人就不该从其兄而淫。第三、四章：蓺麻如之何？衡从其亩。取妻如之何？必告父母。既曰告止，曷又鞠止？析薪如之何？匪斧不克。取妻如之何？匪媒不得。既曰得止，曷又极止？是从鲁桓公的角度讲，既已明媒正娶地娶到了文姜就应该让她守妇德，而不应该从其入齐以至于自取杀身之祸。不管怎么理解，襄公和文姜兄妹相淫确是事实。

关于《敝笱》：

> 敝笱在梁，其鱼鲂鳏。齐子归止，其从如云。
> 敝笱在梁，其鱼鲂鱮。齐子归止，其从如雨。
> 敝笱在梁，其鱼唯唯。齐子归止，其从如水。

《诗序》说："《敝笱》刺文姜也。齐人恶鲁桓公微弱，不能防闲文姜，使至淫乱，为二国患焉。"由于鲁桓公的放纵，使文姜更加肆无忌惮地为禽兽之行，这从诗开篇的"敝笱在梁，其鱼鲂鳏"的起兴即可读出。《诗学女为》引戴震

335

说云："笱所以取鱼，敝笱则取之不能制之。即以本诗辞义求之，其为桓公明矣。"

尽管《诗序》所持标准是后代的伦理观，对诗人可能存在曲解，但《诗经》时代，兄妹通婚确是事实。从婚制的角度看，这应是血缘群婚制的遗留。关于此种婚俗，《新语·无为》有记载："齐桓公好妇人之色，妻姑姊妹，而国中多淫于骨肉。"《汉书·地理志》也有记载："始，桓公兄襄公淫乱，姑姊不嫁。于是国中，民女长女不得嫁，名曰巫儿，为家主祠。……民至今以为俗。①"从以上史料可见，长女不嫁，不等于没有性伙伴，相反她可以随意选择性伴侣，包括她的兄弟在内。既言"民至今以为俗"，"国中"，兄妹相淫就不只是齐桓公、齐襄公个人的问题，而是上古的一种婚俗状态，是原始群婚的孑遗。尽管齐桓公兄弟所生活的时代已是春秋时期，这时外婚制已占主导地位，但长女不嫁兄妹相淫的习俗还在一定的范围内遗存着。"在原始社会，姊妹曾经是妻子，而这是合乎道德的。②"

时至二千六百多年的今天，这种兄妹婚的陋习在一些僻远地区还有残留。据《云南边疆壮族、傣族、苗族、瑶族婚

---

① 吴培德：《〈诗经〉中所见之婚制与婚俗》，载于《云南师范大学学报（哲社版）》，1991年第二期，第12页。

② 董家遵：《中国古代婚姻史研究》，广州人民出版社1995年版，第140页。

姻调查》记载，在解放前的壮族中就残存着此种婚俗。这种
婚俗在夏威夷、南非等地也有遗存。

三、收继婚俗

根据《诗经》文本及同期相关史料的记载，诗经时代收
继婚在上下辈之间进行的有："烝报收继婚"，"烝"（子娶庶
母为妻）、"报"（侄子娶叔母为妻）等形式；在同辈之间进
行的有"叔接嫂""伯接弟媳"等形式①。从《邶风·新台》
《鄘风·墙有茨》《鄘风·君子偕老》《鄘风·鹑之奔奔》等
诗篇中就可看出收继婚的痕迹。

《新台》之首章言："新台有泚，河水弥弥。燕婉之求，
蘧篨不鲜。"新台，即筑在水上的房子。泚，形容新台新而鲜
明貌。燕婉，安和美好貌。蘧篨，马瑞辰认为蘧篨和下文的
戚施都是"丑恶之通称"。鲜，《尔雅·释诂》："鲜，善也。"
郑笺："伋之妻齐女来嫁于卫，其心本求燕婉之人，谓伋也。
反得蘧篨不善，谓宣公也。"关于《邶风·新台》的诗旨，
《毛序》曰："刺卫宣公也，纳伋妻，作新台于河上而要之，
国人恶之而作是诗也。"《左传·桓公十六年》载："卫宣公

---

① 左洪涛：《〈诗经〉婚俗形态的再探讨——兼与毛忠贤先生商榷》，载于
《襄樊学院学报》，2000 年第一期，第 49 页。

烝于夷姜，生子急，为之取于齐而美，公取之。"《鄘风·墙有茨》《鄘风·君子偕老》则是写宣公去世后，他的儿子顽烝其庶母宣姜并生下三男二女之事。《墙有茨》采用重章叠句的形式反复诉说卫宫淫乱，廉耻尽丧，以至于诗人不忍道，不忍详，不忍读。《君子偕老》则以宣姜"胡然而天也？胡然而帝也？"的国色天香的外貌美来反衬其"子之不淑，云如之何！"的不道德。《鄘风·鹑之奔奔》，《诗序》曰："'鹑之奔奔'，刺宣姜也。"但《左传·闵公二年》载："初，惠公即位也少，齐人使昭伯烝于宣姜，不可，强之，生齐子戴公、文公、宋桓夫人、许穆夫人。"这则史料又说明"烝报"等婚姻习俗的形成和政治是有关系的，也是在周礼允许的范围内。正因为如此，理应是私生子的戴公和文公后来先后做了卫国的国君，宋桓夫人和许穆夫人也未受到歧视。顾颉刚先生在《由"烝、报"等婚姻方式看社会制度的变迁》一文中也说过"这是春秋时代被人公认的一种家庭制度，所以这种行为并不为当时的舆论所指责"。"烝、报"的婚姻制度盛行于春秋前期，而消失于春秋后期。

四、赘婚习俗

赘婚说是男嫁女的婚姻形式。对男方而言叫"入赘"，民间俗称"倒插门"。它的重要特征是"从妇居"。《诗经》对这种婚俗也有记载。如《大雅·绵》曰："古公亶父，来朝走马。率溪水浒，至于岐下。爰及姜女，聿来胥宇。"古公亶父从豳地迁到岐山之下，和姜姓女族长结婚同居，这是典型的"从妇居"婚姻。《邶风·匏有苦叶》也是这种婚俗的反映。诗曰："雍雍鸣雁，旭日始旦。士如归妻，迨冰未泮。招招舟子，人涉卬否。人涉卬否，卬须我友。"高亨先生认为："归和娶正是相对的词汇。①"《说文》云："归，女嫁也。"《公羊传·隐公二年》云："妇人谓嫁曰归。"如《周南·桃夭》中"之子于归，宜其室家"、《周南·汉广》"之子于归，言秣其马"、《召南·鹊巢》"之子于归，百两御之"等诗篇中的"之子于归"都是指女子出嫁。《诗经》中的"娶妻"都写作"取妻"。如《豳风·伐柯》"取妻如何，非媒不得"、《陈风·衡门》"岂其取妻，必齐之姜"。所以"士如归妻"是说男人出嫁到女家，归妻即所谓的入赘到女家了。

由于"从妇居"的男子，虽然生活于妻子的氏族里，但不属于女方氏族成员，因而没有什么权力，随时都有可能被赶走。《小雅·黄鸟》反映的就是入赘到女家的男子的处境。首章言："黄鸟黄鸟，无集于穀，无啄我粟。此邦之人，不我

---

①　高亨：《诗经今注》，上海古籍出版社1980年版，第45页。

肯縠。言旋言归，复我邦族。"《小雅·我行其野》诗共三章，其末章云"我行其野，蔽芾其葍。不思旧姻，求尔新特。成不以富，亦祗以异。"也反映的是这种入赘婚俗。易思平在《诗经远古婚俗透视》一文中，对此诗末章的"姻、特"进行考证，他认为："姻"代表男方，"婚"代表女方，认定不思者是妇人。《邶风·谷风》的弃归怨恨其夫喜新厌旧时说："宴尔新婚，不我悄以"，《小雅·车辖》写男子娶妻也提到"觏尔新婚以慰我心"，都是证明①。清马瑞辰《毛诗传笺通释》："姻，谓夫也。""特"是性别的标识，引申为男性配偶。《说文》："特，朴特，牛父也。"特就是公牛，取其喻义，妻称夫为特。所以这是一首男子入赘女家遭遗弃的"弃夫诗"。于省吾先生训《我行其野》中"成不以富"一语中的"富"为"服"，颇有卓见，"成不以富，亦祗以异"一语正好是女子对男子下的驱逐令②。关于此种婚俗《战国策·秦策》载："太公望，齐子逐夫。"太公望即是帮助文王建立王业的姜尚。《史记·滑稽列传》载："淳于髡，齐之赘婿也。"由此可见，赘婚是母系遗风，至今在一些偏远农村，赘婚习俗依然存在。

---

① 易思平：《〈诗经〉远古婚俗透视》，载于《深圳教育学院学报》，1996年第十一期，第3页。

② 于省吾：《泽螺居诗经新证》，中华书局出版社1982年版，第32页。

第二节　周礼规定下形成的婚俗

一、婚姻之"六礼"

古人云："天地姻媪，万物化醇；男女构精，万物化生。人承天地，施阴阳，故设嫁娶之礼者，重人伦，广继嗣也。"（《周易》）婚礼是关乎个人家庭以及整个家族社会的大事。《通典》有云："人皇氏始有夫妇之道，伏羲氏制嫁取，以俪皮为礼；五帝时，取妻必告父母；夏时亲迎于庭；殷时亲迎于堂；周时，限男女之年，定婚姻之时，六礼之义始备。"由此可知，六礼早在我国夏商时期已具雏形，到周时已形成固定的嫁娶程序。

《礼记·昏义》云："昏礼者，将合二姓之好，上事宗庙，下以继后世也，是以昏礼纳彩、问名、纳吉、纳征、请期，皆主任筵于庙，而拜迎于门外，入，辑让而升，听命于庙，所以敬慎重正昏礼也……夫妇有义，而后父子有亲；父子有亲，而后君臣有正；故曰：'昏礼者礼之本也'。"从中可见，婚礼在中国古代处于极高的地位，婚姻的缔结是一种社会需要，它是联系两个宗族的纽带，传宗接代，继往开来。在婚礼实践中形成的相对固定的六礼程序为：纳彩、问名、纳结、纳征、请期、亲迎。根据《仪礼·士昏礼》的记载：

纳彩，指男方托人向女方传达信息，表示男方愿意娶女方女子为妻，所托之人即延续至今的媒人。问名的主要内容是男方差媒人询问女子姓氏、出生年月日。然后到宗庙等地卜筮，取得吉兆，即有下一步的纳征，没有取得吉兆，则这门亲事告吹。《礼记·曲礼上》记载："取妻不取同姓"，这是婚礼的重要规则。问名的实质一方面体现了婚姻"合二姓之好"的性质，另一方面对"同姓不婚"又进行了一次认证。问名的仪式只涉及男女双方的家庭，不涉及男女的个人意愿。《诗经》时代两性的结合只是为了两个家庭，为了后代的延续。这个过程没有男女的个体意愿，有的只是对父慈子孝，传宗接代的结果的信仰。纳吉是"归卜于庙，得吉兆，复使往告者，婚姻于是定"。通常情况下，无论是贵族阶层，还是平民百姓均要遵行。纳征是男方占卜取得吉兆后，向女方送聘礼，后世逐渐演变成彩礼。请期是以媒人为中介，男方到女方家择吉日完婚。亲迎即举行结婚典礼仪式。前五道程序一般于白天进行，最后一环亲迎要在黄昏进行。

"六礼"的形成来源于整个社会婚配实践，而固定成沿袭相传的习俗则应是统治者和上层文人的归纳整理。《周礼》《仪礼》对"六礼"有完备的记述。《诗经》婚恋诗对六礼约束下形成的婚俗均有反映。

（一）父母之命，媒妁之言

《诗经》时代，青年男女的婚配必须遵循"父母之命，媒妁之言"，这是人类历史发展过程中一种不得已的选择。上古先民们已经认识到同姓婚配造成的后代健康水平和智商水平的下降，即"同姓男女，其生不蕃"。人类的整体要想延续下去，必须对"同姓相婚"进行制约，由此产生了"父母之命，媒妁之言"。在缔结婚姻的过程中，媒是最关键的一环。《说文》载："媒，谋也，谋合二姓者也；妁，酌也，斟酌二姓者也。"媒人的渊源要追溯于高媒祭祀，前文已有论述，这里不再重复。因为高禖和子嗣关系密切，因此受到高度重视，后逐渐演变固定成男女两性婚配的中间人。《礼记·曲礼》有云："男女非有行媒，不相知名；非授币，不交不亲。"《诗经》时代，在两性缔结婚姻的过程中，"父母之命，媒妁之言"已成为一种不可违抗的礼俗。这在《诗经》文本中均有记载。

《齐风·南山》曰："娶妻之如何？必告父母"；"娶妻之如何？非媒不得"。两性缔结婚姻的重要条件就是"父母之命，媒妁之言"。《郑风·将仲子》把个人情感意愿和来自"父母之命，媒妁之言"的阻力之间的矛盾刻画得淋漓尽致。诗歌通篇以坠入爱河的女子劝说其恋人不要来和她相会的口吻将其内心的矛盾娓娓道出。首句"将仲子兮"点明了女子和仲子关系的亲密。接下来"无逾我里，无折我树杞"，是请求仲子不要再来与她偷偷相会。然而紧接着又说："岂敢爱之？畏我父母、畏我诸兄、畏人言之多。"交代不让仲子来约会是迫于无奈，适非女子本意。最后进一步表明自己的心迹："仲可怀也，父母之言，亦可畏也；诸兄之言亦可畏也；人之多言，亦可畏也。"这样一波三折，表达了自己迫于家庭社会的压力想爱又不敢爱，但又不能不爱的矛盾心理，反映出当时青年男女婚姻难以自主的社会现象。《卫风·氓》中也有此种习俗的描述：诗中的男子氓"抱布贸丝，匪来贸丝，来即我谋"，这种有违礼俗的举动遭到女子的拒绝，尽管女子对这桩婚事心意已属，但还是提出了"匪我愆期，子无良媒"。这种情况从同期的其他资料中也可以得到印证。《孟子·滕文公下》曰："不待父母之命，媒妁之言，钻穴隙相窥，逾墙相从，则父母国人贱之。[①]"

《鄘风·蝃蝀》从反面印证了"父母之命，媒妁之言"在缔结婚姻中的重要性：

蝃蝀在东，莫之敢指。女子有行，远父母兄弟。

朝隮于西，崇朝其雨。女子有行，远兄弟父母。

---

① 杨伯峻：《孟子译注》，中华书局1960年版，第143页。

乃如之人也，怀婚姻也。大无信也，不知命也。

蝃蝀：虹，亦称美人虹。刘熙《释名》解："虹又曰美人，阴阳不和婚姻错乱，淫风流行，男美于女，女美于男，互相奔随之时，则此气盛。[①]"王先谦《诗三家义集疏》解："女子，谓奔者。行，嫁也。奔而曰'有行者'，先奔而后嫁。[②]"诗歌末章对违背了父母之命，媒妁之言的社会习俗的女子进行了直接的抨击"大无信也，不知命也""乃如之人也，怀昏姻也"。认为女子的这种行为破坏了婚姻的礼仪。男女两性个人的情感和意愿受到严重束缚。

《鄘风·柏舟》也是此种婚俗的反映：

汎彼柏舟，在彼中河。髧彼两髦，实维我仪，之死矢靡它。母也天只！不谅人只！

汎彼柏舟，在彼河侧。髧彼两髦，实维我特，之死矢靡慝。母也天只！不谅人只！

《毛序》说："《柏舟》，共姜自誓也。卫世子共伯蚤死，其妻守义。父母欲夺而嫁之，誓而弗许，故作是诗以绝之。[③]"《毛序》的说法显然是附会。但其中"欲夺而嫁之，

---

①② 转引自程俊英：《诗经译注》，上海古籍出版社2004年版，第77页。

③ （汉）毛公传、郑玄笺，（唐）孔颖达疏：《毛诗正义（卷18）》，载于《十三经注疏》本，中华书局2003年版，第313页。

誓而弗许"一句却基本上道出了诗的本意。诗中的女子找到了自己的意中人，但其父母不同意这门亲事，从中横加阻挠，逼她另嫁他人。但诗中的女子没有屈从当时"父母之命，媒妁之言"的习俗，而是决绝地发出了自己的誓言"之死矢靡慝。母也天只！不谅人只！"从诗中女子悲愤的呼喊声中，我们可以读出《诗经》时代的男女青年是无法掌控自己的爱情和婚姻的。

（二）占卜

上古时期，由于科技落后，生产力不发达，生产生活中的许多现象先民们无法掌控也解释不了，所以就相信冥冥之中有一种看不见的力量在控制着一切，他们把这种力量归之为鬼神。殷代宗教迷信风气最盛，鬼神权威至高无上。国家事无大小，必须请求鬼神，预测吉凶祸福，以作为一切行动的依据，卜筮的方式产生了。到了周代，尽管周人以礼乐文化为主，周人的尊礼文化开始认识到人的重要性，但占卜仍然是生活的重要内容，几乎贯穿于"六礼"的整个过程。首先，"六礼"过程中，每一环节进行时间的选择都由占卜而定。《礼记·士婚礼》中多有"筮几于庙""听命于庙""归卜于庙"的记载。其次，还有"告于南室""告于血室""告于祖某""归于高禖"等记载。在这一过程中，最重要的占卜活动是"纳吉"。《卫风·氓》中就有这样的记述："尔卜

尔筮，体无咎言。"卦体上没有不吉利的话，所以才有了"以尔车来，以我贿迁"。男女能否婚配要由占卜来定，这也成为当时的一种习俗。

（三）聘礼

聘礼在"六礼"中属"纳征"的内容。男家占卜取得吉兆后，向女家送聘礼。《礼记·昏义》孔颖达疏"纳征者，纳聘财也。征，成也。先纳聘财而后婚成。"《仪礼·士昏礼》云："纳征，玄纁，束帛、俪皮。如纳吉礼。俪皮即成对的鹿皮。①"《周礼·地官·媒氏》载："凡嫁子娶妻，入币纯帛，不过五两。"由此可见，纳征就是俗成的彩礼。这里所说的聘礼的要求只是对"士"而言。在实际生活中，由于地域、阶层等的差异，所送聘礼的种类和数量也各不相同。这种礼俗在《诗经》中也有记载。如《大雅·大明》中有"文定厥祥"之句，"文"就是纳币之礼，即"六礼"的纳征，女方接受男方的聘礼，婚姻乃定。文定，即订婚。《召南·野有死麕》中"野有死麕，白茅包之。有女怀春，吉士诱之"，吉士送给少女的小鹿；还有《王风·丘中有麻》"彼留之子，贻我佩玖"，男子送给女子的玉佩。这些虽然不是严格意义上的聘礼，但也反映了"六礼"的纳征在民间的沿袭。聘礼出

347

① 郑玄注，黄丕烈校：《仪礼（一）》，载于《丛书集成初编本》。

现的时间大致在女子从夫居的时代，女方将女儿养育成人，付出很多艰辛，所以聘礼可能是男方对女方的一种补偿，同时也是男家实力的证明，更多的时候是两个家庭情感交流的需要。为了更好地促进"合二姓之好"，聘礼习俗逐渐形成并沿袭至今。

（四）亲迎

亲迎指新郎亲自到女家接新娘，这是婚礼中的重要仪式。《诗经》中的一些诗篇就反映了这种习俗。《大雅·大明》写文王和太姒的婚礼时，就有文王到渭水边亲迎太姒的盛大场面。"天监在下，有命既集。文王初载，天作之合。在洽之阳，在渭之涘。文王嘉止，大邦有子。大邦有子，伣天之妹。文定厥祥，亲迎于渭。造舟为梁，不显其光。"

《大雅·韩奕》的第四章一方面写出了贵族婚礼场面的华美显赫；另一方面也描写了亲迎的习俗："韩侯取妻，汾王之甥，蹶父之子。韩侯迎止，于蹶之里。百两彭彭，八鸾锵锵，不显其光。诸娣从之，祁祁如云。韩侯顾之，烂其盈门。"

《小雅·车辖》这是诗人亲迎新娘途中的赋诗：

间关车之辖兮，思娈季女逝兮。匪饥匪渴，德音来括。虽无好友，式燕且喜。

依彼平林，有集维鷮。辰彼硕女，令德来教。式燕且誉，

好尔无射。

虽无旨酒，式饮庶几。虽无嘉肴，式食庶几。虽无德与女，式歌且舞。

陟彼高冈，析其柞薪。析其柞薪，其叶湑兮。鲜我觏尔，我心写兮。

高山仰止，景行行止。四牡骓骓，六辔如琴。觏尔新婚，以慰我心。

从诗作的描写中可以看到婚礼场面简单朴素，由此来看，这应是一位士子的婚礼。

《国风》中的一些诗篇也有这种习俗的描写。如《齐风·著》：

俟我于著乎而，充耳以素乎而，尚之以琼华乎而。
俟我于庭乎而，充耳以青乎而，尚之以琼莹乎而。
俟我于堂乎而，充耳以黄乎而，尚之以琼英乎而。

这是一位女子写她夫婿来亲迎的诗。《毛序》："著，刺时也。时不亲迎。①"《毛序》所谓的"刺时也"显然是附会之说，抛开谬误不谈，《毛序》指出了诗的内容是亲迎应是正确的。余冠英《诗经选》："中庭是她和新郎第一次见面的地

① 转引自程俊英、蒋现元：《诗经注析》，中华书局 2007 年版，第 268 页。

方，著、庭、堂即屏风间、中庭、堂前，这是在院子里写新郎由远而近地走来。①"还有《郑风·丰》也描写了这种亲迎的习俗：

> 子之丰兮，俟我乎巷兮，悔予不送兮。
>
> 子之昌兮，俟我乎堂兮，悔予不将兮。
>
> 衣锦褧衣，裳锦褧裳。叔兮伯兮，驾予与行。
>
> 裳锦褧裳，衣锦褧衣。叔兮伯兮，驾予与归。

闻一多《风诗类钞》："亲迎不行，既而悔之"即是诗旨。

从以上的诗篇中可见，亲迎者既有上层贵族、士子也有平民百姓，亲迎这一习俗在当时是普遍遵行的。

（五）其他婚俗

贺新婚闹洞房也是婚礼过程中形成的习俗。亲朋好友通过嬉笑逗闹的方式对新人表示祝福，这种习俗在《诗经》的不少诗篇中都有描述。其中最具贺新婚色彩的要数《唐风·绸缪》：

> 绸缪束薪，三星在天。今夕何夕，见此良人？子兮子兮，如此良人何？
>
> 绸缪束刍，三星在隅。今夕何夕，见此邂逅？子兮子兮，

---

① 转引自程俊英、蒋现元：《诗经注析》，中华书局 2007 年版，第 268 页。

如此邂逅何？

绸缪束楚，三星在户。今夕何夕，见此粲者？子兮子兮，如此粲者何？

魏源《诗古微》："在百篇言取妻者，皆以析薪取兴，盖古者嫁取必以燎炬为烛，故《南山》之析薪，《车辖》之析柞，《绸缪》之束薪，《豳风》之伐柯，皆与此错薪刈楚同兴。[①]"由此可知，诗中的"束薪""束刍""束楚"，都是举行婚礼时照明用的，因为古代娶亲于昏时，下文的"三星在天""三星在隅""三星在户"交代的是举行婚礼的时间。《礼记·经解疏》曰："壻则昏时以迎，妇则因而随之。故云壻曰昏，妻曰因。[②]"根据梁启超、郭沫若等学者的考证，昏时成婚，是上古时代抢婚习俗的孑遗，因为抢婚需要借助夜色进行掩护。随着时代的进步，抢婚的风俗消失了，但昏时成婚的习俗却被沿袭下来了[③]。接下来就是亲朋好友用戏谑逗闹的方式闹洞房。先问新娘："今夕何夕，见此良人？子兮子兮，如此良人何？"，反过来又问丈夫："今夕何夕，见此粲

351

————

① 魏源：《诗古微》，转引自程俊英、蒋现元：《诗经注析》，中华书局1991年版。

② 《礼记经解疏》，转引自程俊英、蒋现元：《诗经注析》，中华书局1991年版，第317页。

③ 张庆霞：《〈诗经〉婚恋诗的文化解读》，东北师范大学2007年硕士学位论文。

者？子兮子兮，如此粲者何？"戏谑调侃的味道很浓。婚礼的热闹场面，贺客艳美的神态描写如在眼前，此诗被视为"后世闹新房歌曲之祖"①。

《周南·樛木》也反映了这种习俗：

> 南有樛木，葛藟累之。乐只君子，福履绥之。
>
> 南有樛木，葛藟荒之。乐只君子，福履将之。
>
> 南有樛木，葛藟萦之。乐只君子，福履成之。

诗中以樛木喻新郎，以葛藟喻新娘，以葛藟附樛木喻新郎新娘的结合。诗中充满了祝贺者的美好愿望。类似的诗篇还有《周南·桃夭》《召南·鹊巢》《小雅·鸳鸯》等。

合卺之礼也是诗经时代颇为盛行的一种婚俗，也被记入官方典礼。《周礼·昏义》："婿揖妇以入，共牢而食，合卺而酳。②"卺是把瓠一分为二，新郎和新娘各执一半，瓢内盛酒，新郎新娘举瓢共饮。《豳风·东山》是写一位久从征役的士兵在归途中思家的诗。诗人在回忆他和妻子新婚时的幸福，用了"有敦瓜苦，烝在栗薪"的诗句，就反映了这种"合卺"习俗。"敦"即敦敦、团团、瓜苦，就是类似于葫芦的器具。诗人看到放在柴薪上的合卺用具，自然就想起自己当

① 陈子展：《诗经直解》，复旦大学出版社 1983 年版，第 353 页。
② 李学勤：《十三经注疏（上）》，北京大学出版社 1999 年版。

年举行婚礼时和妻子行"合卺"之礼的幸福欢快的场面，这就更加重了士卒的思归之情。"合卺"习俗被后世传承下来，到宋代演变成喝交杯酒，此种习俗一直沿用至今。

关于"合卺"习俗的渊源，罗宏杰认为这种习俗源于上古时期葫芦的生殖崇拜象征意义。他认为远古人类以葫芦为生殖崇拜的象征有两方面的原因：第一，从外形看，葫芦与女阴相像；第二，葫芦多籽的特征①。赵国华在谈到葫芦的生殖崇拜时也说："在母系氏族社会阶段，无论是中国的南方、西南，还是中原、西北，初民都曾以瓠、葫芦为女性生殖器象征，实行生殖崇拜。②"肖兵先生认为"葫芦或瓜可能与妇女的腹部和子宫发生类似联想"③。《诗经》时代种的繁衍是人类生活的大事，因此先民们非常重视生殖。葫芦多籽的特征和旺盛的繁殖能力，正是先民们所渴求的。因此，在婚礼实践过程中逐渐形成了"合卺"之习俗。

二、媵妾婚俗

关于媵妾婚俗，《公羊传·庄公十九年》云："诸侯娶一

　　① 罗宏杰：《〈诗经〉中的葫芦文化》，载于《贵州文史丛刊》，1999 年第三期。

　　② 赵国华：《生殖崇拜论》，中国社会科学出版社 1990 版，第 245 页。

　　③ 肖兵：《楚辞与神话》，江苏古籍出版社 1986 年版，第 374 页。

国，则二国往媵之，以侄娣从。侄者何？兄之子也。娣者何？弟也。"《左传·成公八年》云："凡诸侯嫁女，同姓则媵，异姓则否。"《盐铁论·散不足》云："诸侯有侄娣，九女而已。"从这些资料可知"媵"是嫁女的妹妹或侄女。关于她们的身份，刘熙《释名·释亲》云："媵，承也，承事嫡也"。媵妾婚是各级宗主贵族的特权，从两性关系的角度考察，此种婚姻存在着极端的不对等。过去多数学者认为此种婚姻的产生是"上古专偶婚一夫多妻制掩蔽下的伙婚制度的残余畸变"①。但李山先生则认为此种婚俗的形成是周代特定的社会环境使然。周革殷命后，周人所面临的最大问题是怎样处理和众多异姓人群的关系问题。异姓联姻则成为解决这个问题的重要途径。《礼记·昏义》载："婚礼者，将合二姓之好，上以事宗庙而下以继后世也。"《礼记·效特牲》："夫婚姻者，万世之始也，取于异姓，所以附远厚别也。"从这两则资料中可以看出周代"婚姻不仅是一种社会形式，而且是一种政治形式"②。"媵妾婚"就是这种政治婚姻的典型形式。何休注："以侄、娣从之者，欲使一人有子，二人喜也；所以防嫉妒，令重继嗣也。因以备尊尊、亲亲也。③"

---

① 曾静容：《〈诗经〉性文化研究》，福建师范大学 2005 年版，第 68 页。
② 李山：《〈诗经〉的文化精神》，东方出版社 1997 年版，第 23 页。
③ 何休：《春秋公羊解诂》，载于《十三经注疏卷八》。

　　《诗经》中明确写到媵妾婚俗的诗有六篇。《大雅·韩
奕》中"诸娣从之，祁祁如云。韩侯顾之，烂其盈门"就反
映了韩侯取妻时侄娣从媵的盛况。《卫风·硕人》是写庄姜出
嫁的盛况。末章的"庶姜孽孽"写出了陪嫁女子的美丽和数
量的众多。《齐风·敝笱》是描写齐子文姜出嫁时盛大的婚礼
场面。诗章末尾的"其从如云、其从如雨、其从如水"，是运
用比喻和夸张的手法描写送亲人数和媵妾人数之众。

　　《召南·江有汜》也是反映媵妾婚俗的诗。"江有汜，之
子归，不我以。不我以，其后也悔。"《诗序》云："《江有
汜》，美媵也，勤而无怨，嫡能悔过也。文王之时，江沱之间
有嫡不以其媵备数，媵遇劳而无怨。'嫡自悔也'。"尽管
《诗序》说诗附会之处颇多，但说此诗为正妻与媵妾之间的关
系还是可信的。不过这里写的不是嫡妻的悔悟，而是媵妾的
怨词。《邶风·柏舟》一诗反映是妻妾之间的矛盾。闻一多
说："《柏舟》，嫡见侮于众妾也。"还有《魏风·葛屦》也应
该是此种风俗的反映。诗中塑造了两个女子形象：一个是雪
天还穿着夏天的鞋子，用纤纤细手缝制衣服的女子；一个是
坦然地接受别人服侍，不理不睬的"好人"形象。二者的关
系应该是妻妾的关系。

　　《诗经》时代，嫡妻与包括媵妾在内的庶妻已有了尊卑、
贵贱之分。嫡妻的地位最尊贵，嫡妻生的长子有继承君主爵

位乃至财产的权力。媵的地位高于妾。《仪礼·丧服》载：
"贵臣贵妾"，注曰："贵妾，侄娣也。"侄娣为媵，媵为贵
妾。《礼记·曲礼》云："买妾不知其姓则卜之。"《礼记·内
则》云："奔则为妾。"由此可见，妾的来源或买卖，或私
奔，大多来自下层女子。但妻死后，媵妾可以改为正妻，即
《左传》所谓的"嫡死媵摄"就是这个意思。

在一夫多妻制的家庭中，妇女在家庭中的地位，无论
是嫡妻还是媵妾，只有获得丈夫的宠爱，才能有一席之地。
大部分妇女一直处于被侮辱被损害的境地。朱杰人先生说：
"为什么在那个时代会有那么多弃妇（或有那么多妇女担心
被弃）？我觉得应该用媵妾婚制度盛行来解释……在媵妾制
盛行的时代，这种有人得专宠，有人被遗弃的现象是无法
避免的。①"

三、婚期

《礼记·昏义》云："是以昏礼纳彩、问名、纳征、纳
吉、请期，皆主任筵于庙，而拜于门外。"其中的"请期"
就是择日完婚。关于诗经时代婚期的选择，《毛传》主张秋

---

① 朱人杰：《文学视野中的〈诗经〉情诗》，载于《华东师大学报（哲
社版）》，1987年第三期，第76～81页。

冬，而郑玄则认为仲春之月为宜。这两种说法在《诗经》都可以找到例证。《匏有苦叶》中有："士如归妻，迨冰未泮"；《卫风·氓》中有："将子无怒，秋以为期"；这是于秋冬举行婚礼的例子。相关的典籍也有这样的记载，《荀子·大略》曰："霜降逆女，冰泮杀止。[①]"霜降，指的是九月，冰泮指二月，荀子也认为婚期应在秋冬季节。《孔子家语》也说："群生闭藏乎阴，而为化育之始，故圣人因时以合偶男女，穷天数之极。霜降而妇功成，嫁娶者行焉；冰泮而农桑起；昏礼杀于此。[②]"

郑玄的春季嫁娶的依据是《周礼·地官·媒氏》："仲春之月，令会男女。"《夏小正》"二月，绥多士女。""绥，安也，冠子取妇之时也。"与《七月》中"殆及公子同归"表达的是同样的意思。《周南·桃夭》《召南·何彼襛矣》两诗分别以桃花和李花的艳丽象征女子的容貌、婚礼的热门场面，同时也点明了婚嫁的时间是在春秋。《豳风·东山》征人在回忆自己结婚时情景时有"仓庚于飞，熠熠其羽，之子于归，皇驳其马"交待他和妻子举行婚礼的时间是春季。

由上面的分析，我们可以得出这样一个结论：周人嫁娶

---

① （清）王先谦：《荀子集解（卷十九）》，中华书局 1954 年版，第 327 页。

② （清）陈士珂：《孔子家语疏证（卷六）》，商务印书馆 1939 年版，第 1707 页。

的时间应该是在秋冬到初春农闲季节。这是因为周人是极其重农的人群。农业生产受到寒暑往来、阴阳交错的自然规律的限制。春种、夏培、秋收、冬藏，周而复始，所以周人无不受时而动。《公羊传·宣公十五年》云："古者农民冬则居邑，春则居野。"秋冬到初春是休耕期，劳作了一年的农人，开始从野外回到室内。一边享受辛勤劳作一年换来的酒食，另一方面也享受爱情果实。所以这一时期是嫁娶的最佳时期。这一习俗的形成是由当时的社会生产情况决定的。

通过对《诗经》文本的及同期相关资料，特别是"三礼"的解读中认知的种种婚俗，我们可以得出这样的结论：周人隆重的举行婚礼是希望通过这样一种约定俗成的程式，使男女两性生活开始纳入一种符合社会规范和需要的生活。而这种需要和规范表现为家庭利益大于男女两性的个人利益，社会价值大于个人价值。男女两性只是婚姻中的道具，同为道具，男女两性之间的地位却极其不平等。

第十三章　婚后习俗

第一节　出妻习俗

《诗经》中的婚恋诗不仅反映了男女两性恋爱、结婚的习俗，也反映了我国最早的男子单方面的离婚习俗，即"出妻"习俗。

家庭是婚后男女两性最温馨的栖息地。周礼规定下的婚姻重视夫妻情义。《易经·序卦》云："有男女然后有夫妇，有夫妇然后有父子，有父子然后有君臣，有君臣然后有上下，有上下然后礼义有所错。夫妇之道不可以不久也，故受之以恒。[①]"位列三百篇之首的《关雎》，传达的正是周人所重视的夫妻人伦之情。对雎鸟，《集传》有如下解释："生有定偶而不相乱；偶常并游而不相狎。[②]"用雎鸟成双成对在水边徜游、栖息来表达对夫妻恩爱之情的追求。

---

① 苏勇：《易经》，北京大学出版社1989年版，第90页。
② （宋）朱熹：《诗经（卷一）》，上海古籍出版社1987年版，第1页。

　　《诗经》中表现男女两性婚后幸福和谐的婚姻生活，最动人的诗篇要数《郑风·女曰鸡鸣》和《齐风·鸡鸣》，两诗中男女主人公过着一种夫唱妇随，琴瑟和鸣温暖幸福的家庭生活。当然还有大量的思妇诗也表达出了女主人公对外出远征或办差的丈夫的思念，她们的思念交织着对丈夫的爱和爱之不见的思之痛，从中也可读出夫妻恩爱之情。但在夫妻恩爱的和谐旋律中也存在着不和谐的音符，那就是反映诗经时代男子单方面终止婚姻的"出妻"习俗的多篇弃妇诗的存在。

　　关于弃妇诗的界定目前主要有两种争议：一是何为见弃？目前学界认为见弃有广义和狭义之分，广义的见弃，指情感上的冷落和疏远；狭义的见弃，是指婚姻的终结，一般指妇女被赶出夫家。二是作者是谁？1949 年以来多数学者认为作者为弃妇本人，弃妇诗，即弃妇所做的诗。因为界定的标准不统一，所以现在《诗经》中到底哪些诗是弃妇诗，学界还没有统一的认识①。蒋现元、程俊英主编的《诗经注析》认为弃妇诗有十多首。本节内容的分析参照第一种说法，从狭义的题材角度考虑选取学界公认的三首弃妇诗：《卫风·氓》《邶风·谷风》《小雅·谷风》来分析诗经时代出妻习俗形成

---

　　① 陈远丁：《〈诗经〉弃妇诗研究》，首都师范大学 2001 年硕士学位论文。

的社会根源，复原两性生存的真实状态。

　　从前文的分析，我们已知道周代的婚制实行的是一夫一妻多妾制的婚姻。结婚的时候两性之间存在严重的不平等现象，离婚的时候，这种不平等更甚。周代离婚叫"绝婚"，对女性而言，离婚叫"出"，意即被夫家赶出家门。即使身世显赫的女子也难逃这样的命运，"大归""来归"就是用来形容贵族妇女被休回娘家之意。对男性而言，离婚叫"弃"，仅从两性离婚时不同的称谓即可见，离婚的主动权掌握在男性手中①。这种习俗的存在是《诗经》中大量弃妇诗产生的直接原因。

　　"七出"的记载最早见于汉代的《大戴礼记·本命》，其云："妇有七去，不顺父母去，无子去，淫去，妒去，有恶疾去，多言去，窃盗去。不顺父母，为其逆德也；无子，为其绝世也；淫，为其乱族也；妒，为其乱家也；有恶疾，不可与共粢盛也；口多言，为其离亲也；窃盗，为其反义也。②"其形成应当上推到周代。"'七出'虽难一一证之于先秦史料，但不顺父母、淫僻、无子等最重要的几项，却是有文献可考的。……'七出'之条先秦已行于世，而'无子出'最

---

　　①　孙洁：《从〈诗经〉看周代的"出妻"制》，载于安徽文学，2007年第五期，第63~64页。
　　②　王聘珍：《大戴礼记解诂》，中华书局1983年版，第225页。

为常见。①"妇女只要触犯了其中任意一条，丈夫就可以理所当然地出妻。对于贵族之妻，规定稍作让步，可以无子不出，那是因为贵族男性们可以名正言顺地娶多个妻子，不必担心子嗣问题。

《卫风·氓》《邶风·谷风》《小雅·谷风》是《诗经》弃妇诗的代表作品。《氓》中的女子"自我徂尔，三岁食贫""三岁为妇，靡室劳矣。夙兴夜寐，靡有朝矣。"可以说是起早贪黑，任劳任怨的服侍丈夫及其家人，但结果仍摆脱不了被休弃的命运。单从文本看，女子被休弃是因为女子的年老色衰和男子的忘恩负义、喜新厌旧。即诗中所说的"桑之落矣，其黄而陨"和"言既遂矣，至于暴矣""士也罔极，二三其德"。《邶风·谷风》中的女主人公也是一位符合当时所谓"四德"要求的女子。治家时她能做到"就其深矣，方之舟之。就其浅矣，泳之游之。"把家务打理得井井有条。对丈夫她做到了"何有何亡，黾勉求之"，对邻人她能"凡民有丧，匍匐救之"。她竭尽全力侍奉丈夫，帮助邻里，结果却是"不我能慉，反以我为仇。既阻我德，贾用不售。昔育恐育鞫，及尔颠覆。既生既育，比予于毒。"丈夫并不看重她的美

---

① 毛忠贤：《〈诗经〉汉乐府之"弃妇诗"新解》，载于《江西师范大学（哲社版）》，1998 年第二期，第 29～30 页。

德，和她只能共苦，不能同甘，当家计好转，家道富裕了，反欲去之而快。对《小雅·谷风》，历来多数学者认为是在《邶风·谷风》的基础上约简改写而成。从诗句"将恐将惧，维予与女。将安将乐，女转弃予""将恐将惧，置予于怀。将安将乐，弃予如遗""忘我大德，思我小怨"来看，也是责其夫用情不专，富贵易妻。

学界普遍从《诗经》文本出发，认为弃妇被弃是因为年老色衰，批判的矛头直指男子的喜新厌旧、薄情寡义。这固然是女子被弃之原因。但毛忠贤在《〈诗经〉、汉乐府之"弃妇诗"新解》一文中，经过论证认为弃妇被弃的直接原因是因为不育、无子。这种说法不无道理。从文本看，三首诗的女主人公勤劳、善良、忠诚、无亏妇德、有功夫家，都可以说是德才貌兼备。她们在被弃之后，抚今思昔，痛定思痛，追忆和丈夫的共同生活时，唯独不提离别子女的痛苦和别后对子女的思念，这是有违人之常情的。从这里我们可以推测这些女子被弃的关键是因为无子。因为在封建宗法社会，女性最大的价值就是为夫家生育子嗣、传宗接代。孟子曾曰："不孝有三，无后为大。"所以不育在当时社会是无法容忍的，尽管我们现在已知不育不一定是女子的责任。女子一旦被弃，便被认为有违妇道，这样被弃就和羞耻联系在一起。不但夫家不容、社会不容，连娘家的亲人也难容。这

363

就有了《卫风·氓》中的"兄弟不知，咥其笑矣"的描写。亲情在伦理面前显得苍白无力。

　　《诗经》的产生正是奴隶社会到封建社会的历史转型时期。较前期，男女两性发生了重大的角色转换，那就是在生产生活中占主导地位的父系社会已代替了女子在生产生活中占主导地位的母系社会。恩格斯曾说："母权制的被推翻，乃是女性具有历史意义的失败，丈夫在家庭中掌握了权柄，而妻子则被贬低，被奴役，变成丈夫淫欲的奴隶，变成生孩子的简单工具了。①"《仪礼·丧服》载："妇人有三从之义，无专用之道，故未嫁从父，既嫁从夫，夫死从子。②"《仪礼·丧服》载："父者，子之天也；夫者，妻之天也。"从中可见女性失去了自由，失去了独立的人格，变成了男性的附庸。《周易·系辞上传》曰："天尊地卑，乾坤定矣。……乾道成男，坤道成女。"男尊女卑、重男轻女已成为一种观念，成了此期文化的组成部分。这是弃妇诗产生的根本原因。此种文化积淀在《诗经》文本和同期的资料中都有反映。《小雅·斯干》就有"乃生男子，载寝之床。载衣之裳，载弄之璋。其泣喤喤，朱芾斯皇，室家君王。乃生女子，载寝之地。载

---

①　恩格斯：《家庭私有制和国家的起源》，载于《马克思恩格斯选集》，人民出版社1996年版，第69页。
②　宋元人注：《四书五经》，中国书店1985年版。

衣之裼，载弄之瓦。无非无仪，唯酒食是议，无父母诒罹。"孩子一出生，就被贴上了尊卑贵贱等级的标签。如果是男孩，就能睡床上，穿衣裳，玩玉璋。他的哭声响亮，希望他长大以后穿上辉煌的蔽膝，当君王。如果是女孩，就只能睡地上，穿抱衣，玩纺线锤，希望她长大后端庄柔顺，学会操持家务，不给父母添忧愁。《礼记·内则》载："妇有事，大小必请舅姑，子无私货，无私蓄，无私器，不敢私假，不敢私与。"嫁到夫家后，女子除了出嫁时从娘家带来的少量嫁妆外，几乎一无所有，她所面对的是与她自身存在分裂的现实，那就是顺从。此期女子在家庭中地位大大下降，沦为父系家庭中的仆役和传宗接代的工具①。所以女子一旦被弃，几乎没有容身的地方，生活的艰辛是可想而知的。《卫风·氓》中的"淇则有岸，隰则有泮"就是弃妇内心和现实艰难、痛苦、窘迫的真实写照。

由此可见，周代出妻习俗的形成，一方面是因为女子年老色衰、无子；另一方面是周代政教合一的宗法社会的产物。由于女子经济地位的不独立，男尊女卑观念已成为此期文化的重要组成部分，被社会各阶层广泛认可和接受。这是出妻

---

① 吴晓红：《中国古代女性意识——从原始走向封建礼教》，苏州大学2004年硕士学位论文。

习俗形成的根本原因。

第二节　女子归宁习俗

女子出嫁后回娘家省亲叫"归宁"，现代俗称"回门"。周礼规定："诸侯夫人尊重，既嫁，非有大故不得返"①，又云"父母在则归宁，没则使大夫宁于兄弟"②。意思是父母在世时可以通过合"礼"的程序回家探亲，父母去世，则本人不能回去，可以派人回乡向娘家兄弟问安。《谷梁传》则反复强调"妇人既嫁不逾竟，逾竟非正也。"《礼记》云："已嫁而反，兄弟无与同席而坐，弗与同器而食。"无论哪种说法符合当时的实际情况，但有一点是确信无疑的，那就是诗经时代女子归宁有诸多限制。《周南·葛覃》《卫风·竹竿》《邶风·泉水》《鄘风·载驰》等诗都反映了这种习俗。

其中，《周南·葛覃》是归宁诗中唯一写女子准备回家看望爹娘的喜悦心情的诗篇，但其中也有诸多限制：

葛之覃兮，施于中谷，维叶萋萋。黄鸟于飞，集于灌木，其鸣喈喈。

葛之覃兮，施于中谷，维叶莫莫。是刈是濩，为絺为绤，

---

① 公羊高：《公羊传·庄公二十七年》，载于《四库全书》本。
② 公羊高：《公羊传》，载于《四库全书》本。

服之无斁。

　　言告师氏，言告言归。薄污我私，薄浣我衣。害浣害否，归宁父母。

　　《毛诗序》曰："《葛覃》，后妃之本也，后妃在父母家，则志在于女功之事；躬俭节用，服浣濯之衣；尊敬师傅；则可以归安父母，化天下以妇道。"诗言女子"归宁父母"，则须"言告师氏，言告言归"。"师氏"即是教其妇德、妇言、妇容、妇功的女师，即向女师请假。这里强调的是女性"恪守妇道"的服从性。因为女子只有柔顺，才能实现"宁家室，乐妻子"①的家庭和谐。"和"是此期主流意识倡导的两性关系的基本伦理。但是"和"的代价却是以牺牲女性的自主意识和权利为代价的。《白虎通·嫁娶篇》云："礼男娶女嫁何？阴卑，不得自专，就阳而成之，故《传》曰：'阳倡阴和，男行女随'。"由此可见，周人的"和"是等级森严制度和尊卑观念下的"和谐"。社会把家庭的和谐与否归咎于女性的"顺"与"不顺"，对男性则没有实质性要求。在这里女性完全沦为男性的附庸，甚而女奴。

　　《卫风·竹竿》则写女子思归不得的哀怨情绪：

367

----

　　① （西汉）刘安：《淮南子·泰族训》，载于《淮南子》卷二十。

籊籊竹竿，以钓于淇。岂不尔思？远莫致之。

泉源在左，淇水在右。女子有行，远兄弟父母。

淇水在右，泉源在左。巧笑之瑳，佩玉之傩。

淇水滺滺，桧楫松舟。驾言出游，以写我忧

《毛序》说："《竹竿》，卫女思归也。适异国而不见答，思归而能以礼者也。[①]"从诗的内容来看"卫女思归"是正确的，但"适异国而不见答"的说法，诗中并没有表现。贺贻孙评曰："诗中皆凭设想，忽而至卫，忽而垂钓，忽现泉源，忽对淇水，忽而巧笑与波光相媚，忽而佩声与舟楫相闻，思力所结，恍若梦寐。"此诗前三章确如贺所评，第一章写旧时的钓游之乐；第二章写出嫁时的情景；第三章写嫁前嬉戏之景，前三章均为回忆之词，然后第四章写实，"驾言出游，以写我忧"就更加突出了她思归不得的忧思之情的深长。

《邶风·泉水》是与《卫风·竹竿》情景很相似的一首诗：

毖彼泉水，亦流于淇。有怀于卫，靡日不思。娈彼诸姬，聊与之谋。

出宿于泲，饮饯于祢。女子有行，远父母兄弟，问我诸姑，遂及伯姊。

---

① 转引自程俊英、蒋现元：《诗经注析》，中华书局 1991 年版，第 177 页。

出宿于干，饮饯于言。载脂载辖，还车言迈。遄臻于卫，不瑕有害？

我思肥泉，兹之永叹。思须与漕，我心悠悠。驾言出游，以写我忧。

毛诗小序曰："卫女思归也。嫁于诸侯，父母终，思归而不得。故作是诗以自见也。"诗所表达的是卫女远嫁他国，内心思念过去和自己朝夕相处的亲人们，眷恋着留有她美好记忆的家乡的山山水水，但无奈她欲归不能，所以只好"驾言出游，以写我忧"。

《竹竿》和《泉水》都写的是女子欲归不能的悲怨和咏叹，最后只能无可奈何的作罢。但《鄘风·载驰》却表现出了与此不同的内容，那就是女性自我意识的觉醒。诗曰：

载驰载驱，归唁卫侯。驱马悠悠，言至于漕。大夫跋涉，我心则忧。

既不我嘉，不能旋反。视尔不臧，我思不远。既不我嘉，不能旋济？视尔不臧，我思不閟。

陟彼阿丘，言采其蝱。女子善怀，亦各有行。许人尤之，众稚且狂。

我行其野，芃芃其麦。控于大邦，谁因谁极！

大夫君子，无我有尤。百尔所思，不如我所之。

这是许穆夫人几经周折回漕吊唁卫侯，对许大夫表明救卫主张的诗。许穆夫人是一位有胆有识的爱国诗人，也是世界历史上最早的一位女诗人。她是卫宣公的儿子公子顽烝其庶母宣姜所生的女儿。她有两个哥哥：戴公和文公。有两个姊姊：齐子和宋桓夫人。《毛序》认为："许穆夫人闵卫之亡，伤许之小，国不能救，思归唁其兄，又义不得，故赋是诗也。"《序》认为此诗的作者是许穆夫人，后世的研究者大都认同，但认为夫人并未回卫，这种说法没有得到后世一致的认同。

《左传·闵公二年》有明确记载："冬十二月，狄人伐卫，卫懿公好鹤，鹤有乘轩者。将战，国人爱甲者皆曰：'使鹤，鹤实有禄位，余焉能战'及狄人战于荥泽，卫师败绩，遂灭卫。立戴公以庐于曹。许穆夫人赋《载驰》。齐侯使公子无亏帅车三百乘、甲士三千人以戍曹。"据此，可知《载驰》应作于她抵达漕邑的时候。王先谦云："言尔无以礼非责我。今日之事，义在必归。虽百尔之所思，不如我所往之为是也。故服虔注《左传》云：'言我遂往，无我有尤'也。是夫人竟往卫矣。或疑夫人以义不果往而作诗。今案'驱马悠悠''我行其野'非设想之词。服说是也。如夫人未往，涉念而止，乌有举国非尤之事？"我们认为王先谦的说法较为合理。

综上所述，周代对女子归宁父母有诸多限制。思乡念家本是人之常情，但周代礼法却无视这样最基本的要求，其根源在于：一是为了防止女子有境外之志；二是为了保证周代以父系血缘为基础的宗法氏系血脉的纯正，其本质上是对女性的奴役①。

《诗经》时代，人类已从茫茫混沌的原始文化阶段步入了文明开化阶段，伴随着人类由群婚制到偶婚制再到一夫一妻制的婚制发展历程，两性关系也走着一条由单纯的生理欲求到负载越来越多的社会社文化内涵的道路。到了制礼作乐的宗周时代，家庭是整个宗法社会网络的最基本单位，所以两性婚约的缔结有了浓重的政治色彩，这从我们对两性婚俗的分析中可以看出。贵族间缔结婚姻是为了"附远厚别"，婚姻的缔结遵循的是父母之命，媒妁之言，在这里家国的利益高于男女自身情感的需要。在缔结婚姻过程中，男子以仁德、温其如玉为美，女子以文静、贤淑、柔顺、知礼相配。贵族男女成为宗法婚姻的道具。以父系血缘为基础的宗法婚姻制度建立的是一夫一妻多妾制的婚姻形式。男子在婚姻关系中占据着绝对的主导地位，从传宗接代的需要及维护血统的纯正出发，男子的弃旧迎新，一旧多新，均在礼所充许保

① 张庆霞：《〈诗经〉婚恋诗的文化解读》，东北师范大学 2007 年硕士学位论文。

护的范围之内。至于女子，一旦进入婚姻关系，那就任人摆布了，女子幸福与否全看她自己的运气，女性没有丝毫的自主权，男女地位极其不平等，这也是《诗经》弃妇诗产生的原因。

另一方面，统治者也考虑到男女本能需求的满足与家国稳定、增殖人口、壮大宗族的需要，随俗而治，保留了"仲春之月，令会男女，于是时也，奔者不禁"的原始遗俗。这就为男女的自由结合留下了一小块时间和空间。受上古农业文化和巫术文化的共同影响，仲春之月也是上古的祭祀月，各种宗教祭祀节日就成为上古男女的恋爱和婚配节。男女，特别是民间男女在缔结婚姻之前有一个相对自由的恋爱阶段。这也是《风》诗大量情歌产生的原因。在这一类情歌中，我们看到的是男子对女子的思恋、追求、赞美及追求不得之痛苦。在这类诗歌中看不到对女性的玩弄或贬抑，有的只是被女子的美丽所激发的激情和爱恋。男女两性之间的爱慕、相思、结合都是两性情感决定的，所以看不到男女两性地位的差异，甚至因为女性多是被追求的对象而在两性关系中占有一定的优越性和主导地位。

由于《诗经》是上下几百年，纵横数千里的三百多篇作品的汇合，其作品便呈现出广阔地域中的多层次的文化内涵。诗歌所呈现出的两性关系也具有多重的性质。就《风》诗情歌而言，由于时空跨度较大，它们分属于不同阶段的作品，分属于不同的文化层次，情歌所显示的内容，诸如群体狂欢、自由野合等内容可能是史前婚俗的遗留，这样男女两性地位的差异就愈加不突出了。

从我们对两性审美习俗、两性恋爱习俗、两性婚俗到两性婚后习俗的分析中，可以看到《诗经》时代男子在社会生产生活的各领域中已居于主导地位，女子处于从属地位。女性独立的人格和自由在逐步的丧失，两性之间存在严重的不平等。两性不平等的差距和汉代以后的整个封建时代相比呈递增趋势；贵族男女和民间男女之间的不平等呈递减趋势。通过对《诗经》两性关系之习俗的分析研究，我们可以从一个侧面了解诗经时代的政治、经济、伦理、社会人际、风俗嬗递等；同时也为我们今天更好地认识两性差异、构建和谐两性关系提供历史参照。

附录 夏传才《〈诗经研究〉重要书目暨版本举要》

我国《诗经》研究的遗产极为丰富。前代著作，仅清初《四库全书总目提要》收录及存目，计一百四十七部、一千八百六十四卷。清代名家辈出，只在《清经解》正续编收录者，卷帙不止万千。近代、现代也有很多有价值的专著和论述。历代尚有大量重要著作，前人未曾集成。对于这样浩若烟海的著述，有志于研究《诗经》的青年同志苦无端绪，亟需提供进行初步研究的简明书目。

书目排列，尽量以著者年代为序，各书均作简单提示，使能初步了解《诗经》研究的发展轮廓。

各书著者生卒年，或无可考，付阙；或尚有争议，暂取一说。

各书版本，尽量举列新版。

各书提示，只以一两句话介绍该书性质。各人见解不同，仅供参考。

举列书目，应有全面研究，去伪存真，去粗取精，选取有代表性的重要著作，并通过它们反映《诗经》学的各个方面。个人孤陋寡闻，难免阙漏；限于水平，实难精当；抛砖引玉而已。

【先秦】

孔丘（前551～前479），《论语》有多种通行本，新版本：《论语译注》，杨伯峻译注，中华书局1980年版。传说孔子删订《诗经》，《论语》记载孔子论诗十余处，散见《学而》《为政》《八佾》《述而》《子路》《卫灵公》《季氏》《阳货》诸篇。他的理论开创了儒家诗教。

孟轲（前389～前305?）《孟子》有多种通行本，新版本：《孟子译注》，杨伯峻译注，中华书局1960年版。《孟子》七篇，引诗三十三处，《万章》（上、下）分别提出"以意逆志""知人论世"的方法论，为后世说诗的指导理论。

荀况（前313～前238?）《荀子》有多种通行本，新版本：《荀子简注》，章诗同注，上海人民出版社1974年版。

全书论诗七处，引诗八十一处，以"引诗为证"的方法，体现他创立的"明道征圣宗经"的文学观。

左丘明《春秋左传》阮元刻十三经注疏本，新版本：《春秋左传注》，杨伯峻编著，中华书局1981年版。

全书引诗一百三四十处，记载了春秋时期贵族社会应用三百篇的大量事实，是了解《诗经》在春秋时期流传及其社会作用的重要材料。

又：《国语》（上、下册）引诗三十一处，也可参考。上海古籍出版社 1978 年新版。

【汉】

毛亨《毛诗诂训传》（省称《毛传》）通行本。

汉初传《诗》，有鲁、齐、韩、毛四家。鲁、齐、韩为今文学，毛诗为古文学。后今文三家散佚，毛诗独传至今。本书是最早的毛诗注本。

又：本书汉时传授中各篇有序，总称《诗序》，首篇之序为古代文艺理论的重要文献，今收录《中国历代文论选》，上海古籍出版社 1979 年版。

韩婴《韩诗外传》许维遹据清人校注本集校，名《韩诗外传集释》，中华书局 1980 年版。

韩婴为韩诗最初传授者，今文三家诗已亡，惟存此书。据考证，此书已经过后人改动。本书无关诗义，而是引诗证事。

司马迁（前 145 或 135 ~?）《史记》通行本，新版本：中华书局据清同治《史记集解索隐正义合刻本》点校，1959

年版。

书中《孔子世家》《屈原贾生列传》《太史公自序》等篇有关于《诗经》的重要论述。

刘向（前77～6?）《古列女传》四部丛刊影明刊本。书中大量引诗。他的《说苑》《新序》及董仲舒《春秋繁露》（均见四部丛刊本）等书类此，或先讲故事后引诗为证，或发表议论后引诗证断，可见汉人说诗向经学的发展。

班固（32～92）《汉书艺文志》（颜师古注），商务印书馆据《八史经籍志》点校，附清姚振宗著《拾补》，1955年版。

书中记载了汉代《诗经》研究的一些基本情况。

许慎（约98～147）《说文解字》多种通行本，新版本：中华书局据同治刻本缩印，附新编检字，1963年版。集汉代文字学之大成，对《诗经》文字字义作了解释。

郑玄（127～200）《毛诗传笺》三十卷（省称《郑笺》），四部丛刊影宋本，十三经注疏本，明嘉靖间刻本附郑玄《诗谱》一卷，陆德明《音义》三卷。

郑玄以毛诗为本，为《毛传》作笺注，采录《诗序》，兼取三家可取诗说，实现今、古文合流，为两汉《诗经》研究集成性著作。

又：《诗谱》一卷，列举《诗经》各篇世次。此书已亡

佚，宋欧阳修辑补，附其《毛诗本义》书后。现存《诗谱序》，收《中国历代文论选（上册）》，中华书局 1962 年版。清丁晏《郑氏诗谱考正》一卷、胡元仪《毛诗谱》一卷，均有皇清经解续编本。

【吴】

陆玑（261～303）《毛诗草木鸟兽虫鱼疏》二卷，商务印书馆《丛书集成初编》影印古经解汇函本。

这是第一本考释《诗经》名物的专著。以后历代学者续有考补：明毛晋《毛诗陆疏广要》，津逮秘书本；清焦循《毛诗陆机疏考证》，南菁书院丛书本。

【魏】

王肃（195～256）

王肃标榜纯古文学，攻击郑玄兼采今文，而为毛诗重作注释。他的著作均散佚，经后人辑佚，得残篇四种：

《毛诗义驳》《毛诗王氏注》《毛诗奏事》《毛诗问难》，均为清马国翰玉函山房辑佚书本。

又：王基、陈统等又拥郑学而驳王学。王基《毛诗驳》、陈统《难孙氏毛诗评》，均为玉函山房辑佚书本。

【梁】

刘勰（469～520?）《文心雕龙》多种通行本，新版本：《文心雕龙注》，范文澜注，人民文学出版社 1958 年版。选译本：《文心雕龙选译》，周振甫译注，中华书局 1980 年版。

与传统的经学研究不同，刘勰对《诗经》进行文学的研究，总结创作经验，探讨表现手法，散见《原道》《宗经》《辨骚》《明诗》《时序》《情采》《才略》《比兴》《夸饰》等篇。

钟嵘（480～552）《诗品》多种通行本，新版本：陈延杰注，人民文学出版社 1961 年版。

书中论列《诗经》为我国古代文学的重要源头，又论述了赋、比、兴表现手法。

【唐】

陆德明（550～630?）《经典释文》，四部丛刊影通志堂刊本。

本书综合汉魏以来文字音训研究成果，考述经学传授源流，其中《毛诗释文》，对每个字都有音切和训义。

孔颖达（574～648）《毛诗正义》（省称《孔疏》）四库备要阮刻本七十卷，中华书局，1957 年重印。

本书以颜师古考定的《五经定本》文字为标准本，采取汉魏至唐初《诗经》训诂义疏，以疏不破注原则，对《毛传》《郑笺》再作详细疏释，并附编《毛诗释文》于后。是汉学研究的集成著作。

长孙无忌（599～659）等《隋书经籍志》，商务印书馆据《八史经籍志》本点校重排，1955 年版。

魏晋南北朝《诗经》专著多亡佚，本书收录书目并简要说明诸家学术源流及其演变，对先唐《诗经》学流变，尚能考见其大概。

陈子昂（约 661～702）《与东方左史虬修竹篇序》四部丛刊影明本《陈伯玉文集》卷一，《中国历代文论选》选录，上海古籍出版社 1979 年版。

陈子昂的诗歌革新理论，要求继承由《风》《雅》到建安文学的现实主义创作精神。

李白（701～762）《古风》《李太白集》（卷二），中华书局据四部备要本重排，1962 年版。通行选本多选录。

杜甫（712～770）《戏为六绝句》《杜工部诗集》（卷十六），中华书局据四部备要本重排，1957 年版。通行选本多选录。

李白、杜甫以诗论诗，其中也表达了他们对《诗经》的看法。

韩愈（768～824）《韩昌黎集》，四部丛刊本《昌黎先生文集》，四部备要本《昌黎先生集》，新版本：商务印书馆1958年版。

韩愈倡导古文革新运动，本书卷十二《进学解》、卷十五《答尉迟生书》、卷十六《答李翊书》、卷十九《送孟东野序》等文章，论述继承《诗经》传统。

白居易（772～846）《白氏长庆集》，文学古籍刊行社据本影印全四册，1955年版。元、白倡导新乐府运动，标举风雅比兴旗帜，号召继承《风》《雅》现实主义讽喻精神。见卷一《新乐府序》《答唐生》《采诗官》《读张籍古乐府》，卷四十五《与元九书》。

柳宗元（773～819）《柳河东集》，四部丛刊本《增广注释音辨唐柳先生集》，四部备要本《唐柳河东全集》，1958年中华书局据宋刻本排印，1974年，上海人民出版社新版。

柳宗元也是古文革新运动的倡导者，卷二十一《杨评事文集后序》、卷三十四《与韦中立论师道书》等文都论到《诗经》。

元稹（779～831）《元氏长庆集》，文学古籍刊行社据明传钞宋本影印全二册，1956年版。

元、白文学主张相同，《唐故工部员外郎杜君墓系铭并序》（卷五十六）、《乐府古题序》（卷二十三），都是论到

《诗经》的重要理论文章。

成伯玙《毛诗指说》一卷，通志堂经解本。

唐代规定训诂疏释必须依据《毛诗正义》，束缚了《诗经》研究的发展，本书突破束缚，对《毛诗序》提出怀疑。

【宋】

欧阳修（1007～1072）《毛诗本义》十六卷，通志堂经解本。

本书开始对《毛传》《郑笺》进行指摘，对《诗序》进行批评，开始了宋学自由研究的学风。书后附郑玄《诗谱》补亡。

苏辙（1030～1112）《诗集传》二十卷，明焦氏刊两苏经解本。

对汉学伪托《诗序》为圣贤之作，提出怀疑，他注疏《诗经》只取小序首句，对其余文字多有批驳。

郑樵（1103～4162）《诗辨妄》，原书六卷已散佚，近人顾颉刚从郑樵《六经奥论》和其论敌周孚《非诗辨妄》中辑出二卷，景山书社1930年版。

郑樵向《诗序》猛烈攻击，称为"村野妄人之作"，把论点建立在考证基础上来批驳《诗序》的谬误，掀起废序的运动。

程大昌（1123～1195）《诗论》一卷，商务版丛书集成初编本。

程是废序派，全书十八篇，考证研究《诗经》的体制、大小序、入乐等问题，其见解对后世很有影响。

王质（1127～1189）《诗总闻》二十卷，商务版丛书集成初编本。

王也是废序派，他不直接攻讦《诗序》，而去序言诗，以三十年时间，按自己的理解重新解释《诗经》，但也有很多新的穿凿附会。

朱熹（1130～1200）《诗集传》，多种通行本，新版本：上海古籍出版社 1980 年新版。

本书是宋以后广为流传，至今还常用的解释《诗经》的传本。他集中地批评了《诗序》，对其废而不录，批判地继承前人的传序笺疏，吸取当代研究成果，许多地方超过汉学，但仍受道学思想束缚，有主观臆断之处。

吕祖谦（1137～1181）《吕氏家塾读诗记》三十二卷，商务版丛书集成初编本。

吕是尊序派领袖，本书坚守毛、郑本序说诗，是宋代汉学家的代表作。

他的后继者戴溪撰《续吕氏家塾读诗记》三卷，段子武撰《段氏诗义指南》一卷，均从吕说。均有丛书集成初编本。

王柏（1197～1274）《诗疑》二卷，商务据艺海珠尘本排印收丛书集成初编，顾颉刚据通志堂经解本点校，收《古籍考辨丛刊》第一集，中华书局1955年版。

王柏是朱熹三传弟子，道学家，他认为《诗经》应重新编定，主张删去三十二首爱情诗。

王应麟（1223～1296）《诗考》一卷，玉海附刊本，丛书集成初编本。

这是搜辑鲁、齐、韩三家诗遗说的第一本书，开辟了三家遗说搜辑工作。书后附《诗经》正文的异字异义和逸诗，虽很不完备，均有创辟意义。

王是宋代考据学家，著有《诗地理考》，玉海附刊本；考证札记《困学纪闻》二十卷，商务印书馆，1959年版。

蔡卞《毛诗名物解》二十卷，通志堂经解本。

本书补充陆玑的《毛诗草木鸟兽虫鱼疏》。

【元】

刘瑾《诗传通释》，元刊本。

元人《诗经》著述，基本上都是解释朱熹《诗集传》的，本书较详悉。

【明】

胡广（1370～1418）《诗经大全》二十卷，明刊本。

明初胡广等人奉敕撰《五经大全》作为官定标准本。本书全是抄袭刘瑾的《诗传通释》。明代学术空疏，多是抄袭或伪书。

何楷《诗经世本古义》，嘉庆乙酉刊本。

本书一改旧说，将三百零五篇诗按世代重行排列，不分《风》《雅》《颂》，以诗编年，甚至认为《公刘》《七月》等八诗为夏代之诗。

丰坊《诗传孔氏疏》（又名《子贡诗传》），《诗说》（又名《申培诗说》）二书均有商务版丛书集成初编影印本。

二书出现，轰动一时。据云系发现古秘本，分别为端木赐（子贡）、鲁申培所传。实际是嘉庆年间丰坊所作，伪托古人。明人将近百年不能辨识，可见学术空疏。

陈第《毛诗古音考》，学津讨源本，明辨斋丛书本。

研究《诗经》本来的古音，反对宋人的"叶音"理论，创辟了《诗经》音韵学。

【清】

顾炎武（1612～1682）《诗本音》十卷，皇清经解本。

顾是清代考据学的开创者，他把治经与文字、音韵、训诂、名物、考古、校勘、历史、地理等学科相结合，他的音学研究奠定了清代音韵学的基础。

王夫之（1619~1692）《诗经稗疏》四卷，皇清经解本。《诗广传》五卷，王孝鱼点校，中华书局1964年版。《姜斋诗话》三卷，人民文学出版社据船山遗书本点校，1961年版；又收《清诗话》，上海古籍出版社1978年新版。

《诗广传》是他阅读《诗经》时写下来的杂感237篇，宣传自己的哲学、政治、经济、伦理等观点，发挥社会改良思想。《姜斋诗话》是文学理论专著，所收《诗绎》和《夕堂永日绪论·内编》，前者是专门研究《诗经》的诗话；后者是诗论，也有关于《诗经》艺术形式的论述。

王鸿绪（1645~1723）等《诗经传说汇编》二十卷序二卷，康熙钦定通行本。

由王鸿绪等奉敕编纂，用皇帝名义颁行，影响较广。本书以朱熹《诗集传》为纲，又一一附录汉唐传序笺疏可取训解，以补阙遗，显示了宋学汉学通学。

毛奇龄（1623~1716）《诗传诗说驳义》五卷，西河全集本。

本书以有力的论证，证明丰坊《子贡诗传》《申培诗说》是伪书。他还有《毛诗写官记》《诗札》《国风省篇》《白鹭洲主客说诗》（均有西河全集或皇清经解本），对朱熹《诗集传》提出批评。

姚际恒（1647~?）《诗经通论》十八卷，据道光丁酉刊本顾颉刚点校，中华书局 1958 年版。

本书极为重要，他继承宋学自由研究的学风，不依《诗集传》，不循毛、郑，自言"惟是涵泳篇章，寻绎文义，辨别前说，以从其是而黜其非"，他是超出毛、宋两派之争的独立思考派。

陈启源《毛诗稽古篇》三十卷，皇清经解本。

陈为康熙时人，时宋学汉学并传，他以毛诗为本，反对《诗集传》，对沉寂几百年的汉学研究资料进行发掘和考查，显示了汉学的复兴。

惠栋（1697～1758）《毛诗古义》一卷，昭代丛书本。乾嘉学派分吴派和皖派。吴派学风好博而尊闻，不讲义理。凡汉儒旧说，凡书上有的东西，上自天文地理，下至鸟木虫鱼，从文字校勘，到音韵转变，广征博引，无所不考。

惠栋是吴派创始人，这本书是考证《诗经》文字的考据名著。

戴震（1723～1777）《毛郑诗考证》四卷，皇清经解本。戴震是皖派创始人，皖派学风是考证与义理结合，通过对经典文字音韵训诂的考证，来证疏经传，阐述经义。这本书和他的《某溪诗经补注》，都是文字考释和义理相结合。

赵翼（1727～1814）《陔余丛考》，据乾隆刊本排印，中华书局 1963 年新版。

考证性的读书札记，内容涉及极为广泛，体现吴派学风，提供了若干考据资料，也有些考据烦琐无用。

段玉裁（1735～1815）《说文解字注》通行本。《诗经小学》四卷皇清经解本。

段是戴震弟子，按戴震提出的"以字考经，以经考字"，对《诗经》等经传文字的大量引申义和假借义作出可信的考证。

永瑢等撰《四库全书总目》，中华书局影浙本参殿本粤本校，1965 年版。

对《四库全书》著录或存目书籍作考订，并概括其主要内容写成提要，故对所录存目之《诗经》著作有提要介绍。

章学诚（1738～1801）《文史通义》，刘公纯标点，中华书局 1961 年新版。

章学诚提出"六经皆史"，把《诗经》当作史料。

崔述（1740～1816）《读风偶识》四卷，畿辅丛书本，丛书集成初编本。

崔是独立思考派，在新汉学正盛时，进行自由研究，指出《诗序》的错谬，以个人见解说诗。

洪亮吉（1746～1803）《毛诗天文考》一卷，广雅书局本，皇清经解本。

焦循（1763～1820）《毛诗地理释》四卷，焦氏遗书本，

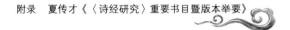

皇清经解本。

分别考证《诗经》中天文、地理名词。尚有李超孙《诗氏族考》、徐鼎《毛诗名物图说》等，都体现吴派学风。

王引之（1766～1834）《经传释词》通行本，新版本：中华书局1956年版。

王引之是皖派戴震的再传弟子。解释了经传中一百六十个虚词，对阅读《诗经》大有帮助。

俞正燮（1775～1810）《癸巳类稿》《癸巳存稿》，商务印书馆1957年校正版。

包罗万象的考据学著作，其中有不少关于《诗经》和古时名物制度、社会风俗的考证。

胡承珙（1776～1823）《毛诗后笺》三十卷，皇清经解续编本。

胡是古文学与宋学通学的学者，他主毛诗，征引考据资料疏证《郑笺》的错误，广征博引中也吸取两宋学者见解，表现一定的求实精神。

马瑞辰（1782～1853）《毛诗传笺通释》三十一卷，皇清经解续编本，十三经注疏本。

是以毛诗为主的今、古文通学的著作，他本《毛诗传笺》，吸取乾嘉考据学成果，重新疏释《诗经》，着重纠正《孔疏》错误，也吸取三家诗说。在文字训诂上成就较大，研

究毛、郑而超过毛、郑。

陈奂（1786～1863）《诗毛氏传疏》三十卷，皇清经解续编本。万有文库影印本。

本书是清代研究毛诗的集大成著作。咸丰年间，今文学兴盛，他疏《毛传》，传《小序》，反宋、反郑、反三家，是专治毛诗的一家之言。

龚自珍（1792～1841）《五经大义终始》，收《龚自珍全集》（上），中华书局1959年版。

清今文学兴起，以发挥经书微言大义的形式，宣传社会改革思想，本书和《六经正名》都通过评论《诗经》，依托某一篇章发挥治乱改制的政治理想。

魏源（1794～1857）《诗古微》，皇清经解续编本。清代今文学派一部重要的《诗经》研究专著，论述三家诗与毛诗之异同，认为应以三家为主，毛诗只可作一家之言，并在诗入乐问题论争中提出诗全入乐的论点。

方玉润（1811～1883）《诗经原始》十八卷，鸿濛室从书本。

他继承姚际恒的独立思考的传统，超出今文古文各派论争而依本文涵泳诗义，采取姚说，许多见解又超出了姚。但和姚、崔一样，未能超出封建伦理思想体系。

王先谦（1842～1917）《三家义集疏》二十八卷，乙卯虚受堂刊本。

自王应麟开辟三家诗遗说搜辑工作，清代三家遗说辑佚著述近二十部之多。本书集其大成，将各家所辑综合，依次排列各诗诗文之后，并加疏释，是研究三家诗的基本著作。

皮锡瑞（1850～1908）《诗经通论》，收于《经学通论》，中华书局 1954 年版。

皮是清最后的纯今文学大师，他对《诗经》的论述，坚持儒家诗教理论，坚持孔子删定《诗经》的观点，反对非圣疑经，违抗近代进步思潮，反映了封建经学家的顽固保守性。

梁启超（1873～1929）《清代学术概论》，中华书局 1954 年版。

本书对清代学术思想的源流和演变的评述，与《诗经》学的发展关联。他较高地评价姚际恒、崔述、方玉润的《诗经》研究。

王国维（1877～1927）《观堂集林》，中华书局 1959 年版。

王国维是清代考据学的最后集大成学者，本书所收关于古代史料、名物、文字学、音韵学的考证论文，对《诗经》研究也有帮助。

【现代】

鲁迅（1881～1936《坟·摩罗诗力说》（1907），《汉文

学史纲要》（1926），《且介亭杂文·门外文谈》（1934）。

此外，《集外集拾遗·中国地质略论》（1903）、《集外集拾遗补编·关于粗人》（1928）、《忽然想到（六）》（1925）、《坟·春末闲谈》（1925）、《集外集·选本》（1933）、《且介亭杂文二集·从帮忙到扯淡》（1935）、《伪自由书·文学上的折扣》（1933）以及书信中都有对《诗经》的论述。

鲁迅前期是用爱国主义、革命民主主义评论《诗经》的第一个人；他在后期又是当代马克思主义《诗经》研究的奠基者之一。

胡适（1891～1962）《论〈诗经〉答刘大白》发表于《古史辨》第一册。

《国学季刊爱刊宣言》，《国学季刊》第一期，1923 年。《谈谈诗经》《诗三百篇言字解》发表于《古史辨》第三册，1925 年。

胡适是现代资产阶级《诗经》研究的开山人。有一些进步的和合理的见解，也有很多谬误观点。

郭沫若（1892～1978）《卷耳集》，收《沫若文集》第二卷，人民出版社 1958 年版。

从《风》诗中翻译四十首情诗，是第一本《诗经》今译。《中国古代社会研究》，人民出版社 1953 年版。

书中《诗书时代的社会变革与其思想上之反映》广泛地

运用《诗经》中的史料，分析殷周社会结构和意识形态的发展变化。

《青铜时代》，人民出版社1954年版。

书中《由周代农事诗论到周代社会》研讨《诗经》十篇农事诗，并作了语译和分析解释。

《奴隶制时代》，人民出版社1954年版。

书中《关于周代社会的讨论》《简单地谈谈诗经》两文，评价了《诗经》的史料价值和文学价值。

郭沫若是我国马克思主义《诗经》研究的奠基者之一。

顾颉刚（1893～1980）《古史辨》第一册，朴社1926年版。

《古史辨第三册》，朴社1931年版。

《史林杂识》初编，中华书局1936年版。

顾颉刚是古史辨派的代表，他编著的《古史辨》在20世纪20～30年代很有影响。《古史辨》第三册下编所收完全是关于《诗经》的讨论。新中国成立后出版的《史林杂识》初编，有一些与《诗经》有关的考证，考证功力更深。

闻一多（1899～1946）《风诗类钞》，收《诗选与校笺》，古籍出版社1956年版。

《诗经新义》《诗经通义》收《古典新义》，古籍出版社1956年版。

《神话与诗》古籍出版社 1956 年版。

闻一多是现代的《诗经》研究大师，他的丰富的研究遗产未全部刊行，他注意研究《诗经》的艺术特点，创始《诗经》新训诂学，倡导用民俗学方法研究《诗经》，作出重要贡献。

参考文献

［1］唐达，赵人俊等．文化与婚姻演变［M］．上海：文汇出版社，1991：34.

［2］关于《诗经》汉学，参见：洪湛侯．诗经学史［M］．北京：中华书局，2002：155.

［3］（汉）毛公传，郑玄笺，（唐）孔颖达疏．毛诗正义［M］．十三经注疏本．北京：中华书局，2003.

［4］夏传才．诗经研究史概要［M］．北京：清华大学出版社，2007.

［5］（宋）朱熹．诗集传［M］．上海：上海古籍出版社，1980.

［6］郭沫若．郭沫若全集（文学编第五卷）［M］．北京：人民文学出版社，1984.

［7］（德）恩格斯．家庭、私有制和国家的起源［A］．马克思恩格斯选集（第四卷）［M］．北京：人民出版社，1972：2.

［8］徐华龙．国风与民俗研究［M］．北京：中国民间文

艺出版社，1988.

[9] 周蒙. 诗经民俗文化论 [M]. 哈尔滨：黑龙江教育出版社，1994.

[10] 叶舒宪. 诗经的文化阐释 [M]. 武汉：湖北人民出版社，1994.

[11] 朱炳祥. 中国诗歌发生史 [M]. 武汉：武汉出版社，2000：208－211.

[12] 普列汉诺夫. 没有地址的信——艺术与社会生活 [M]. 北京：商务印书馆，1981：148.

[13] 程俊英. 诗经赏析集 [M]. 成都：巴蜀书社，1986：128－131.

[14] 程俊英，蒋现元. 诗经注析 [M]. 北京：中华书局，1991：280.

[15] 程俊英，蒋现元. 诗经注析 [M]. 北京：中华书局，1991：292.

[16] 程俊英，蒋现元. 诗经注析 [M]. 北京：中华书局，1991：226.

[17] 程俊英，蒋现元. 诗经注析 [M]. 北京：中华书局，1991：156.

[18] 王先谦. 诗三家义集疏 [M]. 北京：中华书局，1987：272.

［19］（德）尼采．人性的，太人性的［M］．北京：人民大学出版社，2005.

［20］户晓辉．中国人审美心理的发生学研究［M］．北京：中国社会科学出版社，2003：55.

［21］王先谦．三家诗义集疏［M］．北京：中华书局，1987：277.

［22］程俊英，蒋现元．诗经注析［M］．北京：中华书局，1991：161.

［23］闻一多．风诗类钞［M］．上海：古籍出版社，1956.

［24］杨伯俊．春秋左传注［M］．北京：中华书局出版发行，1990：83.

［25］袁祖社．四书五经［M］．北京：线装书书局，2002.

［26］冷金成．中国文学的历史与审美［M］．北京：中国人民大学出版社，1999：7.

［27］程俊英，蒋现元．诗经注析［M］．北京：中华书局，1991：773.

［28］程俊英，蒋现元．诗经注析［M］．北京：中华书局，1991：162.

［29］金启华，朱一清，程自信．诗经鉴赏辞典［M］．合肥：安徽文艺出版社，1990：2.

［30］程俊英，蒋现元．诗经注析［M］．北京：中华书

局，1991：1.

[31] 王夫之．诗经稗疏（四卷）[M]．皇清经解本．

[32] 程俊英，蒋现元．诗经注析 [M]．北京：中华书局，1991：218.

[33] 程俊英，蒋现元．诗经注析 [M]．北京：中华书局，1991：384.

[34] 程俊英，蒋现元．诗经注析 [M]．北京：中华书局，1991：361.

[35] 毛诗传笺通释（三十一卷）[M]．皇清经解续编本，十三经注疏本．

[36] 于省吾．泽螺居诗经新证 [M]．北京：中华书局，1982.

[37] 程俊英，蒋现元．诗经注析 [M]．北京：中华书局，1991：55.

[38] 程俊英，蒋现元．诗经注析 [M]．北京：中华书局，1991：126.

[39] 程俊英．诗经赏析集 [M]．成都：巴蜀书社，1986：73 - 75.

[40] 李山．诗经的文化精神 [M]．北京：东方出版社，1997：1.

[41] 王国维．观堂集林 [M]．北京：中华书局，1959.

［42］基·瓦西列夫.情爱论［M］.北京：三联书店，1984：3.

［43］闻一多.诗经通义［A］.诗经研究［M］.成都：巴蜀书社，2002：233.

［44］格拉耐.中国古代的祭礼与歌谣［M］.上海：上海文艺出版社，1989.

［45］闻一多.高唐神女传说之分析［A］.闻一多全集第一册［M］.开明书店，1948：143.

［46］杨伯峻.春秋左传注［M］.北京：中华书局，1990：241.

［47］孙作云.诗经恋歌发微［A］.诗经与周代社会［M］.北京：中华书局，1966：300.

［48］卡纳.性崇拜［M］.长沙：湖南文艺出版社，1988：30.

［49］孙贻让.墨子闲诂［M］.北京：中华书局，2007：146.

［50］房玄龄.晋书《二十五史》影印本［M］.上海：上海古籍出版社，1986.

［51］郑玄，孔颖达.礼记正义［M］.北京：中华书局，1980.

［52］郑玄，贾公彦.周礼注疏［M］.北京：中华书局，

1980：770.

[53] 郑玄，孔颖达. 礼记正义 [M]. 北京：中华书局，1980：1449.

[54] 郑玄，孔颖达. 毛诗正义 [M]. 北京：中华书局，1980：1589.

[55] 范宁，杨士勋. 春秋谷梁传注疏 [M]. 北京：中华书局，1980：2386.

[56] 孙作云. 诗经与周代社会研究 [M]. 北京：中华书局，1966：311.

[57] 詹鄞鑫. 神灵与祭祀——中国传统宗教论 [M]. 南京：江苏古籍出版社，1992：187.

[58] （唐）孔颖达正义，（汉）郑玄. 毛诗正义 [M]. 北京：中华书局，1980：344 –377.

[59] （宋）朱熹. 诗集传 [M]. 北京：中华书局，1982.

[60] 王先谦. 诗三家义集疏 [M]. 北京：中华书局，1987：463 –464.

[61] 程俊英，蒋现元. 诗经注析 [M]. 北京：中华书局，1991：366.

[62] 程俊英，蒋现元. 诗经注析 [M]. 北京：中华书局，1991：250.

[63] 闻一多. 诗经新义 [A]. 诗经研究 [M]. 成都：

巴蜀书社，2002：120.

[64] 陈茂国．礼记校注·玉藻 [M]．长沙：岳麓书社，2004：221.

[65] 闻一多．诗经研究 [M]．成都：巴蜀书社，2002：184.

[66]（晋）杜预集解，（唐）孔颖达正义．春秋左传正义（卷十）[M]．北京：中华书局，1980：77.

[67]（汉）郑玄注，（唐）孔颖达正义．礼记正义（卷五）[M]．北京：中华书局，1980：42.

[68] 闻一多．风诗类钞 [A]．闻一多全集（第4卷）[M]．北京：三联书店，1982：74.

[69] 闻一多．诗经研究 [M]．成都：巴蜀书社，2002：120.

[70] 赵国华．生殖文化崇拜论 [M]．北京：中国社会科学出版社，1990：246.

[71] 吴陆机．毛诗草木鸟兽虫鱼疏 [M]．上海：商务印书馆，1936．丛书集成初稿.

[72] 泰勒．原始文化 [M]．上海：上海文艺出版社，1992：157.

[73] 陈子展．诗经直解 [M]．上海：复旦大学出版社，1983：306.

[74] 闻一多. 闻一多全集（第一册）[M]. 三联书店，1983：73－80.

[75] 董家遵. 中国古代婚姻史研究 [M]. 广州：广州人民出版社，1995：140.

[76] 高亨. 诗经今注 [M]. 上海：上海古籍出版社，1980：45.

[77] 于省吾. 泽螺居诗经新证 [M]. 北京：中华书局出版社，1982：32.

[78] 杨伯峻. 孟子译注 [M]. 北京：中华书局，1960：143.

[79]（汉）刘熙. 释名 [M]. 转引自程俊英. 诗经译注 [M]. 上海：上海古籍出版社，2004：77.

[80] 王先谦. 诗三家义集注 [M]. 转引自程俊英. 诗经译注 [M]. 上海：上海古籍出版社，2004：77.

[81]（汉）毛公传，郑玄笺，（唐）孔颖达疏. 毛诗正义（卷18）[M].《十三经注疏》本. 北京：中华书局，2003：313.

[82] 郑玄注，黄丕烈校. 仪礼（一）[M]. 丛书集成初编本 [M]. 北京：中华书局，1983.

[83] 程俊英，蒋现元诗经注析 [M]. 北京：中华书局，2007：268.

［84］余冠英．诗经选［M］．转引自程俊英，蒋现元．诗经注析［M］．北京：中华书局，1991：268.

［85］魏源．诗古微［M］．转引自程俊英，蒋现元．诗经注析［M］．北京：中华书局，1991.

［86］礼记经解疏［M］．转引自程俊英，蒋现元．诗经注析［M］．北京：中华书局，1991：317.

［87］陈子展．诗经直解［M］．上海：复旦大学出版社，1983：353.

［88］李学勤．十三经注疏（上）［M］．北京：北京大学出版社，1999.

［89］赵国华．生殖崇拜论［M］．北京：中国社会科学出版社，1990：245.

［90］肖兵．楚辞与神话［M］．南京：江苏古籍出版社，1986：374.

［91］李山．诗经的文化精神［M］．北京：东方出版社，1997：23.

［92］何休．春秋公羊解诂［A］．十三经注疏卷八［M］.

［93］（清）王先谦．荀子集解（卷十九）［M］．北京：中华书局，1954：327.

［94］（清）陈士珂．孔子家语疏证（卷六）［M］．上海：商务印书馆，1939：1707.

［95］苏勇．易经［M］．北京：北京大学出版社，1989：90.

［96］（宋）朱熹．诗经（卷一）［M］．上海：上海古籍出版社，1987：1.

［97］王聘珍．大戴礼记解诂［M］．北京：中华书局，1983：225.

［98］恩格斯．家庭私有制和国家的起源［M］．马克思恩格斯选集，北京：人民出版社，1996：69.

［99］宋元人注．四书五经［M］．

［100］公羊传．庄公二十七年［M］.

［101］羊高．公羊传［M］.《四库全书》本.

［102］淮南子·泰族训［M］.

［103］程俊英，蒋现元．诗经注析［M］．北京：中华书局，1991：177.

［104］赵沛林．20世纪《诗经》研究与文化人类学［A］．诗经研究丛刑［C］．北京：学苑出版社，2004：37.

［105］（日）卢益中.《诗经·国风》言表诗与中国古代歌舞婚配习俗［A］．第三届诗经国际学术研讨会全文集［C］.822.

［106］牛晓贞．诗经婚恋诗的文化分析［D］．西安：西北大学，2007.

[107] 黄伦峰.周代婚俗下的《诗经》婚恋诗研究［D］.桂林:广西师范大学,2007.

[108] 曾静蓉.诗经性文化研究［D］.福州:福建师范大学,2005.

[109] 张雪梅.《诗经》时代女性审美论［D］.青岛:青岛大学,2007.

[110] 董雪静.诗经男女春秋盛会与周代礼俗［D］.保定:河北大学,2003.

[111] 齐慎.诗经植物与周人礼俗研究［D］.苏州:苏州大学,2006.

[112] 宋英慧.《诗经》玉描写及文化内涵研究［D］.北京:首都师范大学.18.

[113] 张庆霞.诗经婚恋诗的文化解读［D］.长春:东北师范大学,2007.

[114] 曾静容.诗经性文化研究［D］.福州:福建师范大学,2005:68.

[115] 陈远丁.《诗经》弃妇诗研究［D］.北京:首都师范大学,2001.

[116] 吴晓红.中国古代女性意识——从原始走向封建礼教［D］.苏州:苏州大学,2004.

[117] 闻一多.高唐神女传说之分析［J］.清华学报

（自然科学版），1935（4）：837－842.

[118] 张吕.《诗经》的两性审美及美学意蕴 [J].浙江师范大学学报（社会科学版），1995，（3）：19.

[119] 边家珍.从《诗经》看周代"人"的审美观念 [J].河南大学学报（哲学社会科学版），1997（5）：1.

[120] 方英敏.论《诗经》中的人体审美观念 [J].社会科学家，2008（9）：19.

[121] 薛富兴.《诗经》审美观念举例 [J].阴山学刊，2005（10）：5－10.

[122] 朱荣梅，杨亚丽.《诗经》女性审美传统的文化意蕴 [J].西北农林科技大学学报（社会科学版），2008（7）：116.

[123] 金荣权.论《诗经》时代的品貌审美 [J].中州学刊，2004（11）：90.

[124] 赵宏.《诗经》女性形象的审美价值 [J].沈阳农业大学学报（社会科学版），2006（6）.

[125] 山乡.论"仲春之月·令会男女"[J].广播电视大学学报（哲学社会科学版），2005（1）：28.

[126] 毛忠贤.高禖崇拜与《诗经》的男女聚会及其渊源 [J].江西：江西师范大学学报（哲学社会科学版），1988（4）：16－18.

[127] 李炳海.《诗经》中的空间方位词分析 [J].中州

学刊，1991（2）.

　　[128] 柯伦.《诗经》《楚辞》中若干婚俗的起源与性质[J].湖北师范学院学报（哲社版），1993（4）：12.

　　[129] 吴培德.《诗经》中所见之婚制与婚俗[J].云南师范大学学报（哲社版），1991（2）：12.

　　[130] 左洪涛.《诗经》婚俗形态的再探讨——兼与毛忠贤先生商榷[J].襄樊学院学报，2000（1）：49.

　　[131] 易思平.诗经远古婚俗透视[J].深圳教育学院学报，1996（11）：3.

　　[132] 罗宏杰.诗经中的葫芦文化[J].贵州文史丛刊.

　　[133] 朱人杰.文学视野中的《诗经》情诗[J].华东师大学报（哲社版），1987（3）：76-81.

　　[134] 孙洁.从《诗经》看周代的"出妻"制[J].安徽文学，2007（5）：63-64.

　　[135] 毛忠贤.《诗经》、汉乐府之"弃妇诗"新解[J].江西师范大学（哲社版），1998（2）：29-30.

　　[136] 弗洛伊德.创造性作家与昼梦[Z].1907.

　　[137] 罗翠梅.《诗经》女性审美论[J].名作欣赏，2010（11）.

　　[138] 罗翠梅.《诗经·国风》赠物定情习俗考[J].河北北方学院学报（哲社版），2012（1）.

后 记

书稿即将付印出版，内心倍感轻松喜悦。小书的写作源于我十几前的硕士论文，算起来也酝酿了十多年，研究并撰写了近两年完成。2006年，为了跨进正高评聘的门槛（正高评聘的条件之一是必须有硕士学位），年届不惑的我直接到北师大报名参加了硕士研究生全国联考，顺利考取了北京师范大学文学院，师从过常宝老师。因为我的研究方向是先秦文学，所以在过老师的指导和建议下，硕士论文选题为《〈诗经〉两性关系之习俗研究》，这为小书的出版打下了基础。在完成硕士学位论文的过程中，无论是专业知识的积累，还是教学科研能力的提升，自我感觉都有了较大进步。从此自信心大增，曾一度想继续读博，终因人到中年，生活琐碎，作罢。党的十八大以来，在大力弘扬和传承传统文化的大背景下，激发了我继续进行《诗经》研究的热情，于是在自己硕士学位论文的基础上进行拓展，完成了本书的写作。

著作的主要内容是探讨《诗经》的婚俗文化，通过《诗经》婚恋诗，研究两性恋爱习俗、两性婚俗及两性婚后习俗，并探讨不同阶段的各种婚俗文化形成的渊源。为了扩大受众，让广大的《诗经》爱好者和年轻的《诗经》研究者对《诗经》的整体风貌有所了解和认识，在上编"《诗经》概述"部分，围绕《诗经》研究史，在前辈学者研究的基础上，对两千年来学界研究《诗经》的热点、焦点问题，诸如《诗经》的来源、分类、产生的时代和地域、在先秦时期的应用及孔子与《诗经》的关系等问题进行梳理，力争给出最新的结论。对有争议的问题，根据个人的思考暂取一说；把《诗经》305 篇作品分成周民族史诗、燕飨诗、农事诗、婚恋诗、征役诗、怨刺诗六类，从每类作品（婚恋诗除外，因为下编重点研究婚恋诗）中选取有代表性的篇目，从文本的角度解读诗篇的主要内容和艺术特色，使读者对《诗经》有一个宏观的全方位认知。著作的完成无关功用，只是为给自己内心一个交代，希望未来能遇见一个更好的自己。

　　著作的出版要感谢一路走来我的家人和我所遇到的良师益友给予我的厚爱。高校教师职称评聘是脑力活儿，也是体力活儿，每一次参评都受尽煎熬，所以 2005 年评完副高后，我打算止步于此。但因为有身边亲人和师友的支持和鼓励，我才有幸到北师大求学三年，在完成硕士阶段学业的同时，课程论文也相继发表。2010 年拿到硕士学位的同时，顺利评

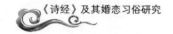

上正高。2019 年顺利晋升专技三级。

　　有机会成为经济科学出版社的作者，我深感荣幸。在此感谢经济科学出版社编辑们的辛勤付出，特别感谢经济科学出版社的编辑刘莎女士，她为书稿的出版做了大量的工作。

　　因为学力有限，书稿难免存在疏漏和不当之处，恳请各位读者不吝赐教！

罗翠梅

2021 年 11 月 22 日